葛 芳——著

白色之城

时代出版传媒股份有限公司
安徽文艺出版社

中国作家协会会员，江苏省作协五届、六届签约作家，曾获江苏省第四届紫金山文学奖。出版散文集《空庭》《隐约江南》《南极之南　远方之远》、小说集《纸飞机》《六如偈》等。小说多次被《小说月报》《小说选刊》等选刊转载。现居苏州。

白色之城

葛芳 著

时代出版传媒股份有限公司
安徽文艺出版社

图书在版编目（ＣＩＰ）数据

白色之城/葛芳著.—合肥：安徽文艺出版社，2020.9
（中坚代书系）
ISBN 978-7-5396-6976-2

Ⅰ.①白… Ⅱ.①葛… Ⅲ.①中篇小说－小说集－中国－当代②短篇小说－小说集－中国－当代 Ⅳ.①I247.7

中国版本图书馆CIP数据核字(2020)第096961号

出 版 人：段晓静	丛书策划：朱寒冬
责任编辑：张妍妍　宋晓津	装帧设计：张诚鑫

出版发行：时代出版传媒股份有限公司　www.press-mart.com
　　　　　安徽文艺出版社　　www.awpub.com
地　　址：合肥市翡翠路1118号　邮政编码：230071
营 销 部：(0551)63533889
印　　制：安徽新华印刷股份有限公司　(0551)65859551

开本：880×1230　1/32　印张：7.25　字数：200千字
版次：2020年9月第1版
印次：2020年9月第1次印刷
定价：38.00元(精装)

（如发现印装质量问题，影响阅读，请与出版社联系调换）
版权所有，侵权必究

葛芳的空间美学（代序）
——写在《白色之城》的前面

汪 政

江南实在太强大了，像葛芳这样在苏州工作和生活的作家，非常容易让人先入为主地想象其作品的南方元素，甚至苏州风格。

上次给葛芳写评论已经是近十年前的事了，一边读着葛芳近年来的小说，一边回忆当年的阅读印象，江南和苏州还真是当年十分强烈的感受。不管自己在意不在意，地方或空间对一个人的影响总是相当大的吧？对写作者就更是如此了，再怎么精骛八极，御风而行，写作者总要从生活中找素材。生活不是抽象的，而是具体的，所谓具体，就是有着实在的时间和空间的背景，不必刻意，一切都是自然而然的。所以，葛芳小说中的江南地理的辨识度还是比较明显的，虽然葛芳像现在许多小说家一样，已经很少去做风景描写，但就是夹杂在人物话语或叙事中的点滴交代还是能透出江南的气息。比如《安放》中的阿丁对北方来的女子说，"江南很少落雪"。再比如《听尺八去》中难得的几句环境描写，"江南的雨越下越大了，噼噼啪啪，雨里还夹杂着几声狗叫。天色渐亮，空气里散发着清寒之味。日子走得太快，不觉已是中秋了"。有时就是人物偶然的一瞥，便告诉了我们他身在何处,"江南的秋天和夏天连接得那么紧密,就在一片模糊不清的季节里"(《去做最幸福的人》)。葛芳的一些作品干脆拿江南的城市作为故事的发生地,南京就是她经常让人物去的地方。如,"我在一楼咖啡区眺望玄武湖。我不知道是云影的关系,还是我心绪烦躁的缘故,南京这个古城让我喘不过气来,我并不是第一次来,我对一座城市也不至于如此挑剔……"(《最后一把扫帚》)。再如,"她(林子)和同室的樱子、中秀去找南京航运学校的男生玩,地点就是绣球公园。粉蓝、纯白的绣球花,开得明媚淘气,一团团,一簇簇,樱子的红裙子撒开来,色彩搭配得令人叫绝"(《绣球花开》)。葛芳也给自己的作品想象了一张"邮票",那就是乔平市,我怀疑这乔平市大概就是苏州,只是为了避免真实与虚构的纠缠,她才给自己的文学地理起了这么个平淡无奇的地名。但是,这乔平显然是江南之地。在葛芳笔下的乔平市,我们随处可见古寺、小桥、流水、深巷、孤山、花窗,还有太湖石,这不是典型的吴越风物与置景吗?

当然,关键的可能不是风景与物候,而是人与故事,是情调与语言。江南确实是复杂的、多面的,人们甚至刻意从苏州东林党人、江阴屠城和扬州十日等历史中去伸张江南的血性,但是,江南已然被塑型,特别在生活情调与审美风尚上。在葛芳的小说中,日常生活构成了她叙事的总体,江南的村落,特别是江南城市小巷中的平常百姓,他们的生活、命运、情感是作品的主体。葛芳基本上没有宏大叙事,人物也没有什么显赫的社会身份,有个什么副市长、企业的老总就是体面得不得了了。甚至,很少看到葛芳对"外面"世界的描绘,她的人物都生活在白墙粉黛、寻常巷陌中,外面世界与他们有什么关系呢?然而,关起门来,那是什么都有,人间的离散聚合,生死跌宕,喜怒哀乐,儿女情长,种种的算计,不可预料的偶然……实际上,这些人物虽然不处在时代的洪流中,但一样身不由己,同样的波澜壮阔,步步惊心。所以,我曾经说,"葛芳叙述的是人物如何过不下去日子的,葛芳对日常生活有准确而精微的把握,但这种把握是要将这日常生活变成一种氛围,一种力量,使其与人物对抗,在人与日子,人与生活的对抗中形成叙述的张力,逼出生存的意义。"葛芳是能深入到江南的内里中去的,她能在美丽富庶、悠长慵懒中看出生命的杂色。然而再怎么说,将她的作品放到文坛上,也依然是江南,尽管不是明媚,但也是江南的另一副面孔,哪怕稍显阴沉。所以,只要仔细辨析,这地方与人,与故事,与这讲故事的腔调,真是配的。

在这种调子中叙述没有什么不好。但葛芳不知哪一天心里起了变化,我猜这与她年年都要跑到国外去不无关系。有了微信,就看她东欧西欧、南美北美地跑,甚至南极她也去。人虽然去了外面,但心里装着的还是家里的事。一样吗?一样,又不一样。一是在家里想着家里的事,一是在外面想着家里的事,背景不同了,这人与事的意义就可能不一样了。

所以,空间对一个作家,对文学的叙事实在是不能小看。

到了《要去莫斯塔尔吗》,空间的融合与并峙就更自然了。葛芳通过引入、想象,哪怕是知识性的,这叙述就有另一番情趣,另一种味道。人物的心理、情感,那察言观色、寻思琢磨的逻辑就不一样了。"莫斯塔尔为波斯尼亚和黑塞哥维那南部城市。莫斯塔尔以一座古老石桥著称。老桥将居住在河两岸的穆斯林族和克罗地亚族居民联系在一起,被联合国教科文组织列为世界文化遗产。1993年9月9日,波黑战争期间,老桥被炸毁。"这个远在中国江南之外的波黑老桥不仅暴露了闺密与自己老公的婚外情,更通过遥不可及的空间距离使生活中常见的情感纠葛变得无奈和无解。在《幻影》中,很难想象的细节被葛芳设计出来。一个来自乡下的做SPA的年轻女技师,面对自己的客户,会频频穿越到巴黎,想到那里的诸多艺术大师,特别是莫迪利亚尼,他的绘画,他的妻子。比起此前的一些空间位移,《幻影》变得实在,与人物也越来越贴合。"秀玲的惶惑感越来越强,她好像看到莫迪利亚尼穿过塞纳河畔失魂落魄坐在树下抽烟。那是1917年的冬日,一家巴黎小画廊的玻璃橱窗显露出一幅裸体女子作品,画中女子曲线妩媚、神色妖娆,引来了不少围观群众。而画廊边便是当地警局,面对如此大尺度的作品,警方勒令画廊关闭展览。莫迪利亚尼生前唯一一次作品展览因为'色情'被关闭。"主人公深入进去了,忘情了,她会时时游离于自己的想象与生活,将眼前手下的客户与远方的艺术家及其作品混合重叠。"莫迪利亚尼的眼神,是飘忽不定的。他借酒精麻木自己,糟糕的生活,世界了无生趣——只有珍妮死心塌地跟着他,她脸颊绯红,眼睑下垂,可能因为爱情的滋润,画面上的她好似在仙境中升腾。""秀玲怎么看,怎么觉得裸女和现实中的小莫相似。"这对阅读是有诱惑和挑战的,因为人物、她的性格与心理,都会由于他者的加入而变得不确定起来。

有了这样的尝试与铺垫,葛芳小说的空间艺术变得更为自觉,已经不是文本元件的引入,也不是人物的幻影与想象,而是人物故事现实场景的转换。比如近作《消失于西班牙》《白色之城》等。由这些作品,我们看到了葛芳对类似人物与情节不一样的处理,当然,更准确的说法应该是,人物虽然带着原有空间的故事,但是场景变了,心性便随之改变。还有一种情况,因为场景变了,人物内心的许多东西便显露出来。总之,空间的变化,不仅仅是让人物看到了异域的风景与情调,更看到了自身与伙伴不一样的甚至陌生的内心世界。《消失于西班牙》就是这样。伊丁与小男友来西班牙旅游时绝没有想到故事会这样,小男友显然没有意识到在这样一个陌生的环境中自己的天性竟然会那么不堪而又匪夷所思地暴露出来,而伊丁更没有想到,她会做出"消失于西班牙"的决定。原先不知道的世界会突显出来,原来觉得很重的东西会变得那么轻飘,更不可能预料到,偶然的一场行走会让自己做出改变人生轨迹的决定。

《白色之城》对空间的意义更加强调了,它让冲突的双方处于两个空间中,一端是塞尔维亚,一端是江南,一样的话题,竟然成了鸡同鸭讲。"她"眼前是欧洲的风景,是眼前飘过的人物和她对人物关系的想象。因为遥远,那一边是那么松散、轻飘,轻如鸿毛,因为陌生,所以没有牵挂,无须提防。小说的结尾,淋浴中的"她"欢快地唱着那首著名的歌曲与往事告别,"啊,朋友再见吧再见吧再见吧……把我埋在高高的山冈,再插上一朵美丽的花"。

我要说,葛芳给我们带来了新小说,这是新的处理方式,是葛芳自己悟出的空间美学。我忽然想起行旅小说来,这是一个久违的小说种类了。在交通不发达的时代,行旅是许多艺术作品钟情的叙事模式。漫长的时间,陌生的人们,共处的旅店,都是产生故事的契机。但是,随着交通方式与入住条件的改变,更是生活方式与旅游方式的改变,使得行旅中新鲜故事发生的概率越来越低,京沪高铁一天往返,能有什么故事呢?我不能说葛芳的小说使行旅小说这一古老的文学类型焕发了生机,但是,她的近作确实使行旅重新拥有了创造新叙事的许多可能。她告诉我们,不能寄希望于行旅中外在奇迹的诞生,而应该从内部寻找,是空间的改变将人物与故事推上了新的生活与艺术轨道。

可见,小说是有无限可能的。你的脚步将决定你的叙事空间,而叙事空间又决定了你的小说走向。

2020 年春,南京玄武湖

(作者系江苏省作家协会副主席,党组成员,书记处书记;江苏省文艺评论家协会主席。中国小说学会副会长。)

目 录

葛芳的空间美学（代序）
——写在《白色之城》的前面　汪政 / 001

消失于西班牙 / 001

白色之城 / 016

要去莫斯塔尔吗 / 026

幻影 / 034

最后一把扫帚 / 050

听尺八去 / 065

五月 / 101

安放 / 135

绣球花开 / 169

去做最幸福的人 / 178

消失于西班牙

一

伊丁不喜欢过年。她试图忘了自己的年龄,可是他却嬉皮笑脸地提醒她,马上是他们本命年了,猪年。她比他整整大一轮,十二岁。他俩生活在一起谁都觉得是个不可思议的奇迹。她用不着和别人解释,只要他们舒服就行。

她说:"索性过年我们去西班牙,去南欧寻找一下三毛的爱情故事。"他立马举双手同意,皇家马德里是他最喜欢的足球俱乐部。他开始兴高采烈地研究他的西班牙之旅了。

临睡前,她在浴室镜子前待了很久。她脱掉上衣,想好好看看自己。快到知天命之年,人生大半已过,这是一个残忍的数字,她故意忘掉年龄,尤其在他面前,她觉得心态是最重要的。他之所以和她生活这么长久,也是喜欢她的随性和周游世界的态度。

乳房下垂松弛得开始走形,虽然她每周都去护理胸部。她往上托了托,企图看到它们原来的迹象,可它们忍不住往下掉,像不听话的孩子。腹部的妊娠纹犹如细密的河流,缓缓地一波一波。女儿也到了生育年龄,女儿的男人她根本没时间去审核,随她去吧。她环抱双臂,手臂粗壮,腿部健硕有力,在性事中往往抢占着上风。

他是伊丁在七年前认识的小男友。

她笔直地站着,不过似乎有东西在动,真希望它没动过。是的,是她身上有东西在动,在那儿晃着。

在去西班牙之前,他提议到葡萄牙转一圈。她晓得他的心思,葡萄牙是 C 罗的故乡,他自然不会放过这个绝好的机会。他睡得比她早,朝九晚五的银行工作,使得他表面上很循规蹈矩。他到浴室快速冲洗,匆匆在她脸颊上吻了下就钻到被窝里。有时她不和他睡一张床,怕影响他第二天工作,银行系统整天和数字、钱打交道,精神高度紧张,出不得差错。

她觉得身体里有东西在动,有时在头皮层,有时在盆腔里,有时在她的子宫。

偶尔,她也会和前夫打电话。她闪烁其词:"我的身体里有东西在动。"他沉默了一会,说:"或许你该到医院去看看,不用这么拼命的。"他误会了。他是个好人,在一家国企里当老总,离婚之前他活得很压抑,工作对他来说没有快乐可言。他在饭桌上应酬,虚伪地说着客套话,一回到家浑身瘫软在沙发里。他是那种毫无情趣的人,坚守着生活无色无味,无精打采,像移动的傀儡。

她想,他这样活着有什么意思?

伊丁忍了他十五年,终于提出了离婚。他愣了一周。他知道她有自己的事业和渴望,是个锁不住的女人。很快,他们协议离婚,客客气气,觉得这样对谁都好,只是先暂时瞒住还在上高中的女儿。

她和小男友出游都是用小男友的薪水——这是他的自尊,她得给他守护着——所以基本上属于穷游,住普通的房间,吃当地最实惠的美食。他说:"我们的主要精力是看风景感受异域风情,房间只是用来短暂休息的场所,不用太讲究。"

同意!她举双手同意他的观点!

和小男友一起,天空是蓝色的,明媚闪光。

他在银行是个小职员。他无意向上爬,也不善于交际,唯独和伊丁在一起他无所不谈,当烛火映照着他的脸庞,伊丁认为这是她前生的缘分。嗯,她脸上亮起来,去亲他,他看着她笑了。他把绿色餐巾纸精心折好,再放进专门的餐巾夹里。他的手在任何身体活动中都带有一种精确的灵巧,如钟表匠、小提琴家。她把他们生活的居所插满了花,壁橱里放着葡萄酒,随时都会拧开喝一杯。她经营一家外贸公司,三十年前她英语学得很专业,所以这时候把控公司顺风顺水。

二

他们在里斯本做了短暂停留后就飞往马德里。

丽池公园有些萧条,因为冬天的缘故缺少绿意。园子很大,走了一圈觉得有些乏力。中间有一座大的玫瑰园,盛夏时会芬芳四溢,现在来得不是时候,草木灰的气息很浓。伊丁说,当年三毛喜欢和荷西到丽池公园来散步,刚好马德里很罕见地下了场雪,她看到《红楼梦》宝玉出家的那一幕,总会想到荷西十八岁那年在空旷的雪地里,欢呼地跑着,叫着三毛的名字。

"嗯。"他攥紧她的手。

他读三毛应该不多,没有她来得迷恋,一个时代一种情结。她也不强求他,这是他们尊重彼此的表现。偶尔,她会附和他对足球的迷恋,以及对新潮事物的接纳。

他也知道如何取悦她,为她做饭,帮她按摩,在她听音乐的时候给她磨一杯咖啡。七年前伊丁认识他的时候,他三十出头,沮丧得要命,他被家里逼疯了,他的母亲下了最后通牒,差点命令他随便从大街上找一个女人立即结婚。他说,这怎么可能?他学财经的,害怕和女人相处,他压根儿不清楚现在大上海的女孩要些什么。

这简直是一场灾难——他被女人嘲笑得不知所措,甚至,觉得生无可恋。一下班,他就急匆匆回他租住的巴掌大的房间,用打游戏和看球赛来消遣度日。他说在遇到她之前,生活是灰蒙蒙的一场电影,黯淡凄凉。婚姻是座围城,进去以后会想着要冲出来,伊丁用钱锺书的话告诉年轻的他。她是他的客户,业务方面她从来不给他难堪。她也害怕一成不变的生活,她做不了好主妇,做不了好母亲,她想了很多年,最后终于明白她想成为自己,过自己想要的生活。她绝不会像她母亲,劳作一生,身体极度透支,六十岁不到就离开人世,而她父亲在母亲去世三个月不到又有了一个女人。

性欲这个问题很奇怪,她父亲很旺盛。她的前夫面对性却很寡淡。他们婚姻十年以后就形同虚设,这种事没法去提醒,就像你永远无法叫醒一个装睡的人,前夫臃肿的身体像红烧狮子头埋在沙发里很快鼾声如雷。她真想把热水浇到他脑袋上,然后转身离开。

小男友的性欲是被她唤醒的。他们约会过几次以后,伊丁带他到了她的住所。他仿佛是刚过青春期的男孩,最初是懵懂着,然后是嗅着味道嗷嗷待哺式的迫切。七年前,她丰韵十足,女人的财务自由和情感自由让她像张开羽翼的大鸟。

他们很快找到了契合点,人生苦短,他们要利用一切假期去行走,柬埔寨、新西兰、捷克、肯尼亚——这样一种不谋而合,让他们的身体有了更大程度的结合。黑夜里,他摸着她起伏的腹部,说这是撒哈拉沙漠。她拽着他的胳膊,说,阿拉斯加的暴风雪正在袭来。随着音乐的节拍他在她身体上摸索舞动。他们从骨骼到骨骼,从大陆到大陆旅行着。

她的前夫从来没有和她一起外出度假过,他的护照压在市委组织部,要想出去得组织先通过。

小男友的脚趾清瘦,第二个脚趾尤其修长,据说这是美男子的标志。虽然他不算英俊,但五官周正,不是鼠辈之类的猥琐。而前夫十个脚趾都是灰指甲,浸透太多生活尘垢。

从丽池公园出来,他们到圣安东市场寻找美食。这里看上去像农贸市场,却很干净精致,从西班牙美食到东南亚风味应有尽有。他们要了雪莉酒、海鲜、切薄片生吃的火腿,他们面对面坐着,他露出牙齿笑得很放肆。

回来经过太阳门广场,他们意外发现了大幅招贴"新年快乐",两只快乐的红色小猪拱手作揖,原来是中国驻西班牙大使馆制作的。

他手臂环抱得她更紧了,她说:"我在这儿,就在这儿。"

三

伊丁经常想,他会跟上她几年?

她一定不会和他提婚姻,一纸婚书对伊丁来说已经毫无意义了。她的哥哥、姐姐,都为她手心捏一把汗,认为她是在玩火。他之所以和她在一起,一定是为了钱,对,钱!谁还稀罕你的身体啊?!什么甜言蜜语都是假的!如果再不用婚姻来套住,岂不是人财两空?伊丁根本不在乎他们的意见。

飞机上,她坐在他身边假寐,实际上牙齿疼得要命。因为空中失重使牙龈咬得过紧,压迫感开始提醒她那个部位已经不属于她了。伊丁补过六个烤瓷牙,此时它们很不适,以抗拒的姿态来面对这世界。随着年龄的增长,伊丁越来越沮丧,牙齿一颗一颗慢慢地开始不属于她了,头发一根一根也渐渐不属于她了,还有内脏的一些器官在秘密发生着变化——保存完好的只有她的心灵。

隔壁的90后中国女生看着日本动画片《名侦探柯南》,乐此不疲,她有着长睫毛、娃娃脸。飞机的引擎发动声和气流声不止。混沌中伊丁掀开遮光板,底下是一望无垠的柔软的红沙土,远处是蓝色,貌似大海。这一片红沙土荒无人烟,一点没有生灵存在的迹象,如同在外星球。她做了大胆揣测,不远处应该是苏丹,它处于非洲东北部、红海沿岸、撒哈拉沙漠东端。飞机从阿联酋穿越整个非洲,拐过直布罗陀海峡,贴着大西洋飞到里斯本。

她和他曾经在海南热带雨林徒步行走时,惨遭蚂蟥的攻击。几十只蚂蟥吸附在腿上,惨不忍睹,它们还拼命往身体里钻。因为有农村插秧的经验,伊丁沉着地说:"拍!用力拍!千万不要去拉扯!"他战战兢兢,依着她的方法拍打肌肉,果然蚂蟥们一只只震动着脱落。她用碘酒涂他的伤口,他抿了下嘴唇,寂然不动,像个小木偶,然后说:"你真有见识,无所不能啊!"

"哈。"她说,"再过五年,你辞职吧!陪着我把世界走遍,我经不起太久的等待了。"

他也点头。他们说话不绕弯子,她比他大十二岁,再过五年,她就是五十好几的人,如果那时他还没离开她,那就痛痛快快告别工作,然后俩人去行走,行走!

她逗笑着问他:"我们最幸福的结局是什么呢?"

他带着傻气说:"死在南极雪崩中,若干年后科考人员发现两具亚洲人尸体,一男一女。"

真是个不错的结局。她赞成。

他会跟上我几年?缘聚总有散时,这种事很难说。伊丁对着镜子朝自己挥挥手,只要在一起,俩人总能激发起最微妙的天赋:爱、创造力、性欲、灵感、激情——这些已经足够了。而往往她身边的人是缺失的,他们在跳广场舞,在小菜场讨价还价,推着小孙子的婴儿车消失于人声鼎沸的街市中。伊丁可不要这样的人生。

五十好几,作为一个女人她很可能绝经了。如果他们还在一起,就在一起了。

伊丁忍不住告诉他,她还是挺喜欢葡萄牙的里斯本。脚下的道路如同海浪,在起伏涌动着,是镶嵌彩绘地砖的缘故。高大棕榈树笔直挺立,无花果、菩提、橄榄、柠檬等植物散发着清香。虽然是冬天,风吹在身上并不冷,里斯本是欧洲大陆最西端的城市。走着走着,一阵雨来,也不要紧,那头还是阳光普照。

她说:"我在寻找一种若有若无的东西,譬如说摩尔人搭建的城堡,譬如说法朵音乐女歌手悲情绝望诉说宿命但充满思念的表情。"

地铁疾驰,她瞥见站台上的各种上光花砖,有的像孩子们的涂鸦,有莫利亚鱼①,有奔跑的鸡,有绽放的花朵;有的画着作家佩索阿孤独的蓄着小胡子的脸,他像个幽灵无处不在;也有排列齐整的花纹,让人

---

① 动漫形象。

不免有回到青花中国之感。

"好的。"他说。他有些不安,在收拾行李时他用黑色格纹手帕擦拭了厚厚的镜片,他迫切期待着西班牙。

四

她身体里有东西在动,有时在头皮层,有时在盆腔里,有时在她的子宫。

来之前他已经在网上购买好了皇家马德里的主赛场圣地亚哥·伯纳乌球场的参观门票。二百欧元还不到!他欣喜地说。

她是一个彻底的伪球迷,因为他喜欢,也跟着喜欢。

他的兴奋度超乎了她的想象,当他们站在顶层俯瞰可坐八万人的球场时,他忙不迭地拍照,要求她帮他拍,摆出各种姿势。旁边是一群二十多岁的韩国孩子。他们欢呼尖叫,他也加入了尖叫的队伍,很快被球场人员制止了。

穿过皇马俱乐部奖杯廊时他如数家珍,她感觉得出他的心跳在一级级加速,这些她都能理解,皇家马德里具有征服世界的荣光,来自世界各地的球迷都为之陶醉。最后他们经过球员更衣室,她被一股久违的游泳池刺鼻味道冲击到,很想呕吐。他却激动得战栗,他说:"我一定要去C罗那间,虽然他去年离开了皇马,但他的味道一定还在更衣室!"可惜,栏杆将他们拦住了,他的英语交流能力比较弱,他可怜巴巴望着她,她和工作人员沟通也不顶用,这是他们的规矩。他错怪她,认为她不够尽力。

拐弯处,她生硬地说了一句,她还是喜欢劳尔,可惜英雄不再。

快要出门了,他们感受了皇马球员坐球队大巴的多媒体体验,一路警车开道,骑手护航,球迷夹道欢迎,他又是灵魂出窍的满足感,频频挥手、飞吻。幸好整个空间里只有她和他。他示意她,一起啊!好,一起。

终于出来,走到太阳底下,她脸色苍白。

他说:"你好像不太开心。"

她说:"没有啊。"

他眯起眼睛没有再说什么。

下午一点,国内时间应该是晚上八点,女儿给她发了微信,问她何时回国,好歹她想和父母一起吃顿春节饭。她静静坐了几分钟,两手抱住头,不断深呼吸,让自己冷静下来。她说:"我没有不开心。"他提议喝瓶葡萄酒,平时他们量不大,这回他喝了一瓶,下午晃晃悠悠走不成路,说索性回酒店休息吧。她觉得也行。

一躺到床上,他脱下了裤子。

她尴尬地笑了,大白天的。

前夫也发了微信告诉她,他和老婆在她老爹家拜年,陪她老爹喝了一斤五粮液,老爷子风采不减当年!

如今前夫和她成了非常好的朋友。因为没有性事的压迫,他们之间的亲密度还原成了兄妹一样的关心。他现在的女人很好,完全是相夫教子型。谦逊,没有自我,整天围着丈夫转,煲汤、熨衣,要不就是修剪花草。伊丁女儿的房间她也收拾得干净明亮。这种美德,是伊丁缺少的。伊丁明白,自己一路行走任性自私,对女儿也陪伴甚少。高三那年女儿完全是自生自灭的状态,伊丁说,没有关系啦,考大学也不是唯一的出路。这丫头也是倔脾气,高考前三个月说:"给我钱!我要请私教恶补!"嘿,天上砸了个馅饼下来,结果还真给她考上了一个二本。

伊丁完全没有和他在房间里待下去的意愿，穿好外套独自来到西班牙广场。阳光照着高大的悬铃木，有些刺眼。广场上堂吉诃德骑着马可笑地挥舞着手，她在想是否因为她的敏感和多疑。

七年来，他的情感波动有一些，不大。对于其他女人，他一点没有向往是不可能的。

五

她无意识地继续往前走，一直走到了德波神庙。

高速路匝道的环岛，三三两两地躺着流浪汉。伊丁想象老爹吞云吐雾抽着烟和他的前女婿、外孙女说笑着。他七十四岁，身体一点也没问题，像毕加索。在马德里待久了，毕加索的《格尔尼卡》画面不时跳到脑海中，这个狂暴的、贪婪的、才华横溢的、放荡不羁的男人。

老爹偶尔会提起死去多年的母亲，说："啊，现在的姨就是你老妈冥冥之中安排她来到我身边的。"

冥冥之中！他居然用这个词语！伊丁很无语。当然，如今的她早原谅了他的负心。只要他活得自在。

德波神庙是从古埃及原封不动给搬过来的。缓慢悠长的夕阳，把她的心也渐渐安抚平息下来。

她在公园长椅上坐下，对面长椅上坐着三个人，母亲、女儿和女婿，一看就是中国人，一听口音就知道是从福建来的。母亲在问，女婿回答，女儿摆弄着手机，絮絮叨叨很久，谈论着家庭的琐碎、工作、房价、孩子。伊丁听着耳炸，换了个位置。

一对年轻的西班牙夫妇带着孩子在草坪上。孩子咬着发亮的橡皮奶嘴,摇摇晃晃地摆动着身体,像只可爱的企鹅。父亲抱起他,在他耳边细语,小家伙咯咯咯笑,嘴巴喊着全世界通用的"papa"字音。她想起女儿小时候从幼儿园出来幸福地一头扎进她怀里的样子,女儿有说不完的话,咬着她的耳朵问:蜘蛛为什么有那么多腿?女孩子为什么长大了会有大胸脯?骆驼为什么能在沙漠里待那么多天?

伊丁蹭着女儿肉嘟嘟的小嘴,觉得像一颗樱桃,真想一口吞下去。

再过半年女儿自己也要有孩子了——人生快得你无法想象。

他们都在一个个找安稳的巢,等寒风来的时候,可以躲进去。伊丁想,我在寻找什么呢?自我、爱情、行走、放逐?

前夫说,没有什么比见到准点端上来的热腾腾的饭菜更让人心满意足的了。

这是两码事。萝卜青菜,各有所爱。前夫如今比以前会疼人了,会帮伊丁照料人情世故,也可能是他现在女人的主意,他们大大方方地陪伊丁老爹喝酒欢度新年,给她女儿即将到来的新生命添置衣物。

如果伊丁从庸俗的日常生活里消失,他们反而一点也不觉得奇怪了。

伊丁想,我可以消失,消失得越彻底越透亮越好。他们在看春节联欢晚会,尽管节目一年比一年煽情。他们在不假思索地举杯,在一切日常庸俗的气氛里把我遗忘,如同遗忘我的母亲。母亲在坟墓里轻微地叹息,她一直都是逆来顺受。我在世界的角落里漂泊流浪,可这不正是我需要的吗?

想到母亲时,伊丁会放声号哭一场,她想把她的生命释放再释放,把母亲屈辱的部分剔除,从而去延展她还没开始的那一端。

现在问题存在于她和小男友之间了。也许压根儿就是伊丁她自身的问题。

明天他们去巴塞罗那,他还会去巴萨诺坎普球场。而且,晚上九点有西班牙国王杯球赛,巴萨和皇马对决。他说得眉飞色舞,巴萨的梅西、苏亚雷斯和皇马的莫德里奇三大巨星相遇啊!

伊丁在莫名地担心和害怕,有东西在动,在伊丁身体里动,真希望它没动过。是的,是她身体里有东西在动,在那儿晃着。

她得和他说明白:"球赛你一个人看,拜托,我不去了!我要去看一场弗拉明戈舞蹈。"

六

他在酒店房间,怅然若失地坐在床沿上,旁边是凌乱的行李箱。

"去哪儿了?"他的目光像是从冷峻而迷茫的鳐鱼双眼中发出的。

"随便走走。"伊丁说。

他靠近她,床单皱得不成样子。他喃喃细语:"喝多了,这白葡萄酒威力真大。我不晓得你去哪儿了,你手机没带。我忽然觉得孤零零一个,像被你遗弃的样子,太可怕了。"

"你怕什么?大男人一个。可笑。"

伊丁揶揄他。她从行李箱里找到一支浅玫瑰色的唇膏,来到卫生间,看见马桶上他的尿渍,黏糊糊一摊。她不知道如何整理她的心情。他在七年里交往过两三个女人,也上过床,据他说,最后都不了了之。她猜可能是被他的尿渍毁了。

她没有和他讨论伯纳乌球场的细节,不想自讨没趣。干涩地在酒店房间斜靠了会儿。对,数小时之前,干涩之疼痛,带给她耻辱与愤怒。

她说:"我累了,我想休息了。"

他打开 iPad,玩起了游戏。

好吧,什么都不用去考虑,她混混沌沌,进入睡眠状态,体内的东西在游弋,从腹部转移到头颅。伊丁希望自己快乐地死去,但不希望此刻在他身边死去——这话有些危言耸听,她还有一半的人生路要走。马德里这一天来得太矫情,生活有时需要麻木一点,西班牙之旅是他俩盼望了两个月才成行的,此刻她在沮丧什么呢?

她梦见了母亲。在无边的寂静中,洒落的阳光宛如一道金色帘幕,越来越小,越来越小,越来越小。不知道为什么,在世上她能对话的亲人太少了,母亲反而成了她黑暗中诉说的对象,母亲五十岁的时候牙就掉光了,很遗憾她遗传了母亲这方面不好的基因。她越来越接近母亲宿命的年龄,当然,她不认命。她快乐地抗争着,她用手捂着脸。万物处在完美而悲哀的秩序中。她梦醒后叹息了一声。

她回想起博物馆里毕加索名画《格尔尼卡》,画旁边有一张高背椅子,高背椅子上的女馆员,目光是那样百无聊赖。那张椅子永世不变,那幅名画上的内容悲哀昏暗撕裂纷乱,她的生活应该也是乏味到极点了吧。

她想耍耍性子把小男友丢在马德里,他还没有意识到,他在球场把她当白痴——或者他接近白痴状态了。或许还是因为她太敏感,把一切细节扩大化想得太离谱了。

一夜无话。她听到自己胸腔里发出的怦怦怦的心跳声,时快时慢。窦性心动过缓,体检时医生告诉过她,这需要警惕,尤其在睡眠时,她可能会因为心脏跳动过缓而猝死,年纪越大可能性越高。

人是不堪一击的,任何一种情况都可能致死,她反而无所谓了。

小男友早上又开始嬉皮笑脸了,拖着行李乘火车,三个小时,去往巴塞罗那。那些表情是去往巴萨诺坎普球场莫名激动的前兆,她轻柔地抚摸了下他的头发,说:"我们各看各的,我预约了弗拉明戈舞蹈。"

他犹豫了几秒钟,点了点头:"好吧。"

七

那是欧式拱顶建筑风格,空间并不大,与山洞内部结构相似。坐满了人,应该不超过两百个位置。伊丁被安排在第一排,喝了点白葡萄酒,模糊的渴望被激起。等了不久,全场灯光暗淡下来。

艺术家们上场了,一开口,一甩舞姿,一弹吉他,就把她震撼住了。女舞者脸上写满了悲怆,她用快速旋转的舞姿和多变利落的手势博得了掌声。歌声悠远,似乎是声嘶力竭的呐喊,又是深情绵邈的呼唤——这种情绪的表达和她在西班牙患得患失太吻合了:愉悦与激情、遗憾与悲伤、绝望与呐喊。

她魔怔了,尤其是男舞者出现时,长发,衬衫马甲、马裤长筒皮靴,激烈血性的舞姿让她真切感受到了桀骜不驯。

眼神是那样飘忽不定,那样若即若离,那样痛苦纠缠,那样率性肆意,而生活依然狂放热烈。那些漂泊着的吉卜赛人啊,从北印度出发,几经跋涉,来到西班牙南部,形成了含混的富有魔力的灵魂深处交流的舞蹈。

——伊丁看得失了魂魄,一个半小时的演出,她把自己丢掷在了天涯海角。她甚至爱上了每一个男舞者、男吉他手、男歌者。那个弹吉他的男子双手白皙灵巧,虽然谢顶,但黑圆点领带衬出他的气质儒雅迷人。他和别人交会时的笑容,眼神中粲然之光是多么富有生活的直觉啊!

"时间是用来流浪的,身体是用来相爱的,生命是用来遗忘的。"这是吉卜赛人的箴言。

她完全被征服了。她想到了三毛,想到了齐豫演唱的歌曲《橄榄树》,西班牙盛产橄榄树。三十年后的今天,她恍然明白了年轻时听的三毛写这首歌想要表达的情感。

她战栗着发抖,深呼吸,随着音乐一起猛烈击掌,喊着"欧嘞"。

她几乎忘了他。夜晚出场的时候,地中海的风吹来,舒爽自由。她还回味着弗拉明戈舞。这是她在西班牙最大的收获,冲击着她的灵魂。她被一个电话惊扰,这个时候,国内很少有人会联系她,她低头找手机,是小男友。

他几乎是带着哭腔告诉她,他不知道在哪儿,黑压压的,什么也看不清。九十分钟球踢完,他被冻成狗。十万人如何退场,他已经在害怕了。当他被人流裹着进地铁的瞬间,他说,他就被小偷包围了,他的钱包、护照瞬间消失了——唯有一根救命稻草,手机始终还捏在手上。

"GPS定位,谷歌地图,不要慌。"她在手机里叮嘱他,找准一个地方待着,不要乱走,她过去找他,很快。

她已经想得很明白,帮他把临时护照办好后,他们就分道扬镳,从此各走各的。是的,她准备转上北非,去撒哈拉沙漠,去摩洛哥听那曲迷人的《卡萨布兰卡》,去让自己于平庸的世俗中消失。当然,她不需要告诉他这些。至于他的去向,她也压根儿不用去操心。

海风渐起,巴塞罗那的夜晚色彩斑斓。流浪艺人弹奏的抒情乐曲,随着海鸥飞起的弧度,传得很远很远。

白色之城

外面很冷。

她尝试着推门,寒流从缝隙里钻进来。树叶可怜地晃荡在枝头,看来支撑不了多久了。

咖啡机磨豆的声音吱吱响,还是昨天那个酒保,平头,手脚麻利,衣领洁净,可能是克罗地亚人。她在世界杯足球赛见识过几位足球明星,于是她固执地认为他就是克罗地亚人。

她在贝尔格莱德。她决定这一天不出门,窝在酒店,干什么都可以。昨天收到了他的微信,他说,他已经签好了离婚协议,都是他的错。

那时她在塞尔维亚诺维萨德的自由广场,坐在教堂台阶上读完了一个短篇小说,很久没有这样投入地读文字。阳光照在她身上,她的眼泪涌出,小说里那个男主人公有多孤独啊,他在铁路边的旅馆进进出出。小说中还配了爱德华·霍泊的油画。广场上鸽子飞起来,掠过她的头发,她忽然忘了她是谁,身在何处。

贝尔格莱德一日游,她随当地旅行团出发。导游喋喋不休,当然这是他的工作,他一刻不停地讲述着当地的文化、政治和历史,听得她昏昏欲睡。后排是一对中国小年轻。男生英文较好,默默在听,女生叫小月,喜欢摆拍。

他站在窗前抽烟。

他在窗格上摁灭香烟,随即扔掉了烟屁股。

她曾警告过他抽烟会导致多种毛病。他笑着说,他村里活得最长久的老爷子就是抽烟最厉害的。起初她爱上他还要归结于那淡淡的烟草味。烟是很普通的烟,红南京,以前江苏人爱抽这个。她在一所大专读贸易,而他已经是河海大学的高才生了。

她不想让自己回忆。回忆是一条长长的铁轨线,老套、过时、甜蜜和心酸杂糅,且一去不复返。她看见小月兴奋地拍打着男友的肩膀,女孩笑起来有个酒窝,白色衬衫扎在牛仔裤中,十分英挺。

即将生发的感觉,她想,恋人在奔向激情的时候都是这样。

他的烟屁股扔得到处都是,只要有孔可插的地方,他都不会放过,最可恶的是还浇了水,有时看上去像一汪便池里的污秽物。她为此和他争吵过。

他先是好脾气,然后不说话,夜晚他揽过来吻她,一笑泯恩仇的那种。她闻着他的烟味却睡不着了。夜晚是没有阳光的,她的心跳需要在阳光下加速。他大约是感觉到了她内心的骚动,温柔地按揉她,熟稔、准确,她犹如小鹿般听话臣服。

小月在修道院苹果树下叽叽咕咕。果子太多了,很自然地从枝头掉落腐烂在地上,空气里都是甜稠的味道。她不知道小月认识男友多久了,既然开始,就像一根箭会嗖嗖向前进。修道院的湿壁画宗教色彩很浓,有一幅剥落严重,圣徒面容悲戚但平和,她联想到了敦煌壁画里的飞天。

她等着酒保上白葡萄酒。

"Enjoy."酒保轻轻说了声,谦和儒雅。他好年轻啊,应该才二十出头。

她记得那个男子。在火车站走了很远,正在谢顶的脑袋、皱纹深深的前额、开始灰白的胡子,他在跟踪一个女孩,无意识地跟踪,只是厌倦了日常生活的不堪,忽然心怀美好地追逐一个目标,然而并不掠夺。

她想叫住他,她嘿一声从喉咙里冒出了一个单词就噤声了。

她叫住他干什么?他并没有什么不轨之意——

她喝了两杯白葡萄酒。这儿距离火车站不远,初来乍到,也没什么事,手胡乱插在兜里就走到了。破败颓废之意让她惊诧,曾经是大名鼎鼎的巴黎到伊斯坦布尔豪华的东方列车途经的一站,如今门可罗雀。铁轨旁稀疏的草尖摇晃,站台旁仍有一些生锈的咖啡桌椅,水泥地面裂痕到处可见。速度很慢、车况较差的老式火车会开过,缓缓地离开站台,驶向布达佩斯,驶向萨格勒布——像一部老式电影,黑白色,冒着雾气,轰隆隆向前,虽过时,却让人怀旧。

那个男子从捷克过来,和他妻子。两人的婚姻已经发生了要命的问题。

她想她的情况也差不多,是婚姻发生了问题,还是人在走向中年时碰到了无法绕过的埂?

最初她发现丈夫不轨是因银行发过来的账单信息而引发了怀疑。一个城市商业银行,她几乎不和他们打交道,但他们很执拗地发过来。确切地说,和她丈夫有关,他负责打理上海、杭州的两家企业。再后来,她发现他和这个银行的女经理来往过密,女经理大学毕业三年,头发短得不能再短,身材火辣,酒量很好。

这样的中性女孩,不晓得是怎样吊人胃口的。

她看见他翻来覆去地折着一张纸。一张白纸,刚从打印机里抽出来。他原本想打印一份材料,忽然收到一条信息,于是手足无措,忘记了要做的事情。他折纸,拆了折,折了拆。

如今他心平气和地把纸抚平,说,离婚协议已经签好。

离得了吗?女儿是在半年前送到英国读高中的,为了不影响女儿的学业和心态,她把一切都瞒得滴水不漏。分床不分居。他脱掉内裤,没心没肺地晃荡,她用余光隐忍地打量着,她想,他在那个男孩子气的银行经理前也晃荡着软塌塌的东西。也许,哈——它是另外一个样子。但不管怎样,他两鬓开始发白,肚子发福,他好无耻,要把他们辛苦打拼的财富,不,严格说来是把她的财富拱手让给不劳而获、不要脸的小三吗?小三太精明,大数据时代晓得她家的银行卡上到底有几个零。

她咬了下嘴唇。掠夺、侵略——赤裸裸的战争。她一下子联想到了贝尔格莱德城堡广场的裸体将军雕像,他站在高二十米的罗马柱上,一手握剑,一手放飞和平鸽,俯视着萨尔河和多瑙河交汇冲击而成的平原。

她顿时明悟这位将军的决心,她也可以一无所有,愿意铸剑为犁。

在疾驰的原野上她打了个盹。金黄的麦浪在夕阳下恢宏大气,一整片,一整片。啊,是一种燃烧后的蚀骨之情。凡·高就是这样交付真心而崩了自己。反光镜里,她看见小月靠在男友肩膀上嘟着嘴睡着了。她也是 90 后。脸上是阳光洁净的。

二十多年前,她和他也是这样山高水阔走中国。

小月男友应该是东北人,低调。她想,二十年前的他,也这样。他的憨厚,他的笑容,他的牙齿,他的下巴,他的头发,都凝固在风里了——清清爽爽,如果一直保持,该多好啊——

她不停地按保存键,怕一不小心丢失。手机里的照片,电脑里的工作台账。她是工作狂,经常加班到深夜回家,正是因为她的执拗,公司的外贸单才如雪片般飞来。她嗅着香樟树浓郁的芬芳,听见小溪水潺潺流淌,高档别墅区的环境是不一样,她原以为她苦尽甘来可以慢慢品啜生活的滋味。

火车站的男人折回来。她在梦里见过他,浓黑的大胡子,眼神忧郁,他摊开手,手上空空荡荡。她听不清他的发音,法语?俄语?德语?还是塞尔维亚语? 她一句也听不懂。但是她明白他的焦虑、无助、脆弱。

她去厕所撒了尿,然后掏出手机上网买了一张塞尔维亚的飞机票。免签国。她不需要通知他什么,想走就走。

女儿出去半年了,情况属于基本稳定。每个人都在学着自己走路,她想,她也要重新走路。至于他,那是他自己,他是自己的主宰者,管他呢!

"喂。"

两天以后,她接到他的微信语音电话。她中国的手机卡暂停使用了。

"嗯,是我。"

"你在哪儿?"

"很远。"

"有多远?"

她抿了抿嘴唇,她不想告诉他,但是告诉他和不告诉他一样,都已经没有意义。

"塞尔维亚。"她嘟囔了下。

"哦。"他惊愕了下,但没有发出其他字音了。

她匆匆摁掉了通话键。贝尔格莱德的气候比中国冷,她踩着枯叶在树林里穿梭。高大的椴树望不到顶,心形树叶飘转堆积。她听自己走动时窸窸窣窣的声音,光影交织于密林深处。她想到美国作家罗伯特·弗罗斯特写的诗歌《林间小路》,忍不住泪水上来了。

深夜,她打开酒店电视。有一个台居然播放着十分色情的画面,她没有立即摁掉,她想她是过来人了,还有什么要屏蔽的?她盯着电视机呆看了五分钟,胸口一阵恶心,巨浪浊天,她到卫生间去干呕了。

她想,也许那女经理也是这样恬不知耻地和他交媾——她想把那糟糕的电视画面抹去,可越是费劲越是清晰,啊,他赤裸着下身,掀开窗帘,他已经忘记了羞耻。

小月晒了微信九宫格:"傻傻的两个人走街串巷,今天是个好日子,遇到许多结婚的新人,超多帅哥美女,超多大长腿,还发现这里很多都是爸爸在带小孩。"

嗯,她明白过来,这对小两口是蜜月旅行,攒足了婚礼贺喜的钱来欧洲了。男孩笑得十分配合。她加了小月的微信,心想在国外万一需要帮忙什么的。

她想,小月已经在给她丈夫灌输观念了:爸爸要学会带小孩,爸爸要会持家。

女儿从小是他带大的,家里两辆车的油是他负责加的,厨房里的菜是他烹饪的——这些又怎么样呢?和他吵翻那天,她怒气冲天,一脚油门不知道开了多久,后来断油了,暮色四合,她在高速公路上哭,她不知道汽车的油箱门究竟在哪儿。

酒保的眼神澄澈,他在擦拭高脚酒杯,专注、投入,十分享受。

爱尔兰咖啡早已经喝光,白葡萄酒也两杯下肚。她在角落里挥了挥手,酒保走过来,她想对他说:"你只比我女儿大两岁。"

女儿终于十八周岁了,一直嚷嚷着要独立出来租房子,英国住家太麻烦了管头管脚。她对女儿生气,嚷嚷什么呢?难道你不怕贞操太早被人夺去?这世界,什么都在抢夺,贞操被夺走是早晚的事情,信任、财富被夺走也是早晚的事情。

她张了张口,吐了个单词,"another"。

酒保又递上来一杯白葡萄酒。她想告诉他,离婚是可以的,但他必须净身出户。她是企业的独立法人,她企业的所有资产并不是夫妻共同拥有。她会和律师在这方面动足脑筋。

"即便这样,很难。"律师最后在电话里保留了这句模棱两可的话。

她懊恼地揉搓着纸团。她看见捷克男人站起身,到对面报亭买了盒烟,红色有轨电车摇摇晃晃停到他面前,他想了想,轻轻一拽之后,就上了车。她几乎是没经大脑思考,留了二十欧元在桌上冲出门,足够,贝尔格莱德物价相当便宜。

正午,气温骤升,贝尔格莱德的天气就是这样,阳光底下是意想不到的热,昼夜温差厉害。

她奔走得后背心发热。她索性也跳上电车,她听得见人们脸对脸、背对背互相挤搡所发出的模糊的声音。她警觉地双手向后摁住背包,万一护照、银行卡被盗走了可是个麻烦事,她听人说,有国际犯罪团伙专门盯着中国来的游客。她是典型的亚洲人的脸,个子不高,脸部的蝴蝶斑隐约可见,不年轻,也没衰老的迹象。

她眼睛有些发晕,电车上没有那个捷克男人。

有德国人、法国人、英国人、瑞士人——反正欧洲人的脸差不多。她沮丧地下车,她被自己弄得很是错乱。要好好捋一捋。天空倒是蓝得轻柔,好像在召唤似乎要溃败的她:有什么! 有什么! 天塌不下来的——好好看看,那么蓝! 那么一望无垠!

她跳下车,站在荒僻的电车轨道上傻等,见识了一些南斯拉夫时期的建筑,不加修饰狂放的线条,怪诞的结构,让她想起了意大利建筑摄影师 Roberto Conte 说过的话:"漫步在这座城市,它的粗犷和超现实感,有着令人窒息的重量。"

还是回到老城,她在米哈洛伊大公街无目的地游走,走累了,就找露天咖啡厅坐下来,懒洋洋地晒着秋后的太阳,像蜥蜴一样四仰八叉地摊开来晒着。

阳光泻在十九世纪奥匈帝国时期的建筑上,和各种色彩交织。她忽然留心起那些小细节:一盏突兀的波希米亚水晶吊灯,一家书店门口贴着物理学家尼古拉·特斯拉的海报,一只鸽子停留在街心汉白玉大理石直饮水装置处——古老的铜孔里射出弧度之水。她特地凑上去学着欧洲人模样去喝水,嘿——果然,她孩子气得意地笑了。

手机在振动,微信语音要求通话。

她揿掉了。

又来一条微信。

"女儿知道这事吗?"

她也懒得回。女儿已经十八周岁,有独立的意识去判断。

她叫的牛排上来了,油炸土豆,配上蘑菇汤,她已经几天没有让自己好好吃一顿了。蘑菇汤,有些淡,得加点盐。

"贝尔格莱德空气好吗?"

他忽然问了一句无关紧要的话。

"不错。"她礼貌性地回了。

见她有了松动,他继续发微信。

"注意安全。"

"嗯。"

"能收回吗——"

"收回什么?"

他沉吟思索了足足有十分钟,然后他的信息发过来。

"收回离婚协议。我愿意承担所有的罪责。"

牛排七分熟,血丝仍在,她以前不习惯吃,现在拿起刀叉下手精准。她轻轻嚼着,他用了"罪责"两个字,看来是用心掂酌过了,罪责好像只是关乎道德,和法律无关,起码她是这样认为的,她不想现在就来判断这些鸟事——扯鸡巴蛋的事,她忽然冒了句粗话。

她沿着米哈洛伊大公街继续往前走,她又登上了卡莱梅格丹古堡。全世界不少情人喜欢坐在城堡上眺望远方的萨瓦河和多瑙河。小月和她的先生一定会在。他们看夕阳,携手登城堡,傻傻地搞个两人大头自拍照,年轻人玩起来就是这样酣畅自在。

不容易啊,这样一个古城,四十四次被不同的军队征服夷平,三十八次被摧毁,但是一次次在废墟中重生。

城堡仍有古罗马遗风,白色的石头层层累叠。她站在最高处,张开了双臂,风从远方来。悲伤无处不在,阳光也无处不在。东欧的阳光紫外线辐射依然有些猛烈,她把墨镜戴好。手机里下载了十几首歌,倒腾着来回播放。她和女儿时差才一个小时,如此之近,她没有告知她。

手风琴拉起,一首伤情的老歌骤然回响,南斯拉夫歌曲《啊,朋友再见》,她和以前的他唱得陶醉。

"……一天早晨从梦中醒来,侵略者闯进我家乡……

"啊,朋友再见吧再见吧再见吧……把我埋在高高的山冈,再插上一朵美丽的花……"

她高声唱着,像个女英雄,从城堡一直唱到酒店,洗澡时莲蓬头花洒下她仍亢奋唱着。而捷克男人正行色匆匆,在铁路与公路的交叉点转换又转换。

要去莫斯塔尔吗

莫斯塔尔是什么？

一首歌，还是一种饼干的名字？

倪小丫的购物袋里装满了小南瓜和土豆，沉得很。闺密林晨的电话打来时，她正在拼命赶地铁。好不容易找了个空隙坐下来，接通，林晨的声音很模糊，时断时续，但掩饰不住兴奋劲儿。倪小丫无意间瞥了一下窗外灰扑扑的站台，一个胡子拉碴的流浪汉在垃圾桶旁乱翻腾。"莫斯塔尔——"林晨依旧孩子气地嚷嚷。倪小丫喉咙干咳了一声，问："莫斯塔尔是什么？"电话挂断了。

一个月以后，倪小丫怀上了第二胎。"政策放开了，生就生呗！国家鼓励生。"老公沈山轻描淡写地说。

回到家，倪小丫捏着妊娠化验单怔怔的，她想电话一下林晨，有些事和闺密商量，对方更会设身处地为自己着想。男人说到底是自私鬼——生吧，养吧，嘴巴上轻轻一绕，结果全是女人的事。

林晨关机。她神出鬼没，倪小丫常数落她，老大不小了，该找个人把自己嫁了。自己孩子都会打酱油了，林晨还单身一个，三十五岁的年纪很尴尬，这城市优秀的大龄剩女太多，不结婚，以后老了一个人孤苦伶仃怎么办？

她忽然响起地铁上接的电话——她隐约记得,林晨兴奋地叫着"莫斯塔尔",那天倪小丫忙着做饭,陪孩子作业,洗洗涮涮,就忘了再和林晨联系。一晃一个月过去了,她单位部门的领导换了,她得适应新领导的节奏和口味,写材料挖空心思,关键领导是个女的,横挑鼻子竖挑眼,文件上连一个标点符号都不能有误。

林晨是一个特别有新鲜感的人,这和她没结婚也有关系,一直是小女孩的腔调,眉眼、口吻、说话的姿态,也还是女孩式的。譬如她会晒着阳光伸长腿晃荡,然后眯缝着眼说:"哦,阳光不错,我要买件新衣裳让自己开心。"她喜欢桃色口红,唱歌很好,养一只白色小泰迪。出远门时她会把小泰迪寄养在对门的一对老夫妻那儿。

林晨父亲死得早,母亲在她大学毕业不久也仙逝了——倪小丫对林晨总有种怜悯呵护之心,觉得她命太苦,没靠山没父母,孤零零一个。孤零零,是倪小丫最害怕面对的,她会联想到一棵光秃秃树上哀鸣着的乌鸦,一堵没有颜色的墙,一朵墙角独自开放的花。她受不了这样的境况。

她问沈山:"莫斯塔尔是什么?"

沈山忙着打游戏,耸耸肩,说:"不知道。"

倪小丫有些来气了,说:"生生生,我生了第二胎,你照样打游戏,还怎么过日子?"

沈山说:"这不还没生吗——放心,船到桥头自然直,我爸妈,你爸妈,这不一堆的人服侍?"

倪小丫的头轰一下子大了。昔日婆婆和她关于孩子教育抢夺战的镜头历历在目。婆婆说:"孩子那么小,哪能独立睡?不行,要放在我怀里,捂着我胸脯睡。"婆婆又说:"沈山小时候不都是吃我嚼过的饭长大的?哪那么多讲究?"

倪小丫的心怦怦乱跳,好像要挣脱令人窒息、监牢一样的胸腔,坚决不行——她把自己的手摁得发青。女儿的成长史就是一部战争史,她和婆婆的关系也一度演变成一触即发的敌对状态。

她想林晨了,林晨的名字常被人误认为凌晨,凌晨的熹微,雾蒙蒙的,人迹板桥霜,就马不停蹄上路了。林晨喜欢这样的状态。林晨是她闺密,当然也是她倪小丫的精神垃圾桶,每当她承受不住要絮叨控诉一番的时候,她就打电话给林晨,然后小姐妹拉她去喝杯酒狠狠地把生活中不堪的庸俗倾倒出来。

什么狗屁科长啊!

什么教育不能输在起跑线上啊!

林晨让喝得晃晃悠悠的她回家,然后捶着沈山的肩膀说:"照顾好你老婆!别让她生气!"

倪小丫打开窗帘,一切都沉浸在黑暗中。她想,林晨又折腾什么去了?一惊一乍,当然她没有牵绊,没有负担,可以随心所欲,这样的人生,始终在梦中,在路上,真的挺好。

林晨喜欢她女儿,每次来,赤着脚,俩人在地板上玩得如一般大小。她在厨房做饭,看见她俩咯吱咯吱笑得把沙发垫扔得东一个西一个。女儿也喜欢林晨,说:"林阿姨身上有桂花味,林阿姨说话也是甜的,好好闻啊!"

林晨说:"做我干女儿哈!"

"好!"女娃乖乖巧巧答应,一百个讨欢心的那种。

倪小丫心想,还真是投缘了,林晨没爹娘没孩子,认个干女儿倒是最贴切的了。

沈山可不乐意,说:"疯丫头一个,要被她带坏的。"

夫妻俩也就被窝里说说这档话。沈山诋毁闺密,她还是生气了,转过身不睬沈山。沈山是个马大哈,游戏玩累了,揉揉眼也睡了。倪小丫睡不着,她想男人真没心没肺,啥不用操心,汽油价又涨了,贷款的钱每月要放进去,女儿培训班的费用现在居然要交年费啦!

她问过林晨:"你不害怕孤独吗?"

清晨,一切都还是黑魆魆的,林晨搭上去往远方的火车。火车遥遥,把她带往高山、深林、峡谷、溪涧。车厢里有几个人聊得火热,各自在分享旅途心得。林晨还是喜欢把自己抛入孤独的状态,看着窗外出神。

她又问:"你不成家也好,你有喜欢的男人吗?上过床的有多少?"

林晨伸出一个手掌。

"五个?五十个?"倪小丫的心又怦怦乱跳起来,好像这和她很关联。

林晨嘘地笑开了:"瞧你那表情——五个,太低估我了,五十个,又太高估我了,本小姐,活到三十五岁,跟十五个男人上过床,还是有的——"

她想捶她,狠狠捶她!她才沈山一个。其他男人的好坏,她都没法比较。

黑夜里,她睡不着。散架一般的累,缠绕着她。她又担心明天早起不了,做早饭,送女儿上学,打冲锋一样,精神高度紧张——林晨比她会看男人,她说男人的品位时仿佛在品一道菜一样,倪小丫心想,沈山是一道什么菜呢?酸辣土豆丝还是红烧狮子头?仅此而已。

她索性起床,试着再拨。还是关机。

她想她没有必要担心。莫斯塔尔,可能是一种饼干,意大利甜点,林晨吃货一个,最喜欢在淘宝搜索买这些奇奇怪怪的东西。林晨侧弯着脑袋,一只手拿本书,一只手抓住饼干往嘴巴里送的模样很迷人。那天,就在她倪小丫家中,她系着围裙做排骨汤时,发现林晨坐在飘窗上,如此状态,她愣了半晌,在自己家中,她倪小丫从来没有这样休闲和惬意过,没有这样的心情和时间,她忙忙碌碌,把自己搞得像转轴一样,把冰箱塞得满满当当,把阳台客厅布置得花花绿绿。

她想,她俩以前在宿舍时就像是一个合体,现在变化差异太大啦——她不晓得是她倪小丫变得越来越庸俗,还是林晨越来越向着诗和远方在奔走?

沈山起来,上厕所,回到床上瞬间又呼噜震天。

他的手机屏幕亮了,在黑夜中一闪一闪,格外刺眼。

倪小丫凑上去看,是微信信息。她一般不去研究沈山的隐私,这是夫妻间起码的尊重,但那信息提醒让她悚然一惊。

林晨发来的,文字很短:"睡了吗?"

他们之前何时有了联系?文字虽短,但绝对是不一般的关系,直截了当。倪小丫想起前几天丈夫沈山玩游戏到很晚才睡,起码一点钟,今晚破天荒地早早扔下游戏睡觉。

倪小丫喉咙焦干,大脑有些短路,为什么林晨不给她发微信?是怕吵醒她影响第二天起床送孩子?也有可能。

又来一条信息:

"你床上姿势酷毙了,至今回味。"

瞬间黑屏。

一种被子弹击中的感觉,初始无痛,但有血从胸膛缺口处洒出,然后,巨大的疼痛感袭来,呼吸也变得越来越急促。倪小丫真希望自己中真实的枪,然后周身麻木、抽搐,眼瞳变得大而无光。她亲眼见证过死亡,她的一个亲戚,干枯的手在空中划了两圈,随即直挺挺去了。

——太快、太短促,亲戚的孩子还没来得及准备好情绪,死亡就降临了。倪小丫恰巧来探望,她脖子一处僵硬,怎么也转不过来,直到那户人家放了响炮,告知全小区老人去了——她才回过神来。她想,死亡就在一刹那,她好像看到一个森然的鬼影闪现,又倏忽眯溜走了。

现在,鬼影憧憧。

一个是她闺密,一个是她丈夫。电视机里最烂的肥皂剧会这样设计。她不明白生活竟真会如此荒诞,一点也没有提醒的迹象,一点也没有前因后果。倪小丫干愣愣地缩在客厅沙发一角,她听见电子钟嗒嗒的走动声,月光在移动,阳台外就是小区树林,有一只鸟扑棱棱飞起,发出微弱的啾啾声。

她是客厅里的一个揉皱了的布艺沙发,还是那愣头愣脑的电子钟?他们在床上的时候完全把她忽略了,但她偏偏是客观存在的——

让她不能容忍的是日常生活中不动声色的欺骗,飘窗上那盆月季花假惺惺地开得这么茂盛,旮旯里的扫帚柄这样神气活现地挺立,还有,林晨看的那本书《你好,忧愁》还在,也肆无忌惮扫视着她倪小丫——你这十足的傻瓜!

莫斯塔尔。

莫斯塔尔?

沈山就像是莫斯塔尔，不可捉摸。她去厨房转了一圈，一个月前买的土豆还在，在角落里变绿并严重渗入内部，倪小丫原想把它丢了，可总是忘记，她记起来拎土豆的时候她接到有关莫斯塔尔的奇怪电话，然后就没有了下文——发霉的土豆有毒，明天她还拿来烧菜给沈山吃吗？

厨房里刀具明晃晃，当然，她不会精神失常，像林晨提起过的台湾作家李昂小说中《杀父》情节一样去行事。她只是好奇，她问沈山莫斯塔尔是什么时，沈山耸耸肩，一脸茫然坠入游戏的样子。真是会装！他在游戏她。她不明白他何时长了心智，会十八般技艺，会把生活当游戏一样假假真真扑朔迷离。当然，他早已不是她心中的男孩，以前瞧着他总觉得一个傻大个，要她来哄他、照顾他。如今她明白过来他现在是个男人，一个彻底的男人，而且属于渣男一类。

莫斯塔尔。

莫斯塔尔？

她想她要疯了——这个咒语、巫术一类的词儿，她被它笼住囚禁。她打开手机，百度搜索一下，应该是音译过来的词语。输入进去，真的跳出来"莫斯塔尔"四个字。

"莫斯塔尔为波斯尼亚和黑塞哥维那南部城市。莫斯塔尔以一座古老石桥著称。老桥将居住在河两岸的穆斯林族和克罗地亚族居民联系在一起，被联合国教科文组织列为世界文化遗产。1993年9月9日，波黑战争期间，老桥被炸毁。"

她继续查阅，查得头痛欲裂，大量的历史地理政治背景。她读高中时最害怕这些，而林晨相反，最感兴趣，她站在地图前，仿佛君临天下的女王，要把每个吸引她的点都涉足。

她终于想明白了，一个月前林晨打她电话时应该是在去往波黑莫斯塔尔的路上。兴致勃勃，风尘仆仆。她已然和沈山有了关系。林晨告诉她去莫斯塔尔的寓意是什么。

整个波黑战争死了那么多人，她终于理清了这些政治背景。当然，现在老桥修复了，把原来炸毁时掉在水里的石块打捞起来原样修复。老桥也成了旅游胜地，挤满了游客。中国是免签国，直接乘飞机去。

她是不是也该抛下所有虚妄所有日常，去老桥边会一会这个闺密呢？

俩人在桥边喝一杯波斯尼亚咖啡，晒着太阳，说些虚伪的体己话？然后她倪小丫趁其不备将林晨从老桥推下，去那湍急的河流洗净灵魂吧——

她不会这样，臆想并不代表现实。她只是对自己有了心灵的关照。

她回到卧室。沈山醒了。他正儿八经坐在床上，像尊佛。手机屏幕亮了一下，又暗了。

倪小丫轻轻说了一句："明天去莫斯塔尔吗？"

像梦的呓语。

她捋了一下额发，叹了口气，又说："可惜，没时间，也没钱。"她轻轻抓起他的手，引着它画出了一座桥的模样，然后又缓缓放下，好像他是个盲人和聋子。

没多久，小区楼下传来汽车引擎发动声。好吧，也许，明天倪小丫真要去莫斯塔尔了。

幻影

一

春天的时候,世界总是分外辽阔。

来来往往的人,在窗前走过。秀玲搅动着一杯拿铁咖啡,觉得自己是在巴黎街头,看着窗外时尚的男男女女。这是她想要的气候,瓦蓝的天空,有几朵白云,栅栏外伸展着三两枝玫瑰。她浅啜几口,唇上沾了些泡沫,她学着影片中的女主角轻叹了一声,看一下手表,糟糕!快到下午一点了,她匆忙结账,一路狂奔回工作地。

"他疲惫不堪,内心也充满了渴望,渴望邪恶,渴望酒精,渴望喝水,渴望平静,渴望回家,尤其是渴望着邪恶和酒精。"一路跑,一路她还在想。

她的姐姐秀美眉毛拧成疙瘩,摆了摆手,意思是赶紧吧!"客人已经来了,在淋浴。"秀美小声埋怨,"怎么这么晚?被沈姐知道了肯定把你辞掉!"

哎,来来往往的人瞬间又变成幻影了,秀玲下意识抗拒这个逼仄的空间,虽然装修格调算是高雅,留声机里还缓缓播放轻柔的音乐,但这些都是为客人准备的。她在这二十平方米里完全是伺候别人的用人,是垂手而立无足轻重的物品。对,物品!她向姐姐表示过不满,秀美挑了挑眉毛,告诉她:"你的感觉太奇怪,服务行业的人就是这样!让客人开心,我们才能有高额收入。"

秀玲嘟囔着嘴,幸亏这空间里只有她和姐姐长期相处。她俩长得很像,鹅蛋形的脸,高鼻梁,只不过姐姐秀美老于世故懂得圆滑了,她还是懵懂着爱天马行空幻想。

客人出来了,是刘姐。刘姐要做的项目很多,背、胸、子宫、卵巢保养,前后两个小时。刘姐趴着,她的身体虚胖,变形很厉害。秀玲用涂满精油的手伏在她身上使力时,觉得是和一只蟾蜍在打交道。因为是剖腹产,刘姐腰间赘肉特多,秀玲必须使出十二分的力气来帮助她疏通带脉。

刘姐唧唧哼了几声,秀玲假装没听见。音乐滑向如泣如诉的《琵琶怨》。她的手滑向肚脐眼、下腹周围的时候,天哪,黏稠的液体似乎在流淌出来——秀玲的鸡皮疙瘩冒出来,她必须努力克制住厌恶感。她想到那个男人。

"他疲惫不堪,内心也充满了渴望,渴望邪恶,渴望酒精,渴望喝水,渴望平静,渴望回家,尤其是渴望着邪恶和酒精。"

男人是个画家,是在巴黎街头跌跌撞撞的莫迪利亚尼。秀玲怎么会认识他?对,她认识他,崇拜他,他早已作古,他在屏幕镜头里,"在那里,安慰我,在我空荡荡的日子里"。秀玲一边看一边哭得心里有绞痛感,她迷恋艺术,喜欢一切美得有召唤力的东西。一个无聊的雨后,她通过手机使用流量看画家莫迪利亚尼的传记电影。秀美出门了,秀玲在写字楼高处望见远方迷蒙一片,她吓了一跳,世界上居然有如此有才华却悲情的男人?

刘姐被她折腾累了,轻微打着呼噜。秀玲放松下来,带着审视的目光看刘姐,黄褐斑布满了她的脸颊,胸部也下垂得厉害,听秀美说,她是个公务员,应该是科室主任。秀玲不清楚什么叫科室主任,但她知道是坐办公室的老女人,更年期,子宫也在慢慢萎缩,有啥稀奇的?一辈子坐一个办公室,是不是也像她一样囚禁在二十平方米的斗室百无聊赖呢?但秀美又告诉秀玲,公务员很吃香,是朝南坐的人,享福之人。

就是那天中午,秀玲缠着秀美,给她一个小时的时间外出,她太渴望了——精致的嘴唇有点开裂,她一直在用唇膏,涂过唇膏的嘴唇在刺眼的日光下闪着光。秀美忽然间明白了,笑呵呵地打了她几下屁股。

刘姐走了。秀玲立马把留声机里的音乐关掉,头脑像无人的街道空空如也。她很懊丧,日光下巴黎的幻影被刘姐白花花的肉身冲刷得荡然无存,刘姐是个不喜欢多话的人,身上有很奇怪的一种养尊处优和自闭。春天的风在高楼上徘徊,秀玲掀开窗帘,忍不住嗷呜了几声,摇曳的错乱感纷至沓来,她想莫迪利亚尼一定不会画这样缺乏生动感而臃肿的身体。

莫迪利亚尼画妓女,画风情万种的妓女,侧躺,眼神飘忽,好像这个世界都在暧昧中摇摆不定,碰撞的喧嚣声一波一波来,莫迪利亚尼画笔下的裸女双眸似深潭。

二

秀玲有个顾客叫小莫,比她大三四岁的样子。她讨厌秀玲叫她莫姐,说:"莫姐莫姐都把人叫老了,不许叫。""好吧,叫小莫。"小莫的乳房像鸽蛋,轻轻巧巧,很漂亮,但她觉得还不够翘挺,每个月花一万元钱来进行保养护理——她的皮肤有馨香味,是甜的。

秀玲的手太过敏感了,一碰触就有各种意象涌来,辛辣的皮肤、干燥的皮肤、黏稠的皮肤、盐咸味的皮肤、透明的皮肤——她一一辨识,并纵横四海。

小莫的肌肤就是丝绸,冰肌玉骨,可以这样比喻,秀玲的手几乎是爱恋似的在一片丝绸上独舞,鸟儿散落的羽毛掉在绸布上,闪着光泽的绿油油的叶片掉在绸布上,还有花瓣、蒲公英的茸毛……秀玲想,如果她是男人,也会爱上这样的身体,简直是无可挑剔。

小莫说她男朋友在北京读研究生,等他一毕业就结婚。

秀玲没有谈过男朋友。十八岁的时候她从河南山沟沟里出来,辗转南下,在苏州美容美体店开始学手艺,是姐姐秀美领她入门的,秀美说,技术学在手,走到哪里都不吃亏。果不其然,这个行业发展很火爆,偶然有一天,她们姐妹俩被沈姐以高薪招聘到高档私密会所,这儿和其他地方不一样,不需要她们喋喋不休推销产品,来的基本都是有身份、有地位的社会高端人士。

秀玲不会主动和客人聊,这是现在新行规,沈姐特别交代,客人是来放松找宁谧感的,万万不可造次。但也有客人是话痨,反过来央求秀玲和她们聊,秀玲只能遵从。秀玲和小莫之间,是自然而然搭上话的,小莫像一扇窗,把河谷、山川、溪流、白云层层妙境展现。秀玲对小莫毫不吝啬表示了钦敬之情,她喜欢闻小莫身上的甜香,喜欢听她喃喃鼻息,喜欢她分享青草一般男友的消息。

秀玲还没有机会谈恋爱。

她暂且把小莫的男友当作思念的对象,或者把莫迪利亚尼"年轻、强壮、英俊的罗马式头颅,纯净的笑容,让人无法侧目——"的肖像作为自己浮想联翩的内容。当然,这两者之间小莫男友更有现实性。第一,她见过他照片,知道他在北京,他的女朋友小莫把他当成宝,不晒一下不足以抚慰内心的骄傲。第二,小莫的身体是她最熟悉的,也一定是他最熟悉的,某种程度上他们共同触摸拥有这身体,这种感觉微妙奇特,是无法用常理来阐释的。

秀玲一直有小小的疑惑,小莫每个月花一万的巨资来护理胸部,有无必要?或者说她钱多得撑得慌?富二代吗?小莫没有透露这方面的信息,秀玲绝对不能旁敲侧击过问。嗯,她揉捏着小莫珍珠一样色泽的乳房时,有飘飘悠悠上升的飞翔质感,对,长了翅膀,扶摇直上。花香,草暖,远处叮叮当当,歌声从海洋上吹来。秀玲有些羞涩,她还是忍不住大胆揣度了小莫与男友欢爱的场景,嫩绿的青草蓬勃滋长着,海洋的气息带着一些淡淡的腥味,小莫的裸体从水上浮出,她猛地揪住一把水草挡住下身——

三

下午又有三个客人,好不容易熬到下班,秀玲双手已经酸软无力。趁着夜色中还有一点花的香味,她又溜到咖啡馆,一天两杯咖啡,远远超过了一天的生活支出,秀玲不管,想偶尔任性下也是可以的。

窗外是一种梦幻色彩,咖啡椅上的遮阳伞收拢起来了,粉紫色在风里摇曳,像一朵朵倒垂的喇叭花。不远处科文中心建筑物灯带呈渐变色彩,湖蓝、靛蓝、蓼蓝、绛紫。

秀玲用手机下载了莫迪利亚尼的几幅油画,一幅是穿着衣服的——她晓得画的是他老婆珍妮,黑衣女子头发高高绾起,眼神梦幻般哀怨着。樱桃小嘴嘟着,宽大的裙子覆盖住有孕的身体,双手交缠倚靠着椅子,整个人坐着。她身上有一种温顺美,还有一种对现实的无奈感。

秀玲挺心疼这画家的,真的。可恶的利欲熏心的艺术商人,抓住他酗酒堕落的习性,把他和一位模特、几瓶酒锁在一起以促他多产。

"他疲惫不堪,内心也充满了渴望,渴望邪恶,渴望酒精,渴望喝水,渴望平静,渴望回家,尤其是渴望着邪恶和酒精。"

如果不是过早辍学,秀玲想,她可能会去考美术学院,和小莫男朋友一样,捧着书本一清如水,整个世界只有读书画画。她的直觉告诉她,她有这方面禀赋,随便简笔勾勒一下,一只鸡,一条狗,一棵树,一排挨挤在一起的房屋,都形神兼备地出现在白纸上。

只是山里太穷了——娘说:"你再读下去也没有意义,和你姐一起打工,我们也放心,去吧。"——故乡低矮的石头墙上,点缀着些雏菊样的白色小花,她绕着走了两圈,挥挥手告别了。

她在秀美的身体上开始了技术活训练。秀美的身体和她自己的身体一样有亲近感,她按它、揉它、挤它、捏它,甚至挠痒痒,简直就是在玩游戏,姐妹俩笑得岔气。可真正要碰触别人身体了,她拘谨得手足无措。那是一潭深不可测的水井,还是一片广袤的荒野?是风中摇曳的百合花,还是有着剧毒的罂粟?她哆嗦着不知道如何跨出第一步,秀美强按住她的手,向前推动,秀玲深呼吸一口,权当是给秀美在操作。有一次一个客人背部满是黑沉沉的色素,她吓一跳,想抗拒这活,怕被传染,客人压低嗓门说:"不碍事——你只管做。"秀玲硬着头皮提心吊胆干完了事情。

身体是个容器!身体是个谜哦!你永远猜不透,它曾经装过什么!

秀玲窝在沙发里,颈椎处微微疼痛。干这行当的一直低头用力使劲,颈椎不出毛病才怪呢!她怅然若失瞧着窗外,那一拢绛紫色又瞬间演变成暧昧的粉红色,世界上的万物啊,总是在千变万化着,她盯着走过的行人,有些异想天开,多么希望有一个帅气英挺的男孩走来,然后她大笑,蹦跳到他面前,拼命晃动双手说——你好!

一切都是不可能的——纸巾在她手上揉搓成麻花。她知道自己很可笑,但又何妨呢?没有人知道她内心的欲望和失望,包括秀美。她叫了杯黑啤,索性让自己混沌到底,她要学着社会上层人士,假装在巴黎的塞纳河畔,来一场风花雪月。

她看到一张熟悉的脸,黄褐斑像张开双翅的蝙蝠铺满了她的脸颊,嗯,而且是居住在澳大利亚的眼镜狐蝠。有一次她在《探索与发现》频道被狐蝠丑陋的外形所吸引。

不用说那是刘姐。刘姐的黄褐斑顽固不化,做了好几个疗程都没有太多效果,但她还是违心地说着:"刘姐,斑的颜色淡了很多,放心。"刘姐和一个男子并排走在一起,应该是她先生吧,男子状态显然还不错,高昂着头,抬脚走步健硕有力。秀玲的直觉是,他们好不相配啊,一个在过度衰老,全身透着更年期的臃肿与茫然,一个仍是力比多旺盛。秀玲快速得出答案,他们在性生活方面一定不和谐。刘姐咂了咂嘴,她穿着一件褐色风衣,脚上一双运动鞋,一团褐色就这样拂过——秀玲明白了,他们居住在附近,晚间慢跑运动到这儿。

四

雨点子下得太放肆了。

秀玲的惶惑感越来越强,她好像看到莫迪利亚尼穿过塞纳河畔失魂落魄坐在树下抽烟。那是1917年的冬日,一家巴黎小画廊的玻璃橱窗显露出一幅裸体女子作品,画中女子曲线妩媚、神色妖娆,引来了不少围观群众。而画廊对面便是当地警局,面对如此大尺度的作品,警方勒令画廊关闭展览。莫迪利亚尼生前唯一一次作品展览因为"色情"被关闭。

莫迪利亚尼的眼神,是飘忽不定的。他借酒精麻木自己,糟糕的生活,世界了无生趣——只有珍妮死心塌地跟着他,她脸颊绯红,眼睑下垂,可能因为爱情的滋润,画面上的她好似在仙境中升腾。

秀玲怎么看,怎么觉得裸女和现实中的小莫相似。小莫无意中泄露过一句话:"哈,做什么事都累!我就喜欢躺着。"躺着?侧卧,正躺,趴着——还是?不晓得,秀玲咽了下口水,细密汗珠顺着她秀发往下淌,她胡乱擦了一把。

不做事怎么赚钱啊?这是明摆着最浅显的道理。莫迪利亚尼才华横溢,辛苦了一生,却是穷困潦倒,这是不公平的。秀玲捏着手机,眼睛睁得滚圆,连她自己也不知道已经这么坐了多久了,她彻底失眠了,她是在偷窥小莫,偷窥刘姐,偷窥来私密会所的每一个客人。她们带着虚伪的面具,却把最真实的身体袒露在她面前,她不知所措,好像她就是上帝,或者是调皮的孩子,趁她们一不小心把窗户啊门啊洞口啊,全都打开了。那里光线亮堂堂的,女人们赤身裸体,毫无遮掩。

秀玲想把小莫身体画下来。她没有机会上美院,但可以自学,炭笔、水彩、油画棒、丙烯颜料她都购置了些。达·芬奇、凡·高、莫奈、毕加索,她也临摹过一些世界名画,嘿,有些时候真是无师自通,她最崇拜的当然还是莫迪利亚尼,他对女人身体的绘画处理是与众不同的:理想化的形体起伏有致,涌动着柔和舒缓的曲线,胸部丰满,纤腰肥臀,呼之欲出。

有一次她趁小莫睡着的时候,屏住呼吸偷拍了她的裸照——秀美不在,只有她一个人,她知道这样做是违反职业道德的,某种程度上讲是犯罪,可小莫鼾声如山间的羊群咩咩叫唤,她睡姿太正,缺少侧卧的灵动性,但也已经很诱人了,秀玲满脸通红,双眉紧蹙,慌不迭举起手机按了几下,幸好,神不知鬼不觉。

那晚,她眼睛闪闪发光,像是发了烧似的,说话的声音生涩而僵硬。

她太想把小莫身后的故事探个究竟。

"做什么事都累!我就喜欢躺着——"小莫是个话痨,但遇到有些内容她守口如瓶,她到底是什么职业?公司高管?一副傻白甜的样子,谁信!富二代?不会,她漏过一点陷,说她男朋友是她父亲的学生,那就意味着她来自一个普通的家庭。秀玲心想如果自己父母是教师,一定会支持自己完成学业,还会鼓励自己继续深造。自己根本不需要用尽全身力气来做伺候人的活儿。

沈姐不允许秀玲姐妹俩加任何一个客人的微信,她很严肃强调过,这是客人隐私。所有客人预约时间都是和沈姐直接联系。

越是这样,秀玲的反弹性越强,她气咻咻的,似乎这个世界在和她作对,把所有的通道都关上了。嗯,她想,如果有一天,我把小莫柔细妖娆的身体发到网上,会怎么样呢?哈哈,会天下大乱!当然这样的恶作剧她不会随随便便做,除非脑子进水了。

可是,莫迪利亚尼彻底变成了一个醉醺醺的疯子。天哪,有一次烂醉之后,一个人拽他的胳膊把他拽醒了。他想动却动弹不得。当时已经天光大亮。几个扫大街的在他头上,放声讥笑,那时他也大吃一惊,发现他的膝盖正抵着他的下巴。他被人塞进了一个大垃圾桶。秀玲看到这儿,肺几乎气炸了。太屈辱!太可怜!太荒唐了!一个艺术家怎会被人捉弄到如此地步!

五

春天的风莫名其妙,总会让一些人过敏。

刘姐说:"我最恨春天了,它让我鼻炎发得更厉害了。"

刘姐很少说这种情绪性的话。她的脸不仅黑黄,而且肿了,花粉过敏在她身上表现得很过分。那天她有些蔫唧唧,少了很多盛气凌人,她说:"小姑娘,你多大了,总在一个屋里埋头枯坐实在是没劲啊!"她的普通话带着明显的南方口音,秀玲听得懂,她轻盈作答:"谢谢刘姐关心,我二十岁。"

"哟!才二十——"刘姐迟疑的嗓音里有些惋惜,还有欲言又止的尴尬。

"没事。我们老家穷,读不起书,就早点出来学个手艺活。"秀玲倒也大方,三言两语把自己交代出来。

"嗯。"刘姐的鼻音很重,但还是拖了一个声调,过了几分钟,说:"小姑娘你挺好,干净利索,但做这个行业也不是长久之计,趁现在年轻,还可以学点什么——"

秀玲挥舞着的手在空中停顿了两秒钟,继续使劲按刘姐的带脉。她没有应声。刘姐打了个哈欠,很萧条负气地说:"做女人,真没意思的——"秀玲不说话,她不晓得如何接应。刘姐抬了抬眼皮说:"小姑娘,好好琢磨一下,不要再在这浪费青春。"

刘姐的话像一根针一刹那刺穿了秀玲这只轻盈的气球。她颓败沮丧落下双手,好奇怪的老女人啊,要么不说话,一说话怎么就像尊佛想要点化超度他人呢。我不做这做啥呢?好歹我通过双手赚钱,心安理得,没有什么见不得人啊。

秀玲沉默了很久,刘姐眯着眼。秀玲觉得她即使是菩萨,也是泥菩萨,岌岌可危了。不是吗?她和丈夫之间,她完全是被闲置一边,子宫可能萎缩得像长满褶子的核桃了。她丈夫免不了会在外面寻花问柳的。

刘姐又出声了,有一搭没一搭,但好像步步为营,在试探秀玲。

"小姑娘,你有什么特长爱好?或者说感兴趣的?"

"有什么特长?农村人,面朝黄土背朝天,天天看着大山绕着大山,哪像城里的娃儿周末上兴趣班?"秀玲噘着嘴,肚皮里哼唧了半天没说出来。

原本她讨厌她黏黏糊糊蛤蟆一样的皮肤,现在她讨厌她冒出来的话,明摆着瞧不起人。你瞧不起我,我还瞧不起你呢!

秀玲又一次陷入沉默,她仿佛听见有一只鬣狗在嘶鸣着,号叫着。曾经有次在山坳里行走时,她恐惧地发现一只鬣狗跟着她,布满条纹,龇着牙,她吓得魂都飞了,幸亏不远处有一只腐烂的野兔——后来,她想明白了,鬣狗是闻着腐尸的味道而来,并非冲着她。她在刘姐的皮肤深处嗅到了隐隐约约的廉价冲鼻的香水味,不,或者说是屁味,是氨气味。她很想吐,但强按住了这意念。她想,这样会进一步冒犯了刘姐。

不消半小时,刘姐昏昏沉沉又睡去。

秀玲不妨做了一个大胆的假设,她已经憋了很久了,是的,她要做一个奇特荒唐但又合理的推断,在她认识的有限的人中,来布局一下。刘姐貌似幸福,实则孤单空虚,她的丈夫早已出轨,找了年轻貌美的小三,小三不用上班赚钱,形体艳丽,她毫无羞耻地唤起他的欲望——她是小莫,每月花一万块钱来护胸,同时她也不是省油的灯,她有男朋友,男朋友在北京读研究生,等她赚了足够的钱,金蝉脱壳,溜得不见影踪——更可悲好笑的是,刘姐和小莫在不同时间躺在同一张美容床上——是她秀玲弯着腰,向前探着身子,一上一下,使劲用力推动着她们的身体。

留声机传出的音乐诡异得让秀玲的情感涨起,又落下。她大汗淋漓,上身全都湿透。刘姐醒来,还情不自禁地打哈欠。秀玲把刘姐的两只手分开,她的十个手指按着她的十个手指,贴得那么使劲,指肚顶着指肚,仿佛那儿有十条河流,企图交汇。

六

秀美说,她要回老家几天准备订婚。

秀玲讶异极了,问:"就咱过年回去你相亲的那个男的?你才见了他一面!"

秀美白了她一眼,说:"有啥好惊奇的?他家条件不错,父亲是副镇长,娘说晚回去了怕变卦。"

秀玲撇撇嘴,问:"你喜欢他吗?"

"还行。"秀美看上去美滋滋的,"我们每天微信视频的,相当于天天在一起,这不挺好?"

"嗯。"秀玲不说话了,过了半晌,她还是忍不住开口问,"姐,你这结婚速度很快啊,结了婚你还到苏州打工吗?"

秀美梦幻般笑了,俨然成了新娘跌倒在幸福的婚纱中,她露出了虎牙,说:"是呀,基本不太可能来苏州了,我们会搬到县城,他爸爸给他买了一套房子。"

"——那我呢?"秀玲急了,事情逆转性太大了,她有些猝不及防。她想如果让她重回到故乡低矮的石头墙边,她会崩溃的,这不是她期待的世界,风马牛不相及啊——她梦想要去的是巴黎,巴黎啊,是那塞纳河畔莫迪利亚尼散步的流光溢彩的巴黎!

她恼怒得不禁要哭出来。秀美初以为她在嫉妒,问清后就慢条斯理安慰她说:"傻丫头,你已经成年了,你想在苏州打工可以继续过来啊,很简单。"

很多画面一时间纷纷从秀玲脑子里涌出,她挠挠下巴,将脑袋转向外面,看着栖息在绿叶葱茏间的鸟儿,她忽然强烈盼望小莫到来。她已经两周没来了,她身上的甜橙香味在秀玲脑海里越发浓烈。秀玲想要像剥橙子一样剥去小莫身上伪装的层层叠叠、丝丝缕缕,让她光溜溜地像条鱼,在砧板上,摇摆晃动起来噼啪作响。

果然,心想着小莫,小莫就到了。小莫的身子轻盈通透,好像青草在四周扶摇,甜橙之香像是从中心点源源不断散发开来。秀玲想,秀美要离开苏州了,她就成孤零零一个,小莫能算是她朋友吗?哎,别做痴梦了,人家有钱有情调,人以群分,她压根儿和你是两路人。

给小莫做身体护理,不用花太多力气就能行云流水一气呵成,像唱首歌一样,水到渠成。秀玲可以漫不经心和她边吹牛边做事。小莫说她男朋友研究生快毕业了——她让他别回来,在北京找工作,她会去找他。可是,秀玲生硬地挤了一句:"北京的生活成本太高啦!苏州多好,山清水秀。"小莫笑她:"你懂什么呀?北京国际化大城市,人要往高处走。"

"哦。"秀玲木木应了句。

小莫问秀玲:"你去过上海吗?"秀玲摇头。

小莫又问秀玲:"你去过苏州金鸡湖李公堤吗?"秀玲又摇头。

"可怜的。"小莫忽然发了善心,激情高昂,说,"要不今晚你跟我走,我带你好好体验一下,什么叫享受生活!"

秀玲怯怯中带着期待,向沈姐请假,说身体不舒服,晚上没客人能不能早点走。沈姐准假也爽气,两分钟不到就回复了她,把秀玲乐得发癫。

俩姑娘疯疯傻傻就上了小莫的奔驰车,小莫开车也是在耍酷,急转弯,急刹车,把秀玲的心差点飞掷出去。小莫花钱大方,点餐眼皮也不多眨一下。金鸡湖的水在各种颜色灯光的照耀下斑驳多姿,摇摇曳曳,很有莫奈油画中的朦胧感,碎影中荡漾着各式建筑,秀玲觉得在梦中神游,她稀里糊涂拉小莫的手,玩得太入境了。

她们喝了很多酒,秀玲平生第一次去了夜总会。夜总会包房的玻璃全透明,折射处是无数个小莫和秀玲的影子,看得人扑朔迷离。时间在发酵,酒精在发酵,秀玲的身体在发酵。直到半夜,小莫才叫了代驾送秀玲回,秀玲仿佛还在河流中,河床与草原分不清彼此,她听见风的尾巴盘旋着,向远方刮去。

秀玲在家昏睡了整整一天。嗓子喑哑,可能被酒精灼伤了,她想她不该喝这么多酒。雨点淅淅沥沥,落在窗玻璃上,秀玲湿乎乎的头发靠着枕头,她发烧了,裹在被子里,但好像灵魂还游在昨夜的金鸡湖。

小莫伏在她肩头上说了一些话,一些重要的话,但表达得支离破碎。她一点也想不起来——秀玲惶惑地狠抓自己头发,提醒自己使劲想啊——因为喝酒她忘得一干二净,她怎么也贪恋酒了,酒鬼都是被人唾弃的,啊,她崇拜的莫迪利亚尼不就是沦落在酒精上?

"他疲惫不堪,内心也充满了渴望,渴望邪恶,渴望酒精,渴望喝水,渴望平静,渴望回家,尤其是渴望着邪恶和酒精。"

她咬紧下嘴唇,嘤嘤哭出了声。这一夜的蜕变,她不会告诉谁,包括秀美。她混混沌沌做梦,梦里影子在颤抖,梦里有一只蝴蝶在迎风飞舞。

七

小莫从此没有再来过私密会所,消失得无影无踪。

秀玲不好问沈姐。私密会所,就是私密保留处,像云一样飘来,像水汽一样蒸发。秀玲坐在二十层高楼上,远处是另一种光亮,可能是若有若无的晨曦,也可能是雾霾灰蒙蒙要压上阵来。

秀美已回家订婚了,剩下她越发孤独。只有莫迪利亚尼,能解她的忧愁。她索性买了本《莫迪利亚尼传》,闲暇时间翻来覆去看。

刘姐来了,又问她:"有什么兴趣爱好?"

"画画。"

刘姐说:"你去学啊,可以参加成人高考,考苏州大学的艺术系。"

她没有应答。

刘姐肚子上的疤痕很丑,像条粗大蛮横的蜈蚣。秀玲手指碰触到这条蜈蚣时头皮一阵发麻。那天,刘姐闭着眼睛说话了:"这是二十二年前剖腹产留下的,临生产时孩子脐带绕颈了,才想到剖腹产处理,麻醉药还没完全发生效应,医生就动刀子,那个疼啊真没法形容。"

"你孩子现在读什么专业啊?"秀玲问了一句。

"他去了法国,攻读经济学。"

哦,秀玲张了下嘴巴——巴黎,流光溢彩的巴黎,幻影憧憧的巴黎,莫迪利亚尼的巴黎。

刘姐不喜欢东拉西扯,随后又不说话了。她的双下巴往下垂,乳房往左右两边挂,大腿坚实粗壮,嗯,像凡·高画里的农妇,悍然、有力。秀玲猜想,会议室里刘姐作为领导讲话,应该也是强悍而果敢的,不容半点儿迟疑。

刘姐穿戴齐整快要出门的时候,又问她:"你真的喜欢画画?"

秀玲没有狐疑,快速点头。

刘姐写给她一个号码,她说:"苏州沧浪亭附近有个颜文梁纪念馆,是苏州美术专科学校旧址,有很专业的美术培训,这是唐老师号码,你去找他好好学点东西,是我多年老友,你就说是我推荐你去的。"

秀玲瞪大了双眼。刘姐笑了,说:"认真学,起码学费他不会多收你的。"

刘姐走了,秀玲还陷在游离蒙昧的状态,但很快,她在网上查到了颜文梁纪念馆的介绍,宏伟的希腊式教学大楼让她顿时兴趣大增。从资料上秀玲了解到:1927年,颜文梁认识了绘画大师徐悲鸿,并在其力促下同年就赴法国留学。在欧洲留学期间,他节衣缩食,购置并且运回了五百多件著名雕塑石膏,万余册图书,为苏州美专的学子添置了居全国之首的设备。

她把那张写有号码的纸片紧紧攥在手中,暮春时节的风,吹过旷野,吹过山峦,吹过城市,吹过高楼,吹到秀玲的脸庞。她想,莫迪利亚尼二十岁时,满怀才华和抱负,从故乡意大利去了法国。而她秀玲,在透明的空气中,嗅到了夏日的气息,她想咬整个世界一口,就像啃一个苹果,或者吃一个慕斯蛋糕,带着点小小的调皮……

最后一把扫帚

一

认识安小芳的时候她二十三岁,那时候我还是鱼行街的小混子。

她穿着背带裤,带着一群孩子,从幼儿园大门出去,像小鸭过街,一长串摇摇摆摆晃动着身体。春天的街道少有人,人们都忙着上班。杨花迷迷蒙蒙一片,落在安小芳头上,仿佛鸭毛漂浮在水面。她并不知道,傻呵呵的,和孩子们在碧水公园里又唱又跳。

我比安小芳小四岁。那时,我已经辍学,辍学是因为厌恶我的班主任——他家盖房子,竟然想方设法要通过我妈,让远在国外的父亲给他采购便宜的水泥50吨。母亲是女流之辈,不晓得怎么办,我说:"算啦——别去让老头子烦心啦,反正我也讨厌上学。"

我沿着青石板路,踢着一颗小石子到碧水公园时,安小芳摔了一跤。很狼狈,四脚朝天。小屁孩们捂着嘴笑,他们太小啦,不懂得扶美女老师一把。我横空出世降临在安小芳面前时,有点小帅样,卷发、花衬衫,我人高,又壮,唇边胡须浓密一层。

安小芳说:"我有点摔晕了。"

她借着我的手劲慢慢爬起来。她的手绵软,散发着清香,像涂了一层柚子汁。我喜欢这味道。她白皙的手臂上汗毛挺重,仿佛被风梳理过一样,一根根均匀有致。

不一会儿,她又和孩子们讲起了女巫的故事,对,骑着扫帚的女巫,飞来飞去。

那天晚上安小芳就随我来到鱼行街。鱼行街,街头巷尾散发着鱼腥臭的味道,但不影响生意。我带着她来到新开张的一家徽州臭鳜鱼食府。她的表情一惊一乍,好像每时每刻都在表演童话,她说:"不会吧——这鱼这么臭!竟然要我们吃这么臭的鱼!"她用力拍打桌面,找服务员算账。我按住她,我说:"尝尝!"不由分说,我就把鱼肉塞到她嘴里。结果,她吃了一条鱼,不过瘾,再要一条!

她读的是幼师,也就是说她上了幼师就再没和男生接触过,包括工作以后。她扑闪着长长的眼睫毛,问我从事什么职业。她以为我和她一般年龄。

我笑了,故作高深,其实我压根儿不晓得怎么回答,我就喜欢她甜甜傻傻的模样,我蹭蹭头挠挠耳朵,我说:"我是搞音乐的,DJ,就是——音控师。"

"哦。"她张了张嘴巴,眼睛发亮,"真的吗——我也喜欢音乐,喜欢唱歌哦!"后来我们就到城镇一家歌厅唱了半夜的歌。她喜欢陈淑桦,嗓音的确不错,把陈淑桦的忧郁、文艺气质都展现出来了。

我们俩一首接一首唱得上气不接下气,终于在喘息的时候,我斗胆吻了她。

她没有战栗,迷惘地看着我,然后一脸无辜地说:"你的唾沫星子怎么这么臭!"

"是吗?"我怔住了,我去闻我的手,是有点臭,可能,还不是一般的臭——

我大脑开始缺氧,我想我要晕过去了,她突然爆发出骇人的笑声,说:"哈哈,我故意整你的——"说着,她主动趴过来抱着我的头狠狠啃了起来。

就这样,我们厮混了一阵子。可是很不幸,我父亲从国外回来了,得知我辍学的事情他肺都气炸了,他动足脑筋把我转到遥远的另一个城市——上海,我又开始了我辛苦的读书生涯。

安小芳——

安小芳——

离开她的第一个月,我是多么想念。我想念她身上散发的柚子味,想念她浓密的汗毛,想念她傻乎乎的笑容,想念她陈淑桦一样的嗓音。我们身体抱作一团时,我有一股不可遏制的冲动,我想,可能干了也就干了!——她钳住我向下游走的手,竟像老虎钳一样坚硬有力,只是把胸脯凑过来。

我把头埋在她胸脯里,仿佛在果园里巡逻,奇香阵阵,硕果累累。

她喜欢讲童话,尤其喜欢讲意大利童话,什么《鸡舍里的王子》《王后和强盗的婚礼》《理发师的时钟》……她喜欢一边捋着我头发,一边绘声绘色讲开了。我伏在她的腿上,听着听着有时会打盹睡着了,她把我摇醒,或者,把我吻醒,甜蜜得让我窒息的吻,她给我的又偏偏如此短暂。

她正襟危坐,又开始她的童话故事:

"我来时是少女,我去时是少女,权杖与王冠尽被我获得。"

我嘟囔着:"讲什么童话呀!"

"《第一把剑和最后一把扫帚》。"她晶亮亮的眸子看着我,晕,她是把我当成幼儿园孩子呢,还是男朋友?她的声音带有魔力,让我在离开她以后倍加思念。

二

二十年以后,再见安小芳。

两只白蝴蝶在她的帽子上转圆圈。她不叫安小芳了,而叫——安迪。她沿着南京的梧桐树林荫道走了一段路,回了头。

我在卓林酒店参加一个笔会。那里人一波一波,二楼是商业会议,人络绎不绝。

我在一楼咖啡区眺望玄武湖。我不知道是云影的关系,还是我心绪烦躁的缘故,南京这个古城让我喘不过气来,我并不是第一次来,我对一座城市也不至于如此挑剔,我只是——

一个女人坐在我不远处,抽着烟,喝着咖啡。

某种不知名的东西拉着我的视线转向女人。她身形恰好,优雅的弧度,我细瞧她的脸部五官时,我想我应该是被灵魂唤醒了什么。她起身,向酒店外面走去,两只蝴蝶在她的帽檐转圆圈。我又被涟漪荡漾的睡眠感袭击,我没有跨出脚步追赶,我想我可能看错了,人海茫茫,相似的总有几个。

卓林酒店外是一片大广场,夜幕降临,我一个人溜达,有些鸽子聚拢来,停在石阶上啄食。早晨我离开妻子的时候,她漠然扫视了我一眼,我提着行李箱,我说:"三天。"她没应。她已经习惯了我这种节奏。她按部就班,单位里第一个冲锋陷阵。我是懒懒散散,比较随心。要不是女儿还太小,我觉得单身过日子可能更适合我。

我看见那女人转回来了,她的身上笼着一层明亮。一种鲜明的圆润和柔和感。

她的目光瞅向我的时候,停顿了半分钟,然后,她像蝴蝶,盈盈笑笑,落在我跟前,她说:"你是路齐?"

她准确无误地报上了我二十年前的名字。

——安小芳!

我觉得不可思议,但是她温软的身体被我轻轻拥着,我×!玄武湖水浪拍打着岸边的堤岸,像一场真实的梦境,我凑近她耳根,试图捕捉原先的柚子味,好像变了一种我说不清的味道。湖水涌动的声音也有些意味深长。我想,我是随着梦中真实的感觉走呢,还是顺其自然——二十年,二十年前,我听说我到上海不久之后,她也神秘地失踪了。她好像被一个导演看中,带出去拍戏了,但是她所参与的电影至今也未上映过。

我不想着急问她这二十年。

说白了,那和我没有关系。我们礼节性相拥了半分钟后,分开了,我笑,她也笑。美人也会被岁月催,她的眼睫毛依旧长长,但笑的时候鱼尾纹还是很明显。她看我的眼神好像还是在看一个孩子,她拍我的肩,手拂过我的脸,说:"真好!"

我忽然性欲涌上,不,那是蕴藉了二十年的情欲,我是如此怀念着二十年前的时光,"——我把头埋在她胸脯里,仿佛在果园里巡逻,奇香阵阵,硕果累累。"那时,我根本不用去操心枯燥沉闷的生活。我没心没肺,无忧无虑。以至于以后的现实里我颠倒了梦境,我总觉得我身下睡的女人根本不是妻子,而是那个骑着扫帚飞来飞去的安小芳。

我背过身。

她提议我们应该去喝点什么。南京的1912人气很旺。

我皱皱眉,我说太闹腾。

"哈!"她在我嘴边哈气,说,"走吧,别把自己心境活得那么老!"她挽着我的手臂,像个英国王室女人挺着胸噌噌噌走上出租车。我想她的性格还真没什么大变化,性情、率真——我瞻前顾后什么呢?大可不必。

喝的是威士忌,加了些冰块。她酒量好,我有些晕沉,她还谈笑风生着,脸色绯红。我原以为我会扶着她回房间,哪里料到我迷迷瞪瞪先入迷幻状。据她陈述,我回房间后脱掉一只袜子,领带,还有半件衬衣……

半件衬衣?

对呀。她咯咯咯笑,脱掉半件衬衣,你的头就耷拉在沙发垫子上睡着了。

三

我和我妻子半年没有同床共枕了。

她有洁癖,她好像是无可奈何地接受我,这让我也彻底反感。

有时,我真不太明了我们组合在一起的意义。她更像是照顾我物质生活的人。一日三餐,衣服熨烫,洒扫庭院——说白了我找个菲律宾女佣都能做好。女儿会牵着我俩的手在公园里蹦跶,花儿明媚,我深深呼吸——幸福的假象,是幸福,也是假象。但我没有恼怒和烦躁,只是深夜一个人醉酒的时候,我特别希望我晃晃悠悠醉倒在街头时,一辆汽车迎面把我碾得粉碎。女儿和我一样,也是大眼睛,酒窝一对,我可不希望她容貌太像我,我宁愿她像隔壁姓陈的男人。姓陈的男人是做奔驰汽车销售的,每天皮鞋擦得锃亮。

我想总有一天,恢复我的单身日子。天马行空,随心所欲。

我的欲望并不强。

我写一些东西,喝一些酒,喜欢隔一段时间到偏僻的地方住一阵。实际上,我喜欢安静、朴素、真诚的生活。

火车发出一声尖利嘶叫,沿着海岸疾驶,暴戾而湛蓝的海面炫射着光芒。安迪发来微信,说她已经坐飞机到了日本,现在乘新干线到镰仓海边。

我低头剥橘子,酒店里的新鲜水果。我睡了一天一夜,她就到了镰仓海边。海边有沙滩,有贝壳,有牡蛎,她是一个人低头行走,还是有人相伴?我不晓得。我心不在焉回了妻子一个电话,很快挂断了。她有些闷闷不乐,她说:"昨天下楼梯太急,摔了一跤,膝盖青肿。"

我洗了个澡,刮了胡子,穿上衣服,坐在沙发上,安安静静想了会安小芳。

我想,下次再聚,我是否要请她吃臭鳜鱼,吃个爽。

我不是刻意怀旧。我想这样的事情是我们喜欢的,为什么不去做?

鱼行街还在,成了古镇景点。碧水公园没有了,早被开发商拿去地皮炒成高档楼盘了。没事。我想和她再去 KTV 飙歌,看看谁的气场更足,谁更有激情。

妻子又打来电话,说:"骨折,走不了路。"她要我火速回家。

好吧。

我舒舒服服将头发吹干。我把骑着扫帚的女巫像一张纸一样折好,四四方方,夹在我的笔记本电脑中。

下楼时我发现卓尔酒店的咖啡区多了一些鲜花,而位子空空荡荡。

玄武湖的湖水在太阳下清澈明亮。嗯。她也在水边,海水边。

四

妻子可怜巴巴坐在躺椅上。

我把她抱到床上。我们之间的身体和语言交流少之又少。最近一次我们房事的时候,我仿佛拿着一双筷子把一条烧好的鱼翻过来翻过去。我不晓得问题出在哪里。

在床上,她心不在焉,然后板起面孔很严肃地抛给我一个话题:房价又开始涨了,我们最好再买一套,等女儿上初中的时候,这套房子可以出售。妻子的脑海里有个天然的计算器,嗒嗒嗒嗒会摁个不停。

妻子是炒房的高手。婚后我们买了个二手房,没过三年,房价飞速提升,她把二手房卖了又买了两套中户型的二手房,鸡生蛋,蛋生鸡,直到银行贷款有了强制性政策以后,她才消停了一阵子。现在她又开始动这方面脑筋了。

我从小就害怕做数学题,仿佛一做就会把我脑子烧坏一样。

我想,迟早会有一天,我会像鸟儿一样飞起来,飞离鸽笼一样的房子,落到海边,变成海鸟。

我在猜想,安小芳的二十年。

这二十年感觉是波澜壮阔,一个女人从二十三岁到四十三岁,经历了多少世事?首先是那位导演,电影没公开上映,女演员神秘失踪。我认为安小芳是在一块墓地上,她一只手按在一块大墓石上,由于她身体非常轻盈,所以她一跃就越过墓石,落到另一边,一溜烟跑掉了。导演被这诡异现象惊吓得差点尿裤子,他百思不得其解,安小芳是如何在一场墓地戏中把自我消融的。那时,安小芳讲了一个有关理发师时钟的童话。他悚然一惊,下意识摸了一下裤裆,幸好那东西还在。只不过日后就非常不争气了。

后来,她漂洋过海,去过澳大利亚。和一个华裔谈恋爱结婚,华裔靠炒房发迹,并依旧热衷炒房,他认为这是最佳的赚钱方式。安小芳在澳大利亚海滩看见竖着刺海胆的礁石,礁石有很多孔,光溜溜的。她建议他去潜泳,可惜他游得糟糕透顶,被海浪呛了,还拼命流泪,极度痛苦的模样。安小芳没有安慰他,相反,决绝抛弃了海边哭泣不止的丈夫,她吃了一个苹果,苹果核掉进了散发着阵阵腥味的海水中,她拍了拍手,走了。

再后来。

不晓得,当然都是我的臆想。这样猜想着她的时候,我认为很有意思。

她最擅长的就是面对一群孩子讲寓言和童话。

"他们一直幸福快乐地生活,我们却在这里清理牙齿。"

我清理的是狼牙齿,我是一头狼。我清理的是兔牙齿,我是一只兔。我们已经很孤单与可怜了,所以狼不能再吃兔。狼和兔达成了协议,客客气气握握手,唱唱歌。

睡觉之前,我会给女儿讲床头故事,就是安小芳曾经给我讲过的童话。如此清晰,二十年来,并没有褪色。好像安小芳就在我眼前,绘声绘色,她的眉角眼梢都带着感情。

这些故事既不是出自安徒生童话,也不是格林童话。我记得她曾经说过,是意大利童话。后来,我查阅了很多资料,终于印证它是卡尔维诺采录选编的。据说这个作家特别喜欢昆虫、植物,他的大脑结构的复杂精致程度是很少有人能比的。——牛人!

我游离得太多,我必须回到我的安小芳。

我接收到了一条来自安小芳的微信。

她没有说什么,发了一个拥抱一朵玫瑰的表情。我回了她两个拥抱和两朵玫瑰。

很久,她发了张照片给我。——镰仓青铜大佛银杏树下,她低着头,脚底下是千万张叶子,金黄一片。她的表情无悲无喜,安静淡然。

突然间,我泪流满面,我想抱着她唱张楚的歌——《姐姐》,嗓子唱破了我也要唱。我是个混球,我遗忘了很多真实与美好。我也不知道如何去面对日渐麻木的心灵。在和妻子的对话中我的声音总是有气无力,才讲了一会儿就疲惫。我希望早晨醒来,客厅里有一个大大的棺材,好让我钻进去沉睡。

五

一只蚊子飞到我眼前,影响我的视线。

我无法安心看书。我想一巴掌拍死它,可是,它狡猾极了。一会儿,在眼睛前,一会儿,在鼻子前,一会儿好像在我的掌心了,但一会儿它又噌地飞起。我几乎气急败坏了,但没有用。

在我筋疲力尽想要忽视它的时候,蚊子神不知鬼不觉地消失了。

妻子一门心思开始她的购房计划了,人坐在躺椅上,但仍可以通过网络运筹帷幄。她在想什么与我无关,可受不了的是她要我去现场勘查。我说:"我不去。"

我的态度使妻子茫然。过了两天,她又提出,我断然拒绝。她把一碗水泼到了桌子上。她说:"你以为靠你的那几个酸文字能养活全家?"

这是一种剑拔弩张的趋势,我做不出嬉皮笑脸的模样,说:"当然,老婆大人,你劳苦功高。"我在家里拥有三面墙的书和一个虚幻的世界。如今,虚幻的世界在渐渐崩塌,妻子最不屑的就是我的自视清高和不谙世事。她务实、精明,能徒手掂量出每一样物件存在的金钱价值。我想她也把我掂量了无数回,里里外外,上上下下。掂量我的人,我的文。

我夜里一点钟回的家。

我在外面晃荡些什么,我不知道。我故意的。我没有耐心和她直面这样或那样庸常的话题。我想找一个女人。可惜没有合适的对象。我的无聊,我的空洞,我的疲乏之感,统统涌现在那个傍晚。我给自己灌了很多酒,但恼火的是没有酩酊大醉。那次,南京1912,我竟然先于安小芳醉倒,也是个笑话。

"哎。"妻子不咸不淡,说声,"回来了?"

不大吵,不穷凶极恶。她还是有涵养的。我漠然应了声,上床睡觉,翻个身各留背影。

安小芳关机。关了两个月。人间蒸发一般,杳无音信。

我逐渐也冷却了我的天真。

我想她一定有很多个情人,在世界各地。意大利、法国、俄罗斯,甚至土耳其。我的手指敲击电脑键盘的时候,也是她翻云覆雨最欢快的点。她是否有丈夫,她靠什么来支撑自己周游世界,这些都无关紧要了——她依赖的是她的真实和率性。

隔了几日,我走在鱼行街走路时,在黑暗中突然看见从顶楼冒出一股浅绿色的火焰,接着是一声爆炸的巨响。瓦砾碎片、砖头木梁、石灰墙皮像雨滴落下。我整个吓蒙了,很久,听到了汽笛警报声,后来消防车、警车统统都到了。

一幢老公寓房的电线线路老化,引起煤气爆炸——所幸的是那个时间点,上班期间,公寓房里几乎没有人。慢着,媒体说,还是有一个女人,一个女人蜷缩在床上,煤气爆炸事件让她严重烧伤。

——可怜的女人,电视上她全身缠绕着纱布,只剩嘴巴和鼻孔裸露在外。

我的脑袋嗡嗡作响,说实话,那爆炸的巨响冷不丁炸飞了我的灵魂。

从没遇上这样惊险恐怖的画面。我心有余悸,我想,那天假如我提前五分钟出门,我恰好走在老公寓房楼下,那砖头木梁砸中的就是我的脑袋,我和可怜的女人一样,惨遭飞来横祸。也许我的命还没她大。我就这样一命呜呼了——不过我不是希望有这样的结局吗?我晃晃悠悠醉倒在街头时,一辆汽车迎面把我碾得粉碎。

一样,一样的——我已经口齿不清了,仿佛舌头底下塞了颗核桃。

六

安小芳。

安,小芳。

芳,小,安。

女儿幼儿园中班,认识了一些简单的字,她看见我涂在白纸上的字,就颠来倒去念。我还在和她讲狼和兔子的故事:

我是狼,你是兔,我们已经达成了协议,客客气气握手唱歌,狼也别想着吃兔,兔子也不要担惊受怕总想逃跑。

女儿属兔,特别喜欢兔子的毛茸玩具。

我晓得安小芳也属兔子。狡兔三窟、动如脱兔。不晓得她又在何方逍遥。她拿着一张硬硬的白色磁卡,插进卡槽亮起一点绿光,轻轻咔嗒一声,门就开了——她又会见哪个男人?其实哪个男人都无所谓。她是她自己的君王。

我嘴唇有点干,我亲了下女儿,女儿柔嫩的肌肤仿佛春天里的花瓣。我买了一大套意大利童话集,如果可能,暑假里我想带着女儿去威尼斯坐坐贡多拉,然后在那汪蓝得晶莹、柔情的海水中静静待上一段时日。

手机响了两次。一次是妻子打来的,她结束了冷战,摔断的腿也恢复差不多了,日子依旧,按部就班,该干吗干吗。还有一个电话,响了几下,就断了。我瞧了一眼,是座机电话,估计多半是推销的。懒得回。

我在沙发里坐了很久,初夏的闷热从打开的窗户里灌进来。这是个潮湿的黄昏,高大的银杏树沉寂。我没开空调,懒得动。女儿跪在地板上玩积木,头发湿润,时不时跑来要我擦去她脸庞的汗滴。整点了,小区里的钟声悠远,传过来,钟声飘荡在空气中,有点油画色彩。

手机又响了,又是那座机电话。

我犹豫了几秒钟,最终还是接通了。

医院打来的——问我是不是叫路齐?

我全身皮肤紧缩,预感不祥。

医院说:"有个女士,临终状态了,之前提出过想见你——"

我心几乎要从胸腔中跳跃出——谁呀?

对方说:"病人叫安迪。"

我觉得不可能。但的确是医院电话,市立医院。没有人会开这样的玩笑。我出门时暴雨降至,我像一条大毛虫,蜷缩在出租车后排座。整个城市阴暗诡异。我看见一双又脏又旧的矮帮鞋扔在后排座上,司机也莫名其妙。我想可能是弄错了。司机在絮絮叨叨,他有点娘娘腔,在扭扭捏捏抱怨什么,我一句话也没听进去。

雨天,大堵车,过了足足一个半小时我才到达医院。

遗憾的是,等我到时那个女人已经过世了。我迟缓疑惑地移动脚步到太平间,我仍然觉得是弄错了——太平间一具具尸体蒙着白布。接待我的人撩开了其中一个。

那具尸体的脸部缠绕着纱布,只剩嘴巴和鼻孔裸露在外。

这不是老公寓煤气爆炸案受伤的可怜女人吗?

——她会是安迪?我半年前遇见的安迪?我拼命摇头。

我无法辨认出她身上有一丝一毫安迪的气息。太平间的光、墙、布都安静得近乎虚构。是的,都是些不真实的布景——我明白过来我是在一个虚幻的世界里构思着小说,我憎恨把我的主人公设计成死亡,这是多么蹩脚拙劣的手法啊!我也憎恨情节发展过程中把偶然事件安插进去当作必然联系——扯淡!生活中没那么多巧合,这些完全是作者杜撰,杜撰得太狗血了——让人恨不得敲死这个无事生非整天敲打键盘的家伙。

我再打出租车回去,又是大堵车,回到家,夜里九点。

其实我完全可以留下来,去细细追问一些蛛丝马迹,譬如她怎么会有我的手机号,譬如她怎么会住在老公寓房,譬如她有家人吗?诸如此类的问题,一点一点去问。但我冷漠地转身走了。

我认为这个叫安迪的女人和我浑身不搭界,她一定不是我认识的二十年前的安小芳,也一定不是我半年前邂逅的安迪。

七

我关上门,取出手机,有张照片我保存着。——镰仓青铜大佛银杏树下,她低着头,脚底下是千万张叶子,金黄一片。她的表情无悲无喜,安静淡然。

我想她应该还在全世界逍遥,骑着扫帚,到处浪荡。她的世界,和我一点也没有关系。我可以不想她了。

安,小芳。

我在成人用品店里买了一个新玩意儿,用在妻子身上。她有些羞涩,有些好奇,但还是勇敢地接纳了那新玩意儿。当她发出前所未有的娇喘声时,我听见了小区池塘里发出一声滞重的蛙声——仅此一下,就再也没有下文。

听尺八去

一

宁晴踏进隐谷寺大殿时,发现青花布鞋的脚尖已经湿了。在义工部签好名,一个叫小王的男子就吩咐她去打扫会客室。拖把、抹布、水桶都是专用的,不可搞混。另外,他还叮嘱了声:"拖把要拿到外头的河里去洗清污浊,不可偷懒。"

宁晴白净的面颊既不微笑也不悲戚。

每年她都给隐谷寺捐 5 万功德钱,可她依旧怅惘。雨点洒在石雕的观音脸上,庭子里积起了一汪水。宁晴弯腰,擦一个玉壶春瓶,里面插着的几枝枯莲蓬头已经有好几年的光景了。就如那时,她和冯雪峰在玄武湖边最初相识。

"你怎么又不理我了?"冯雪峰开口就说这句,把她吓一跳。

他嘿嘿一笑,露出虎牙,衬衣敞着怀,雪白的 T 恤耀眼。

"别见怪!他是个诗人,帮我们一起来负责策展。"南京接待办的同事解释。

宁晴扑哧笑出来,平日一直和西装笔挺的银行人打交道惯了,现在碰到个诗人,还真觉新鲜。尤其是开口那句话,仿佛他们好过、吵过,像断桥边的白素贞与许仙,又磕碰上了。

策展一下子进行了五天,几乎都是冯雪峰在替她出谋划策。还别说,这诗人点子一个又一个,像放烟花,各色各样,绚丽缤纷。大领导很满意,专门嘉奖。宁晴受用的是和冯雪峰在一起的感觉,风清,月白。她离异整整十年了,坐在企业高管的位置,真有高处不胜寒的孤单感。雪峰待她,是自家姐妹那种亲,也有对邻家女孩那种疼,更有,她说不上来……他眼神扑朔,玄武湖里的水轻快地翻腾着,一会儿绿,一会儿蓝,他凑在她耳边酥酥痒痒地说:"我会到乔平来看你。"

他还真到了乔平市。他来以后,和她一下子熟到骨子里。第一夜,她就轻而易举被他俘虏了。她不是小姑娘,但也不轻佻,高管的位置也让她慎之又慎。但是,在他面前,她就是小姑娘了。他又装作可怜兮兮的样子,摇尾乞怜说:"你怎么又不理我了?"她把他捧在心窝,如果他把她当作一块酥糖点心一口吃了,她也愿意。

雨下得越来越大了,小王说:"这两天有台风,把窗户关紧一点。"他侧过身子,瞄了一眼,说,"你加快速度呢,等会帮我一起收拾杂物间。"小王腰里别着一大串钥匙,说话像她的大领导。他应该是义工部总管。

一会儿,宁晴跟着去了杂物间。小王说:"你把这几根钢管搬到隔壁墙角去,这儿犄角旮旯都要收拾干净。"宁晴皱了下眉,小王没看见。宁晴试着搬了三四根,真的很重。她悄悄说了句:"我想去听经。"小王狐疑地看了她一眼,不容分辩地说:"你跟得上他们诵经?一样的,一样在做事,一样在修行。"

宁晴还是趁着空隙溜出来了。大雄宝殿里在做法事,三位法师身着袈裟,青褐色,还有皂色。六位居士身穿黑色裟衣,磕头作揖。诵经如仙乐。木鱼声不断,它应是在念:"是日已过,命亦随减,如少水鱼,斯有何乐。"宁晴不敢贸然闯入,只在殿外站立,默默听,雨丝飘飞不断,廊檐下角落有一尊花岗岩观音菩萨垂下双目静坐。旁边一尊黑色弥勒佛还未完全从包装箱里取出,袒露上半身,笑意盈盈侧看着旁边的观音。

冯雪峰也总是这样嬉皮笑脸看着她。

有好几次,她试探性说:"要不,你就到乔平来工作?我们生活在一起,彼此有照应。"他不吭气了。他的家在西宁,有老婆,有七岁大的儿子。他默想了下,说:"我觉得这样蛮好,双休日咱们聚一下,何必天天在一起?豪猪之间都要寻求距离感,更何况人呢?"宁晴知道他是不愿意伤筋断骨,这样的伤痛自己又何曾没有尝过?一个人吃着冷饭团子去上培训班夜课,丈夫在别处笙歌艳舞,女儿在哇哇啼哭,她恨死了那些不要脸的女人。黄昏的冷寂凝了起来,她拼了命加班,凄哑的秋虫声,夹着些幽冷的霜菊,哪想到她一熬熬出了头,事业青云直上,三年前把女儿送去了美国读书,她听见鸠啼越发落寞。

大厅里传来人声,原来又来了几个义工。宁晴避开她们,绕到后院禅房更为冷僻清幽的地方。

没料到,太湖石、花窗背后,传来一阵缥缈空灵的乐曲,如同一道渐渐淡去的弧线,勾勒出空中铃音隐隐而逝的痕迹。宁晴听得出神,倚在太湖石上一动不动。吹奏这曲子的乐器,不是箫,也不会是笛,神秘得让人感觉乐器之音无首无尾,却又绵绵不绝,不知音乐来自何方,却又让人无法释怀。宁晴只觉自己在空寂的山谷,衣巾上簌簌落了一身的野花。

曲停。宁晴迈步上前,见一僧人气质沉静,清瘦,背挺得很直。宁晴双手合十,念了声"阿弥陀佛"。她见僧人手里拿的乐器,确实不是箫和笛,竹器根部偏大,她忍不住问师父。

师父说:"这是尺八。"

她问:"我能学吗?"

师父说:"尺八是法器而不是乐器,吹尺八的人也不是演奏家,而是修行的行者。"

她露出淡淡的伤感,又追问道:"我修行到何时才能学?"

师父说:"吹尺八时,一切声音从吹者心中自然流露,心自清澈,天地感通。"

宁晴若有所思,若有所叹。

"如果你一定要学,去找我的师弟,他已经还俗,专门传授尺八和古琴。"

师父转身时缓缓说了句。

二

那还俗了的僧人原来法号同渡,现在俗名柳承。他在乔平孤山脚下开了一家"明照道馆"。乔平小城市,宁晴不消半天就打听清楚了。

择了一个好天气,阳光松柔得像一团团蚕丝,宁晴开车去找"明照道馆"。并不是她想象中在青山绿水雾霭之中,也没有晨钟暮鼓声,七拐八弯,却是要穿过农贸市场,在一个小区里。一只猫悄无声息沿着花坛走过。垃圾桶敞开着盖子,苍蝇乱飞。小区楼梯墙壁被层层叠叠的手机号码盖得喘不过气来。

幸好,四楼,不算高。

有人开门。一脚踏进去,真是别样的世界。黄花梨几案上摆着一只两尺高青天细瓷胆瓶,瓶里插着一大捧干枯了的芦花。一股檀香幽幽地从里间潜出。绕过玄关,进大厅,宁晴也算是开了眼界:一面墙上挂着三只古琴,暗紫色流苏垂下来别有情韵;左半边置着一堂紫檀硬木桌椅;落地窗挂上了竹帘,地面铺了竹席,还放了竹垫;茶具、小盆景、点心一应俱全。

一个小伙子迎上来,眉清目秀,唇齿间更比常人多一分清逸。平头,中式烟灰色唐装,牙齿白净,一侧天光照过来,显得格外莹亮。宁晴已猜出他就是道馆的主人柳承,既然已还俗,不好开口就是阿弥陀佛,她不晓得如何称呼,柳承却是双手合十,把她迎了进去。

今天道馆有活动,雅聚了三五人。两个做生意的男人王总、李总互相乱捧。宁晴本身在生意场上混,对这类人有天生的看不起。还有一位女士,是电视台主持人。大家寒暄几句后,活动正式开始。电视台主持人叫小薇,熟门熟路,给各位泡上了金骏眉,宁晴喝一口,只觉舌尖生香。还未等各感官完全打开,泠泠七弦琴已经拨响。《阳关三叠》,正是宁晴平素爱听的曲子,缓慢而又蓄满了无数的离愁别绪。阳关,冯雪峰出生的地方更是在阳关之外,每次他说要回家暂居一两个月,她就说不上来地郁闷。他儿子七岁,在电话里奶声奶气地向他汇报:"爸爸,我的蚕宝宝开始结茧了——"她藏他的手机,藏他的车票,恨不得把他的人也藏起来。她知道自己这样不好,那个女人没有得罪过她宁晴,她为啥要平白无故去掠夺他人的幸福?宁晴孤苦地流两行清泪,知道自己是陷进去了。

柳承端坐着,身体随指法微倾,似一个人在松间静听风吟。

终了,他抚平琴弦,默坐一分钟,起身。小薇带头鼓掌,她年龄应该比宁晴稍微小一些,会打扮,银灰洒朱砂的旗袍,配一条黑红绸巾,走起路来一摇三摆。声音更不消说了,电视台主持人,磁糯中夹着蜜糖一样的销魂味道。在这道馆中,她就是新闻发布人。她说:"诸位,下一曲,《落叶》。"

柳承抬起头,望着众人微微一笑,跪坐下来。他一句话也没有,只是用他的肢体传达意思。宁晴终于再次见到了尺八。柳承双目闭上,安静地吹奏。宁晴也跟着闭上眼,啊,那轻盈而又神秘的声音再次萦绕在她的耳畔,风吹过竹林,一叶飘零,空转千回……

她忍不住睁眼细瞧了柳承,平头打理得一丝不乱,衣服毫无皱褶,白色的袜子纤尘不染。比冯雪峰还爱干净。她喜欢干净的男生,要指甲不藏污垢,齿缝不留黄渍,当然冯雪峰的干净是随性,柳承的干净是一种细节和习惯。

叶子依旧在翻飞,清幽而不幽怨,空寂却不孤独,宁晴听着听着,却是领悟到了一种超脱尘世之后大彻大悟的空旷与淡定。余音袅袅,风流云散。

柳承睁开眼,说了一句:"诸行无常,是生灭法。生灭灭已,寂灭为乐。"

众人唏嘘感慨了下。王总、李总嚷嚷着要小薇唱一段昆曲,说:"换换气氛,你这女梅兰芳给我们亮亮嗓子。"

宁晴觉得有些诧异,但初来乍到不便多言。小薇在两男士的吹捧下眼皮也轻佻起来,她打开描金乌漆糖盒,挑了一块松子糖,伸出舌尖舔了几下,然后立起身,笑吟吟抚腮,说:"啊呀,那献丑了,就来一段《游园惊梦》吧!"

宁晴更觉有点意思,依旧不作声。柳承取来了箫,呜咽开来,小薇身段撒开,一对黑水银丸一般的眼睛在柳承脸上滴溜溜转着,只一句

"原来姹紫嫣红开遍"就一唱三叹将袅袅身影儿摇了无数回。王总、李总哧哧笑,肥头大耳的生意人,说话做事都一览无余。

王总说:"你这媚眼应该抛给我和李总。柳承是修行人,不吃你那一套。"

李总在一旁掺和,连说:"是呀,是呀。"

众人后来把话题转到新来的宁晴身上,宁晴只说自己是全职太太,家居休闲,时间无处打发,想来学点东西。

三

从外相看,外头人是无法揣测出宁晴身份的。她素面朝天,扎一个马尾辫,白净的脸孔,掩着几分说不清楚的晨雾,你说她单纯也好,低调也好,宁谧也好,总之她坐在那里不会高声喧哗。但又并不显示她没见过世面,她起身敬酒,端杯的姿势,说话的语调,都是恰到好处——像枝百合,悄然开放。她身材小巧,臀部的肉不多,显点骨感美。穿的衣料材质也好,颜色不张扬,配上一点吴侬软语,外头人觉得可能她就是居家太太,舒雅、端庄。

在生意圈子里人看来,宁晴可是个响当当的人物,有压场的本领——酒席上有了她的身影,那这场华筵必然以皆大欢喜的氛围结束。她浅浅低语两句,总裁就会点头,她是凭真实力在沟通,以她的英文水平,可以与汇丰银行、花旗银行的高管直接对话。寒窗酷暑近二十年的拼搏,造就了一个小女人的魅力,思维敏捷,办事利索。关键是她不骄矜——她从容、轻盈地入座,服务员递上热毛巾,她会说谢谢,男士请她跳舞,她也不推托,微微一笑。

唯有在冯雪峰面前,她宁晴失了心魂,分不清自己是什么状态。

冯雪峰初到乔平那次,约在咖啡馆见面。闲聊几句后,她就发现冯雪峰的T恤衫怎么线头子都露在外面,再细一瞧,整个衣服都反穿了——她也不揭穿,想象出他心猿意马匆忙出场的情景。他手无意识地瞎摸,想掏根烟,哈——脸羞红了,急着问:"卫生间在哪里?"——逃窜过去,将衣服穿正了出来。她已经笑得上气不接下气,因为实在憋不住了。他从背后抱住她腰,说:"别、别!笑坏了你的小蛮腰,我赔不起!"

肉贴肉搂在一起,她脸噌地红了。从没有在公众场合这样过。她急忙摆手。他装模作样傻傻地问:"为啥摆手?要不我们换个地方。"她只好点头,理好裙衫钻进车里。他一坐到副驾驶位置上,就把头凑过来。她触摸着他的气息,是玄武湖里的水在潋滟晴空下蒸发的气息,他身上哪里还有半点北方人黄沙味道呢?之后,她就喜欢倚在他胸膛上,听他念他写的诗歌。

她喜欢他的样子,斜挎着腰包,疾步而行,他走路的姿势,甩动的手脚,板寸头发,透露出的完全是一种少年行侠的气息。记得有一次,他们在一个城市的浮桥上走,他忽然在桥面上趴下来,做俯卧撑状,头探下去看个究竟,这木舟是怎样连接起来,怎样用钢缆、铁锚固定在江面上的?——诗人的思维是随性跳跃的,她永远无法猜透他的下一个动作会是什么。但感觉得出,他和她一样对浮桥产生了不可遏止的好奇和迷幻的联想。后来他说,浮桥上残损的圆木桩、木板与木板之间的缝隙、有铁锈的洋钉,仿佛身体里的穴位,在呼唤着每一个体验过的黎明与黄昏。

  命运,一卷在手的伤心/蜷缩的,一丝不挂的诗/风从田埂上把我的生平吹来/于是我在灯下端坐,一如/你初恋时莫名的容光

  诗歌散发出淡淡的伤感,对她来说,像一种不可遏止的魔力。

  和他在一起的日子,她觉得她的灵魂变轻盈了,她也忘了自己究竟是谁。

  柳承也以为她只是居家太太。正式授课是在一个星期之后,柳承建议她先学古琴,吹尺八要求太高,还要看修行的缘分。窗外的蜜蜂正围着一团粉色的桃花转悠,她放下心态,不勉强,如果要真学会古琴,也要下一番苦功夫的。她手型好,有悟性,勾挑之间已经有了样子。柳承的夸奖像清水淡墨,渐渐晕染开去,师徒两人都很受益。

  有一次,她是应酬之后去道馆学古琴的,也没喝太多酒,她是能把持住的人。但一进"明照道馆",她贴身文胸被汗濡湿了,脸色也有些酡红,其他徒弟都告辞了,只剩她和柳承面对面坐在窗户下。

  宁晴感到一阵微微的眩晕,一股酒意忽然涌上脑门似的,刚才灌下去的两杯花雕开始渐渐着力了。柳承取来冷毛巾,敷在她手下。一杯普洱慢慢入喉,她想起了远在异国的女儿和自己漂浮不定的情感,视线蒙眬起来,眼圈也红了,不一会儿,泪珠子竟簌簌掉在琴弦上。

  琴是反正学不成了。

  柳承称呼她晴姐,柳承说:"晴姐,世上多有烦扰的事,我们真要学会心无挂碍。"宁晴睁开眼的时候,见柳承细长的眼睛流出水一样柔软的东西。月色朦胧,洒在他的清白脸庞上,有种摇曳生姿的恍惚感。他的手搭在宁晴的肩膀上,但不僭越,只是一种关心和安慰。宁晴定了定神,想起他出家前的法号:同渡。百年修得同船渡,她相信人和人之间

是有缘分的。她轻舒一口气，说："柳承，晴姐要求得很少——安安稳稳过日子，舒舒坦坦地拥有女人的惬意，一点也不过分。"柳承点点头，也不多话。客厅里挂钟当当敲了八下，柳承才记起自己还没有吃晚饭。宁晴捋起衣袖至厨房，煮了碗葱花鸡蛋阳春面，色香味俱全，面有嚼劲，吃得柳承龇着白牙，朝她直笑。

窗外满天星斗，他们聊起天来。她问他当初为何出家，为何又还俗——说出来也是一段伤心事，五岁死了母亲，兄弟姐妹六七个，家里穷得叮当响，父亲苦巴着脸，只能任人将幺儿带去了江南的隐谷寺。五岁的孩子，一个人默默看着天空发呆，数手里的念珠想家人，寂寞恐慌得像只山上的小羊，只能咩咩叫。整日扫地、念经，所幸当住持的圆通法师见他聪明伶俐，教会了他弹古琴和吹尺八。

——至于还俗的原因，柳承没有多说。宁晴望着他葱一样的鼻梁，嫣然一笑，说："恋爱过吗？还了俗你是肯定要娶妻生子的。要不晴姐给你介绍一个？"

滴水观音叶子在窗台口显得异样翠绿。一只从佛堂里抱来的猫被柳承养得油光水滑，它弓着背轻轻巧巧走，有时呜咽一声钻到宁晴怀里撒娇。

宁晴忽然起身，说："我们去看电影吧，3D版的《泰坦尼克号》。"

他摆手，被宁晴强拉了去。电影宏大凄婉，主题曲如泣如诉。晚场，人不多。宁晴乜斜着眼，发现柳承眼光盈盈，动了情缘。

四

冯雪峰发来短信，说他公司新换了领导，三年合同期内的员工一律重新调度,可能会把他派到武威。这简直就是把他打回他老家,也好,回家看老婆孩子方便了。

宁晴接到短信时正在一个工程的奠基仪式上,戴着一朵胸花,高跟鞋沾了些泥巴。这项工程投资 30 个亿,现在看这里是黄沙泥土灰蒙蒙一片,但两年以后会花红柳绿高楼耸起。宁晴蹙眉,手有些微微颤动,她还要代表公司总裁剪彩。——她不习惯这样的场景,摄像机对着她的时候,她感觉自己不知如何微笑了。

上卫生间时,她把鞋跟上的泥甩掉。她给冯雪峰回短信说:"辞职吧,到乔平来。"

他没有回音,每次问到他这种敏感的话题,他就装傻。

诗人就是孩子,这是他和她说起过的。嫁给两类人是痛苦的:一是神经病,二是诗人。当时她听这话忍不住发笑。后来就习惯了,她把比她年轻几岁的诗人搂进了怀里,面腮贴近了他的耳朵,轻轻地、柔柔地说:"我愿意痛苦。"

她看见过冯雪峰老婆的照片,很敦厚,胸脯饱满,齐耳短发,她是镇卫生院的护士长。冯雪峰的父亲有糖尿病,她每天下班后负责给公公扎针。冯家养二十只羊、种三十五亩苹果树,她是顶梁柱,每到丰收季节,她会从单位请好假回果园安排妥当。雪峰咧嘴评价说:"嘿,这女人,比男人还有韧劲。"

难道我没有韧劲?宁晴心里暗暗想。当然这不是数学题,用不着放在一起比大小。

他揉搓着宁晴的乳房时说:"真小,像只小鸽子,但指不定会扑棱棱飞起来。"宁晴脑海里就闪现出他老婆的样子——她的乳房一定鼓鼓囊囊,如出笼的大包子。这样比较着,她的兴致就成了变本加厉的折腾和索取,自己也说不清,她人小劲儿大,竟把雪峰掀翻过来,鸳鸯戏水的苏绣靠枕全都滑到地板上。

欢爱过后,他赤条条趴在枕垫上,说了句:"我假如真和你结婚,咱得婚前财产公证。"宁晴哧溜吸了鼻子。"你的还是你的,别让人以为我冲着什么来的——"他扯着嗓子叫了。宁晴笑着说:"依你,都依你——"她端上来一道菜,清蒸全鸡。琥珀色大碗冒着热腾腾的气,雪峰裸着上身吃了一大半。

三年了,雪峰一直这样,模棱两可,她不好逼急他,怕一不小心将他逼回宁夏。

其实现在就是了断的最好机会,他若真随公司去了武威,他们之间的关系可能也终于此了。不可能再像以往一个星期幽会一次,翻云覆雨,各自倾诉。很可能他就在她生命里渐渐淡去,既没有期待的忧伤,也没有幽会的甜蜜,一个人,又恢复到孤独妇人的场景——她吸了口凉气,脚跺着,头摇得像拨浪鼓,不要!她不要!

卫生间的门没有关紧,冲进来一只土狗,小小的,黄褐色的毛。宁晴起初有点惊吓,但小狗摇头摆尾,喉咙里咕噜咕噜发出讨好一样的声音。也不知道是谁家的,在工地上到处乱跑。宁晴轻抚了它两下,转身离开了。

这一周末雪峰来得好好和他摊开来讲。在乔平市安排一个职务,对她来说还是三个手指捏田螺——十拿九稳的,关键是,她要任他挑,文化局还是旅游局,抑或是报社。文化人进文化单位编制,合情合理。一年的收入可以抵他苹果园十年的收成。

前几天,她就在张罗柳承的事情。

柳承还俗,也还是一个"穷"字。父亲磕磕碰碰找到寺院时,眼泪一把鼻涕一把,说:"你二弟患了白血病,躺在床上干瞪眼瞧着天花板——你大哥快要四十岁还是光棍一条。我这是造了什么孽?总不能把他们都送进寺庙一了百了吧?"父亲眼毛倒插,眼圈开始溃烂,眼睑内粉红色的肉露在外面。同渡法师双手合十,在雨中默立,既然是要帮助众生度一切苦厄,自家亲人哪能不闻不问呢?佛说受如水泡,下雨天,雨点落在水池上,一点一个水泡,一点一个水泡,一下又破了。喜怒哀乐、悲欢离合,最后一笔勾销。这一生的感受过去了,来生再一生,生生世世……

他应了父亲,还俗,出来挣钱,帮助受苦的亲人。幸亏寺庙里一些居士人脉广,没过两个月就帮他把明照道馆建起来,生源也还可以,但解不了燃眉之急。他对着狭长天井里几朵月季花写书法:

"一花一世界,三藐三菩提。"

宁晴把道馆客厅里的灯全捻亮了。

宁晴说:"你的雅集可以范围更大一些,档次也更高一些。我来帮你策划,以慈善的名义募捐,来帮助一切在苦海中浮游的人。"

这个建议好。宁晴请了专业人士过来,宣传、会场布置、活动程序各个环节都安排得妥当而又别致。来的都是有菩萨心肠的企业老总,手一挥签张上万元的支票还是轻而易举的。首场就募捐了十五万元,柳承盘腿坐在竹席上,竹席的凉意他是习惯了的,他吹起尺八,他需要进入冥思状态。风,山间的微风吹来,竹叶飒飒,唯有那一片已经脱离了母体的叶子在打旋,在翻飞,在飘过溪水,在轻轻吟唱。

在明照道馆,宁晴也会不经意看见一些女人用的饰物、纱巾、耳环、明月菩提念珠之类。她微微一笑,嘴角暗牵,这柳承动了情缘,是否一部分归功于她呢?

五

宁晴一个人在家,安静得听得见池子里锦鲤噼啪戏水的声音。

冯雪峰说好要来,但已经迟到了足足两个小时。打他电话,忙音,再拨,说不在服务区。不知道胡搞什么。她有些生气。诗人的生活是不打草稿的——他总是这样揶揄自己。练了一会儿古琴,只觉心浮气躁,琴音也是混沌粗劣的。

十点钟模样,她接到一个陌生号码的电话,说话结结巴巴,他问:"你是宁晴吗?今天隐谷寺有法事,来的人特别多,厨房缺帮手,我看你那天来做义工手脚挺勤快的,你如果有空的话,现在能过来帮忙吗?"宁晴听出来了,他是腰间别着一大串钥匙的义工总管小王。

她想了想,去了,把手机调成静音状态。忙里忙外,倒也一点不得空。大殿内僧人居士数十人念经超度,拜大悲忏。听着禅寺里的吟诵声,她默默嚅动着嘴唇,一下子心清静下来。

穿过走廊时,宁晴又见到上次吹尺八的僧人。他的僧袍被风吹起,衣角上扬,显得更清瘦了。他目光凝神聚在观音菩萨身上,无一句声响,沉静似水。

宁晴忽然想起了包里的手机,急匆匆掏出来看,十来个未接来电,都是冯雪峰的。

冯雪峰显然有股火药味,但没有太发作。下午一点半两人才坐到宁晴公寓的桃花心红木桌椅上。她赔小心,他鼻子里呼呼喷气,她到厨房间上小点心,保姆已经被她放假回家。她给他递拖鞋、泡脚、捶肩,把自己当女仆一样去侍候他。

他抹把脸嘿嘿笑了,说:"我以为你真的不理我了——"口头禅一样的玩笑话,此时听得她心里好像针扎了一般。她小心翼翼提出了那个问题。他还是那副老腔调,既不接话,也不辩驳,晃着个膀子。宁晴径自点了根烟猛抽起来,她在室内转了两圈,居然发现无计可施。

冯雪峰歪着身子躺在沙发里,脖颈上挂了块和田玉,他摩挲把玩着。男人的身体也像块玉,白皙透明,她摩挲过无数回,痴迷地恋着,可是这没心没肺的人,就是不给她一个明确的回音。

他的手机响了,屏幕上儿子的头像一闪一闪的。宁晴不晓得哪根神经被牵错了,竟抓起他的手机径直往窗外扔去,手机啪嗒撞在花坛的瓷砖上。

冯雪峰傻了眼,面孔赤紫,他穿上衣裳翻窗而出,好不容易找到手机,屏幕坏了,无论怎么摆弄,手机漆黑一团。宁晴也脸色煞白,她不声响,胸脯抖得厉害。

冯雪峰气咻咻说:"我明天出远门。西藏、内蒙古——所有的信息都储存在里头。你又何必?"

他的每一次远游、历险对她来说,都是致命的向往和痛苦。他说,有一次,他在雅鲁藏布江游荡,身无分文,胡子拉碴,徒步走了两天,遇上成群的牦牛,兴奋得手舞足蹈,幸好不是狼群啊。不远处——他说,马泉河就像一条银色缎带,铺展在烟云缥缈的雪山脚下,弯弯曲曲,把无数晶莹夺目的小湖泊穿缀在一起。牧羊女野性的目光直瞅着他,有丝挑衅,有丝渴盼,他仰面躺下去——澄净、辽阔的高原蓝啊……他抒情着,却隐瞒了后面的故事。

有时,是一大群诗人,乘着火车,纵情达旦地欢乐、饮酒、作诗,他们睡通铺,也有人在墙角旮旯里谈情说爱——他们依旧在高声诵读,男男女女,笑得没有了日夜。宁晴害怕这种没有节制的生活会带来心灵的崩溃。

"摆什么臭架子?你以为有些钱就可以颐指气使了?"冯雪峰说话从来没有这样损人过,今日是发狠了,面孔上青筋也暴出来。

宁晴脑子里嗡嗡一片,她没有想到会是这样的场面,说话也不利索了,她说:"我讨厌你……总是模棱两可的样子……总是逃避……总是只顾自己!自私!"

他可能啥也没听进去,继续骂道:"我平生最厌恶的就是没知识、没文化的泼妇——"

宁晴气得咬牙切齿,纵身扑上去,咬他肩膀,两人竟像两只野兽恶狠狠地抱作一团,撕、咬、啃、啮,极尽心中的恶气。折腾到最后,两人气喘吁吁地剥掉了对方的衣裤,裸露的身体白花花地化成一团。眼泪、鼻涕也是黏糊糊地沾了一面孔。

"死腔!"宁晴骂了句乔平话,冯雪峰听不懂,只在一旁傻笑。他说:"你刚才的样子,倒是我从来没有见过的——你这女人,辣手的。"

宁晴啪嗒一下耳光落在冯雪峰脸上,她哼哼冷笑了声:"我索性就做回泼妇了,让你厌恶!"

冯雪峰抚着半张脸,做半笑半哭状:"我服输——可是,我手机里的号码假如都取不回来,你怎么赔偿?"宁晴小声嘀咕:"取不回才好呢,你就当自己人间蒸发了,哪儿也不用去!"

两人似老夫老妻在床上又磨蹭了近一个小时,全无一点遮拦了。吵架竟似一帖补药,把两个人关系揉得更浓了,哼哼唧唧抱在一起,嘟嘟嚷嚷,不知不觉宁晴身体变轻,时间变慢了。

冯雪峰一只眼睁一只眼闭,以奇怪的姿势进入了梦乡,一条腿搭在宁晴的脚上。宁晴拨开那腿,脑海里却想到了她当年和前夫作战的场景——前夫在外头和不干净的女人厮混后,常常半月廿天不回家。她裤衩口袋里藏了小剪刀,剪刀是张小泉牌的,亮锃锃的,会晃了人的眼。她苦煞了,眼巴巴地指望男人回到自己身边,可是一想起他和那些不干净的身体在一起调笑做事,她连吃下去隔夜的饭也能呕吐出来。前夫洗了身子,穿着短裤,晃悠晃悠进了卧室,把她逼在床角,正要强行突破时,她甩出了张小泉剪刀。还没待她说什么,前夫变了色,连声音也有些战栗,说:"你这女人,想不到,这样辣手!"于是收场,于是彻底和她告别了一纸婚书的束缚。

六

柳承打电话给宁晴,说明照道馆要推一场"禅定"的雅集,麻烦晴姐再介绍一些有佛缘且喜乐施的企业老总来参加。时间定了,地点也定了,主持人也定了,关键是哪些重量级别的人到场。宁晴在手机通讯录里圈点了几个人物发短信过去,果然都一一应允了。

主持人却是上次见过面的小薇,这回人多气场也足。小薇打扮得更入行了,雪纺对襟立领裙,配一串明月菩提念珠,她和柳承的服饰搭配显然是动过一番脑筋的。主题是禅定,所以一进道馆檀香就一缕一缕暗送过来,听得见水流、鸟啼,还有若有似无的古琴声。有人小声问:"禅定是什么意思?"小薇就迎上去轻轻解释:"是修菩萨道者的一种静心方法。"

宁晴原想她出场不太方便,但细想都是她牵过去的人,不去也不好。只想依旧保持低调,和这些熟识的人微微点个头,大家也心知肚明了。她挑了件面料好但款式普通色调暗沉的裙子来了,坐在花窗下静静地喝茶。上次见过的王总、李总也在,他们眼睛骨碌骨碌乱转,似乎注意力全在小薇身上。宁晴呷了口茶,盯着窗外一棵水杉树默默瞧了一会儿——这个小薇,在电视台也属于有些小名气的人。小薇主持民生节目,天天会在新闻节目里露脸,老百姓自然关注得多,据说她闪婚,又火速离婚,和电视台台长关系暧昧,凡是重要新闻报道都有她的份儿。

小薇柔声说:"来,我们一起坐到竹席蒲垫上,可以单盘,也可以双盘,总之盘正了,两肩放松,收下巴,牙齿紧闭,眼睛下垂,不要看外面,要看自己的心,让自己的呼吸慢慢均匀。"

众人窸窸窣窣跟着做了,宁晴不动声色也一起做。小薇继续说:"坐禅能使烦恼永远止息,获得究竟解脱。"宁晴眼睛半闭,她发现小薇挂的那串明月菩提念珠和上次在柳承寝室里的见到的一模一样,有些年头了,油光发亮。

柳承上场,吹尺八,弹古琴,一道道程序下来,不觉日光已移到西窗。企业老总们冥想了半天,也终于觉得有些收获,与佛结缘,是求也求不来的事,所以纷纷解囊惜福以求福报。

又是王总、李总起哄,要名主持小薇表演节目来作为压轴戏。在场的男人一律叫好,似乎这场"禅定"的雅集真是太素了,素得让人吃不消。宁晴只看不说话。

小薇的身子微微倾向后面,晃过来,晃过去,突然爆发出一个劲儿,唱了几句:"晓色朦胧,倦眼惺忪,大家归去/心灵儿随着转动的车轮/换一换,新天地,别有一个新环境/回味着,夜生活,如梦初醒。"

道馆里传出满堂喝彩声。宁晴辨识出她唱的是周璇的《夜上海》

最末一段歌词。似乎是中餐配了西洋甜点,老总们心满意足,小薇笑意盈盈像只蝴蝶穿梭在他们中间。宁晴始终觉得味道不大对劲,找了个空当悄悄出门走了。

隔日,她就打电话问柳承:"小薇是怎么回事?"

柳承并不多解释,只说:"她也是苦命人。"

宁晴没有追问,进厨房把半盘糖醋蹄子全倒到垃圾桶。柳承说:"晴姐,你空了再过来,我新教你一曲《关山月》。"

宁晴想了一会儿,问:"这次雅集募捐了多少?够你兄弟治疗白血病的费用吗?"柳承的声音像在云朵里飘:"大半有了,手术也定在下周二。"

宁晴猛地问出了一句话:"小薇拿提成吗?"

柳承支支吾吾,没有正面回答。宁晴已经明白了,三两下拨开落地窗帘,院子里栀子花开得雪白招人,香气一团一团扑过来。她并不是十分喜欢这花,香味太浓有时会诱发她的鼻炎,叮嘱了保姆好几次要她去拔掉,保姆却只当耳边风。

宁晴清了清嗓子,说:"柳承,你听晴姐一句话,别和小薇轧得太紧。"

搁掉手机,宁晴心绪明显浮躁起来,说不清什么原因,垃圾桶里馊味溢出来,她赶紧吩咐小保姆将它扔出去。

锦鲤噼啪噼啪在池中甩起了水花,宁晴定期给它们换水,很少喂食,天热,鱼也要吃得清淡,才可太平无事。前日无聊,她分别给四条鱼取了名字,一条叫宁晴,一条叫冯雪峰,一条叫柳承,还有一条,她想了想,取了远在美国女儿的名字。这四条鱼一路尾随着,绕过水草和鹅卵石,自有乐趣,除了那条叫柳承的鱼略微会发呆。

七

冯雪峰和宁晴厮混了两天，又回南京了，关于工作上调动的事只字未提。宁晴干着急也没有用，只能温水里煮青蛙，慢慢将他降伏。诗人最是自由散漫，他本质上向往的就是时间的自由和心灵的自由。和他轧了这几年的辰光，宁晴多少能感悟到一点，因此只要在可允许的范围内她绝不干涉。有一次，两人在乡下河边散步，江南鲜藕菱角佳美，微风宜人，野鸭在水面上玩轻功水上漂的把戏，扑棱扑棱，把两人逗得直笑。宁晴说："这水面开阔，游到对岸大概要十五分钟。"雪峰与她争辩，说："不消的，五分钟就可以了。"宁晴眉毛一挑，表明对他的话不以为然，哪想到他立马脱了上衣、外裤，只剩一条三角裤衩留在身上。他脆生生地说："你给我计时！"说着扑通一声跳进了河中。一泓白水，上下翻动，宁晴急忙环顾四周，幸亏没有其他人。果然，他似《水浒传》里的浪里白条，不断劈波斩浪，游速相当快，到对岸冒出头来恰巧五分钟。宁晴笑得肚皮都疼了，说："我还以为你是旱鸭子一只呢——"

那个下午，她就跟着他躺在草地上仰看蓝天，什么帐篷、衬垫都用不着。草尖戳得她的脸庞痒痒的，白云朵朵，似千奇百怪的动物蹚河而过。率性，她多么喜欢雪峰的率性啊！如果换作是她身旁的高层领导，谁竟然敢在三秒钟内脱了衣裤扑通跳下去？这简直就是不可思议的事情。

雪峰说："我和我老婆结婚，是因为当初我家里逼急了——说我游荡惯了，赶紧找个合适的对象成家，她恰巧受人欺负，想摆脱那破地方，我们俩各有所需，成了。"

"省了好多步骤,晚上就睡在一张床上,一做事,哈,还真是个黄花闺女!她脾气直,性子爽,老的少的,现在全由她照顾。"

宁晴说:"她最大优点就是任由你在外面像风筝一样乱飞。"

雪峰说:"那是,她读书不多,但晓得外面世界精彩,将来也想让娃儿到北京、上海大城市去感受感受。"

宁晴不知道该怎么评判,她听见野风吹在枝丫上,一只灰色鹌鸰鸟掠过河面时发出警戒声。宁晴想说:"你这样对待她是不公平的。"但咽了下唾沫,终究没讲。白云慢慢浮到她的眼前,她觉得困倦,懒懒地靠着雪峰的臂弯,眯了会儿。

夜里应酬。宁晴接到银行老总秘书通知,说分管基建、文教的副市长会到场。宁晴化了些淡妆,选一条宝蓝束腰裙子,气质衬得典雅沉静。宴席摆在五星级酒店,仿古铁艺水晶花枝吊灯照得人影影绰绰。后来终于找到机会和负责文教的副市长密谈时,她说:"文化人才的引进对推动一个城市的文化产业发展有至关重要的印象,您作为副市长高瞻远瞩,敬仰!我一个朋友,全国著名诗人,对咱乔平这块宝地情有独钟,您看……"话说了半截,副市长打断她,说"可以研究"。

八

宁晴十天没去学弹古琴,柳承来电话,问晴姐是否生他气了。

这话问得宁晴有些莫名其妙,但也不必太过表示,她轻咳一下,表示没那回事。她反而关心起他兄弟,问:"手术如何?护工请好没有?有难处跟我说好了。"

柳承的声音在电话里也像一片竹叶在飞。

"明月出天山,苍茫云海间。谢晴姐操心,都安排妥当了。你若有空的话,今晚学弹《关山月》。"

好像有极淡极淡的心绪,但他又不表露。也许的确没有什么事,宁晴也不愿意去过问太多。那一晚的白酒让她几乎调养了整整一个星期才缓过来。副市长时不时有短信过来,言语并不轻佻,还兼有一定文学修养,并无冒昧。

黄昏,有一丝朦胧的云缠绕在天边。宁晴在城里瞎转,脑子里七想八想,不一会来到了孤山脚下明照道馆。一推门,就闻到一种上好的沉香。柳承说:"这是泰国黑油皮,味道很特别,我给晴姐你留了一些。"

宁晴细看柳承,清清白白,颀长,身体的态度,可感可亲。她有些摇晃,四十岁的女人,到底禁不起酒精的强力冲击,她发誓再也不会这样胡喝了。柳承要扶住宁晴,宁晴摆摆手,微笑着自嘲:"还不至于那么老眼昏花。"

道馆里没有其他人。

沉香袅袅,竹帘轻微浮动。

宁晴喜欢这样清清静静,和柳承面对面坐着。喝的茶是阳羡红,茶汤色泽很纯。柳承把古琴架好,先调音,一根弦一根弦拨弄,侧耳倾听的瞬间已经有了清幽味。长风几万里,吹度玉门关。宁晴喜欢李太白的这首古诗。哎,绕来绕去总离不了冯雪峰生活的大西北。把杂念赶掉,先学了琴再说——

柳承凑近身来,提醒她弹泛音时左手徽位要准,速度要快,一触而起,否则泛音里有了散音就不好听了。泛音与天对应,声音空灵缥缈——他示范了下,果然,空旷苍凉的气息袭上来,渐渐淹没了柳承。

柳承完全沉浸在他的世界里了。黑色上衣,白色袜子。手指拂动,身体微倾。宁晴怔怔地、目不转睛地盯着柳承,他刻意在奉承她吗?没有,他弹琴时一贯如此投入。那丝云朵飘悠过来,透过竹帘映衬到他洁净的脸上。他好像有心事,又好像什么也没有。心无挂碍,无有恐怖,远离颠倒梦想,究竟涅槃——这是他常对她提起的一句佛家语言。

他身上的气息,随着身体的态度,也在拂撒过来。青柠味。

宁晴一下子不知道该说什么了。

柳承说:"你来试试吧。"

宁晴不伸手,只讲:"你弹,我听。"

柳承笑了,白皙的牙齿露出来:"怎么?晴姐今天也赖学了?"

他俏皮地去刮她鼻尖,宁晴整个儿人的心飞了出去,一定神,她板下脸,抿嘴说:"不许和晴姐打闹。"

柳承还是有点嘻嘻哈哈,说:"把手心朝上,挨老师板子。"话没说完,就去抓宁晴的手,瞬间宁晴慌张得如有只鸽子在胸间乱闯乱飞,这小子越发无礼了!他手指修长,握着她的时候铿锵有力。她的心扑通通急跳,她听见钥匙转锁孔的声音,果然,有人推门进来了,谁居然会有他房间的钥匙!她赶紧抽回双手,正襟危坐,脸颊绯红。

柳承脸上也是惊愕的表情,但赶紧回了原位置。

那人绕过玄关进了大厅。宁晴定定一看,吸了口凉气,是小薇。

小薇也颇觉意外,随即脸上堆出笑,说,:"呦,晴姐现在成稀客了,难得过来。"

宁晴听后只微微一笑。她不想再坐下去,说:"有事,先回了。"转身时她对柳承又落下一句话,"雅集这种活动不要随便去开展,事先得和我通个气。"

柳承一口应承:"是,是。"

小薇手上还拎着一把鸡毛菜、一条鱼。俨然她是来当女主人的。她惊异地瞧着宁晴说话时的姿态,一直以来她就把宁晴当成居家太太,不问世事的那种,哪料到一开口,气场十足。

柳承送宁晴出门,而且执意要送她到楼下,宁晴也不拒绝。下楼梯时两人一前一后,柳承忽然变得笨嘴拙舌,喊了声晴姐,顿时又语塞了。宁晴猜得到他心里的矛盾,也不去数落他,仍旧似往常一样轻声慢语地说:"有一些浑水你蹚不得。"

临走时,她给柳承翻了翻衣领,长姐一样拍拍他的肩膀,说:"好自为之。"

车子七拐八弯,宁晴差点又迷失了方向。最近一直是这样的状态,脑子不听使唤,这不好。细细分辨,无意识中她竟到了隐谷寺。寺庙的大门已关闭,边门还开着。三只黄色土狗见了她摇头摆尾。挂着一大串钥匙的王总管恰巧抬脚出来,见到宁晴,很欣喜,说:"明天月半,香客多,你来帮忙。"

九

宁晴答应了去寺庙当义工,就把其他事情都推了。

手机也调成静音状态。擦桌、抹凳、淘米、洗菜,一样一样心平气和去做。香客一茬接一茬,烧香磕头者前呼后拥。这隐谷寺和其他旅游景点的寺庙有区别,它从不会宰人一刀乱收钱。凡是香客,进庙免费赠送三支香,功德钱自愿。无论你是贫富贵贱,进庙后一律平等。乡下老太们心甘情愿赶两个小时路程来磕头。初一、十五自然是门庭若市。宁晴喜欢平时日脚,尤其是下午,师父们休息,整个寺庙安静极了,她伏在进庙处的台几上打个盹,三只黄狗在她脚边绕来绕去,听风吹铜铃叮叮作响。宁晴有时想,这个境界现世很多人是感受不到的。

小王说:"风是野风。水是活水。隐谷寺的风水是最好的。"

小王是附近村民,从小结佛缘,结婚生子后还是喜欢到寺庙做事,庙里大小杂活全由他招揽安排。小王从不问宁晴家事,只说她面善心慈,有旺夫相。

宁晴淡淡一笑。其实一天忙下来,胳膊、腿关节处还是挺酸痛的,回到家,小保姆要给她按摩几个时辰才能稍感舒服。不过这是两码事。冯雪峰不晓得她还有这些事要忙。

出门时,宁晴又遇见了柳承的师兄,他法号圆胜,数月不见,更俊朗雅逸。宁晴从他身后经过,看他背影,只觉清气满乾坤。

冯雪峰说下午三点到。小保姆在,她给他另开了酒店房间。他提议晚上到云湖边吃大闸蟹。别的西北人一听说去吃大闸蟹,眉毛都会拧成一团,怕烦——蟹脚蟹壳剥起来烦死人,一不小心还会戳破嘴唇。冯雪峰倒好,地地道道成了江南人,要蘸镇江香醋、鲜姜,慢条斯理,一只蟹吃半个时辰,慢工出细活,十足一个美食家。

三点模样,宁晴从寺庙出来,手机里跳出无数短信,其中一条是负责文教的副市长来的。他说:"蟹螯即金液,糟丘是蓬莱。且须饮美酒,乘月醉高台。今晚2046公馆金秋蟹宴。不见不散。"文绉绉几句,宁晴一下子犯难了,肯定要去赴这个宴,但不清楚有哪些人出场,自己穿什么服装合适?

冯雪峰看见宁晴,也像寺庙的几只土狗,摇尾乞怜。关好门,拉好窗帘,生吞活剥,一番活计。雪峰说:"我要做一个蟹文化的策展,索性自己先好好去尝个鲜。"

宁晴云斜躺在床上,云遮雾绕含糊了一番,才说出今晚临时有应酬。通常情况下雪峰都是通情达理,晓得她在这个位置上免不了有大大小小的应酬。今日却似孩子铆上了劲,一脸不开心,问:"哪个约了你?"

宁晴应了声:"市级重要领导。"

雪峰又问:"哪个重要角色?"

宁晴愣了片刻,她怕直言相告会伤了他,待事情成功后再迂回曲折告诉他也无妨。

她莞尔笑了:"你管那么多干吗? 我得陪总裁一起去,还不是银行贷款这类事!"

雪峰说:"你可以提前离席,能早则早——我在房间等你。"

从酒店出来,宁晴行色匆匆直冲家门。冯雪峰就是那样,诗人性情,孩子脾气,哄哄就会好的,不必多虑,眼前事最重要,若能把冯雪峰作为文化人才引进纳入编制的事情敲定,就万事大吉了。

梳洗、打扮、换衣裳。宁晴一边穿真丝双绉琵琶襟旗袍,一边在疑惑,她实在吃不准副市长是请她单独赴约,还是一个小圈子,又不好发短信去问。旗袍开衩有点高,到大腿根部,是否合适? 时间流逝得太快,不消一会儿,已经五点多了。高峰时段路上堵车堵得厉害。2046公馆在孤山山坳深处,要绕一个湖,爬一个山坡才到。风景是绝好的,登临送目可以俯瞰整个小城。

宁晴定定神,踏进 2046 公馆时已是霞色漫天。果然,她的疑虑是有道理的。副市长一个人在包厢里拱手恭候她的驾到。副市长就是姓傅。他即使做到了正市长也被人称作"副市长",委实有点不舒服。但现在人聪明,只呼"市长"两个字。副市长见了宁晴,定漾漾的眼神有了流光溢彩。这儿没有第三者,无须掩饰,反而不慌张了。芙蓉炒蟹粉、蟹肉炒虾仁、蟹黄意面、姜蓉清蒸大闸蟹……各色各样的做法,让人眼花缭乱。副市长说吃蟹要配花雕,绍兴二十年的女儿红,煞念。

宁晴想花雕也是她可控范围之内,并不推拒,一人两瓶放在桌上。言笑晏晏间,公馆领班还安排了评弹。女的圆襟旗袍,和宁晴有的一拼;男的一身银灰长衫,俊逸自然。琵琶弦子,拨弦三两声,就开唱了。唱了《珍珠塔》选段:"想你千里迢迢真是难得到,我把那一杯水酒表慰情。与你是一别无料是两载外,害得我么望穿双眼遥无音。"声声婉转清幽。蒋调、尤调,副市长都能辨识清楚,看来是个评弹迷。夜风拂来,有丹桂甜香。山间蟋蟀虫雀啼叫数声,添了几许清净。

待说书先生退出,副市长的手已撩到宁晴旗袍开衩处。花雕酒劲大,两瓶二十年的花雕不亚于半斤白酒。宁晴云蒸霞蔚起来,软绵绵身体没了劲道。刚刚还是弦子声声,虫鸣萦耳,顷刻间成了副市长的秘密私语。月移花影夜阑珊,一宿混沌。

十

宁晴做了一个梦。

梦里进了一个宅院。宅院的前厅只摆放着一堂精巧的红木几椅,几案上隔着一套景泰蓝的瓶樽,一只观音樽里斜插了几枝万年青。一个海清长衫的男子,影影绰绰,从屏风后闪现,面孔清白,像是柳承,又像冯雪峰,也有几分像唱评弹的先生,再细看,似乎是副市长。

搞七捻三,真是弄不清楚了。头晕沉沉,一脚又踩在棉花里。宁晴想自己人到中年,依旧有不知身栖何处的漂泊感和虚无感,不觉流下两行清泪。懒洋洋穿着好,好像手心里一股蟹腥气,怎么洗也洗不掉。她打冯雪峰手机,忙音。她没有气力和他生气。关节处酸痛得厉害,胳膊抬不起来,脚迈不开来,只剩一颗心脏有气无力地跳动着。

打酒店电话,无人接听,问前台,说客人大清早已经退房了。

编制差不多已经落实了,人却跑了——宁晴想不至于这番狗血,雪峰只会闹一时的情绪,终究还是会回来的。她想想雪峰的老婆,一年四季任男人在外面乱飞,早没有了夫妻之实。但她扛得住,种苹果树,服侍公婆,料理孩子,期待着孩子到大城市闯天下。她比宁晴年轻得多,才三十四岁,如狼似虎的年龄,却不急躁、不恼怒、不贪、不嗔,是真正有佛心的人。宁晴轻舒一口气,看见太阳在浅蓝色的天空里,亮得化成了一团不成形的白光。

迷迷糊糊在床上歪睡到晌午,拨冯雪峰电话,关机。

宁晴有种不祥之兆,但不愿往深处细想。再等等,人生太多的事情急不了。公司总裁要她去主持下午三点的会议。整个下午虚汗不断,手脚发麻,这是血脉不通的症状,或者是肾虚所致?她迅速用手机上网查了下,果真,近日来脱发现象严重,卫生间到处是她细细密密的长发;夜尿增多,折腾一晚根本不能好好入睡——这些都是肾虚表现。她脑壳嗡嗡作响,昨晚月移花影,人鬼情未了——那一刹,她竟又联想到了她的前夫,又脏又丑又臭的身体。可惜昨晚,她身上没有勇气来藏张小泉剪刀。假山上的流水淙淙,在半夜里格外清晰,她闭着眼睛,还听见风声,呜呜呜地吹,风里应该有竹叶在飘飞。有一首诗,竟从脑海里跳出来:听了雁声,动了乡愁/得了慰藉于邻家的尺八/次朝在长安市的繁华里/独访取一枝凄凉的竹管……

这是冯雪峰推荐给她现代诗人卞之琳的作品。那一阶段,她迷尺八迷得要命。回到别墅就把音响打开,听幽幽曲音流泻而出。可惜,尺八虽源于中国,但南宋以后一直在日本得到传承和发展,甚至被称为日本民族乐器。冯雪峰说到此处,就愤愤然:"小日本!——他妈的,什么都和我们争啊抢啊?!"冯雪峰较劲起来,比牛还犟。他抵制一切日货。吃的,用的,凡是和日本搭边,他都拒绝。宁晴知道他脾性,好好好,不跟他争,由他去!

两天过去了,冯雪峰一直关机。他可能在雪山之巅,或者喀纳斯湖边,也有可能他躺在格桑花盛开的草原上,一个人,真正地把自己放到天涯海角去流浪。

十一

香炉里的烟,已经燃尽了。

宁晴心灰意冷。冯雪峰的手机连续关机一周。他可能真要自己当空气一样在人间蒸发了。不会出什么意外吧!宁晴越想越毛骨悚然,汗毛倒竖,幸亏最近几天新闻里没有狞厉恐怖的事出现,真是难以想象,乱了,好像一切都乱了阵脚。宁晴的心悬在半空,手颤颤抖抖,终于打电话给他们公司,对方说他辞职了,去哪儿也不清楚——宁晴慌得手机也掉了。好半天缓过神来,还好,他没死,只不过跑了。他喜欢流浪的,喜欢永远在路上,喜欢漂泊无依的感觉。这是他以前一直强调过的。

她算是明白了。

以前,他们争论过一次人生观的问题。

他说:"心无所依,是最高的境界。"

她哧哧笑他，说："我要心有所依。"

他辩驳说："一定要有依靠依恋，太累。人生要活得自在。"

她面对白墙，期期艾艾地说："我是女人啊！"

他笑了："女人、男人一回事。"

她又说："我是凡人，你是诗人。"

她希望花好月圆，好景常在。准能料想等到事情有了眉目即将成功时，他却临阵脱逃了？宁晴做了一道菜，豆泥芙蓉蛋，把剁得极细的土豆泥，用高汤调匀，再用已煎好的蛋饼裹了上蒸锅。他最喜欢吃这菜。现在只好一个人来品尝，吃着吃着，噎了，一边呕一边流泪。

她原想电话打到他老家去，但问了又有什么意思？他老婆并不挂念他，却有很自在生活的状态，洒扫庭院、种植果木，与公婆孩子相处和和睦睦，没一点怨气。她宁晴若真打了电话，才显得可笑。

乔平的秋雨一层比一层寒。巷子里，早已冒起寸把厚的积水。雨，淅淅沥沥，洒在屋檐上，发出沙沙沙的微响。宁晴看着黑漆漆的夜，全无睡意。她脑海里满是隐谷寺那次禺遇别人做法事的场景。诵经如仙乐，木鱼声声。法师们穿着青褐色的袈衣如在梦中穿梭。"是日已过，命亦随减，如少水鱼，斯有何乐。"她记得当时自己有当头棒喝的顿悟感。

宁晴长叹一口气，暮色中揉揉自己的太阳穴，酸痛不已。碰到鸳鸯戏水的苏绣靠枕，凉飕飕的寒意像长着一百只脚的蜈蚣直往上蹿。黯然中宁晴抽泣了几声，仿佛人生的命运又回到原来的状态，虚无、空荡荡。

好不容易睡着觉。突然之间，宁晴感觉有千斤重物压身，朦朦胧胧喘不过气来，好像一种莫名其妙的力量直逼全身。天哪，一团黑乎乎的暗影压着她,逼着她行那事。他似乎长着角,又似乎青面獠牙。宁晴想喊又叫不出来,想起身,想要张开眼睛,却无法动作。嘴巴像被锁住了一样,根本无法开口说话。她颓废仰躺,全身肌肉张力丧失,只听一阵阵嗡嗡作响,羞辱的泪水流下来直接淌到耳朵里。挣扎好长一段时间后,宁晴才缓缓使上劲,睁开眼,却是噩梦一场。

宁晴已是满头大汗,羞愧难当。

"鬼压身"只是以前听村子里老人说起过。哪料到今日应验到她宁晴身上,她吓得魂飞魄散,但身子骨一会儿重,一会儿轻,是行了房事后的感觉。屋外雨还接连不断,水流啊流啊,从巷子青石板缝隙一直流到下水道……通到河里,转一转,滑到湖里。湖里有水草气,宁晴好久没有闻见这样的气息了。

新闻里说,西北地区发生旱情。尤其是宁夏,连续两个月没下一滴雨。土地干裂,庄稼枯焦,连人的饮用水都成问题。如今的天气,变化无常,谁能说得清呢?要么洪灾,要么旱灾——宁晴枯坐在沙发里,想那苹果树两个月没喝到一滴水会是怎样的焦渴,女主人又是如何的忧心如焚。他突然回了家,仿佛电影镜头一般,浪子回头,脚步日趋轻盈,家人又该是如何欣喜。

江南的雨越下越大了,噼噼啪啪,雨里还夹杂着几声狗叫。天色渐亮,空气里散发着清寒之味。日子走得太快,不觉已是中秋了。

十二

明照道馆柳承上了晚报会客室。整版宣传,还配有柳承的照片——平头,中式烟灰色唐装,牙齿白净。一如宁晴第一次见到他的模样。报纸上报道了柳承作为尺八的传承人,在北京举办了一场尺八专业演奏,下半年他将作为中国代表首次登上世界尺八大会演奏的舞台。

宁晴在办公室翻看报纸,着实吃了一惊。

柳承在记者前侃侃而谈,并不拘束,既专业又幽默,他说尺八作为一门古老、冷门的艺术,可能现场听过专业演奏的听众不会超过两桌麻将的人。的确,尺八源自中国,作为佛教乐器存在。后来禅宗文化的盛行,使尺八成为一种法器,日本的僧人将它传到日本发展成为本国的民乐,可以说是家喻户晓。现在尺八在欧洲、美洲同样被人们喜欢,日趋全球化。

柳承微笑,面孔白皙,手指细长。他说,之前他也是个僧人,在南京鸡鸣寺里,有一次中日两国文化交流,恰巧他在负责接待。一位日本的僧人在佛殿前吹了一首尺八曲子《空庭》,如此恬淡、虚无,把他深深震撼了。日本文化交流团怀着尺八寻根的念头,想报恩、反哺,就教会了他柳承尺八的吹奏艺术。

宁晴一屁股坐下来,脑袋嗡嗡作响。

她不晓得柳承这些说辞是为了采访专门准备的,还是事实原本如此?或者是记者们的胡说八道?现在的媒体,吹牛不打草稿,真真假假把老百姓绕得晕头转向。她想拨柳承电话,手臂却有千斤重。这一个月,有多少可笑的场面在她眼前出现,她失眠得厉害,空洞洞的夜晚,只有孤星在天边闪啊闪的。前夜,她梦见自己把柳承揉在了怀里,夜已熟睡,月光照到他青白的胸膛和纤细的腰肢。她滚热的面腮贴上去时,清泪直流。他还是头一次行事,怯怯里带着游戏般的可爱。她说,没事,没事。仿佛诱拐着一个未成年的男孩,她心慌意乱地溜进了青石板巷子。

醒来她的心搅成一团麻,觉得自己无耻到了极点,梦是潜意识的显现,宁晴发现自己心欲癫狂,不晓得会被拉到哪个境地。

办公室有敲门声,敲得断断续续。

有人在外头窸窸窣窣。

宁晴说了:"请进。"

外头人还是有些踟蹰。

宁晴只得起身去开门。

柳承和小薇,手拉手,眼里闪耀着光芒。

宁晴一怔,往后退,将两人迎进屋。柳承依旧称呼她:"晴姐。"小薇也羞涩地跟着叫:"晴姐。"宁晴脸上忙堆起微笑,头皮却在发麻。墙角的一枝莲蓬头似乎在摇晃起来。

小薇从坤包里取出一张粉红色的卡片,不消说,是一张结婚请帖。

莲蓬头曼妙得跳起了舞,江南采莲的胜景都在眼前了。"鱼戏莲叶东,鱼戏莲叶西。"柳承的牙齿洁白,朝她眨着眼,他细长的眼睛眯成了一条缝。他说:"晴姐,下周五,我和小薇的婚礼你一定准时参加,我们——"他停顿片刻,向小薇看了一眼,"我们还要请你当证婚人,你千万要给个面子啊!"

宁晴转过脸去,这才注意,小薇穿着一身绛红的丝绒旗袍,莹白的耳垂露在发外,上面吊着一丸碧玺坠子。小薇的手臂似藕节,鲜白。她一脸诚恳,眼巴巴期待着。宁晴捧起她的手,细细看了眼,然后意味深长说了声:"祝贺!"

婚礼自然要参加,而且打扮要别致、雅洁。宁晴看镜中的自己,委实憔悴了不少,于是花了不少辰光到美容院滋润了下。婚礼并不铺张,选择了一处山清水秀的地方,十几桌酒席,还有一个小舞台,架着古琴,不像婚礼,倒像是雅集。来的宾客大多是熟面孔,王总、李总老早在那儿插科打诨了,还有不少宁晴手机通讯录里的人物,如今他们也都成了柳承、小薇的好朋友了。电视台台长也出席了。宁晴的眼睛扫过去,一愣,竟然副市长也到了,只是穿了竹蟹青中式上衣,拿着折扇,坐在屏风后很低调的样子。

一定是小薇的本事,把各路人物都请到了。

小薇今日不知道会上演什么?《游园惊梦》还是《夜上海》?她总有她的法术,把来宾降得服服帖帖。但今儿身份不同,当新娘的人应该有所收敛。宁晴早上起来只喝了一杯白开水,便觉得五味杂陈,眼睛蒙蒙地仿佛上了层霜一样,窗外桂花香飞逸到别家院子,她叹了口气,想给冯雪峰去个电话,想了一上午,也还是没有拨。

小薇笑吟吟,据说是第三次婚姻了,看上去还像个小姑娘,细皮嫩肉,唇红齿白,一笑就有酒窝旋出。有人起哄,说要新郎新娘介绍恋爱经历。她也不推托,大大方方说:"是我倒追他呀,我迷上了尺八,迷得要死,做他的粉丝,心甘情愿陪着他。那夜,我们去看了《泰坦尼克号》,看到杰克为了露丝沉入海底时,他动了情缘,我就拉着他的手,说:'今夜我们不睡觉,等天明!等到九点,民政局开门,咱们就去领结婚证!你去不去?'他傻乎乎地说:'嗯。'结果我们就在城墙脚下看了一夜星星,星星眨呀眨的,我的心欢喜得怦怦怦跳,人间最好的东西,是欢喜。现在,终于被我抓住了!"

一口热辣辣的酒,堵在宁晴胸口。她眯起眼,眼前山影幢幢,万壑风流。

柳承吹起了尺八,一尺八寸长的尺八,魔力无穷,它悠远、寂寞,似乎无所指,又似乎把什么都囊括在窄窄的竹器根部。十几桌的人安静下来,听得见山那边铃音和鸟雀之声。

一条短信,像秋日里的蟋蟀在叫,衰弱无力。宁晴低头一瞧,陌生号码,原想不理,但是翻开了瞧了下:"命运,一卷在手的伤心✓蜷缩的,一丝不挂的诗。"

她仿佛被什么击中,千头万绪,扭扎成了一条绳,绳子又成了一条蛇,呼呼呼呼在风中一路向远处的山游弋。她不知道风的方向,也不清楚自己的游踪,只觉有一股血腥气在推着自己。尺八,要命的、孤独的、迷惑人的尺八乐曲在清幽处徘徊,她手脚悬空——不,她手脚退化,浑身长满鳞片,她仓皇滑入草丛,疲惫地喘气。

十三

中秋月圆,花影婆娑。

女儿在电子邮箱里发了一张节日贺卡,在美国能记起中国传统节日也算是不错了。

怎么形容今儿的天气呢?月亮亮得发白,明晃晃的,铺了一地的水银色。空气里流淌着一种清香的气息,使人忍不住吸了一口再猛吸一口的念头。露水,也有了。一大滴,一大滴,满是。宁晴穿着青花布鞋,拎着一桶从花鸟市场买来的鱼和乌龟。

别着一大串钥匙的总管小王走在最前头,他挑着两大桶鱼,晃悠晃悠。大队人马到了云湖边,这儿已经设了香案,备了净水柳枝,并在中间供了观世音菩萨像。放生仪式开始。

云湖景色雅致清幽,湖面泛着冷冷光泽,一盏盏莲花灯逐水而淌。圆胜法师在吹尺八,空灵之音消散在水汽之间,天地感通。

宁晴蹲下身去，水有些凉意，但很舒服。她倾倒水桶，鱼儿们探入水中，啪嗒甩了一下尾，就不见了。池子里的四条锦鲤鱼也被她一起带来了，扎在塑料袋里。她寻了一个偏僻处，望着月亮，望着幽静的水面，念了几遍《大悲咒》和《往生咒》，逐一将四条鱼放入水中。说来蹊跷，这四条不似前面一桶买来的鱼，得了灵性似的，游入湖中时，还不时回头看宁晴几眼……

五 月

一

五月的空气,渗着一股草木疯长的气息,有人喜欢,也有人讨厌,说这腥气让人焚心似火。

这季节,李晨生基本上一个星期出一次差,"出差"的落脚点总是在情人小陈家中。

小陈三十出头,未婚,当初街道进行人口普查时,临时把她从别的部门调过来用。人口普查是件非常烦琐的事情,经常要忙到灯昏月暗。李晨生又属于好领导一类的人物,亲自送她回家。小陈靠在副驾驶的真皮座椅上,倦怠得几乎微微入睡。她的耳垂必定抹着香水,隐隐地飘过来,勾得李晨生的心茫茫然似乎在一片荒原上迷失了方向。他的手试探性地伸过去,落在她的头发上,而后脸蛋上、耳垂上,她的身体有了轻微抖动,仿佛一片薄薄的翠叶落在一望无际的草坪上。他便像得到了默许一样继续深入,探进她的胸脯、腰肢……

她根本不像个未婚的女人。完事后李晨生卧在车里暗暗吃惊,现在的80后女孩,行为作风已和他知晓的完全变了个样。她也不否认,说以前谈过两个男朋友,后来因为兴趣不合,散了。

昨晚,李晨生做了个很荒诞的梦。梦见自己飙车,开足马力,几乎要达到两百码了,李晨生在高架上盘旋,那条路似乎要抵达天堂,忽然前面呈现一片悬崖。一个姑娘调皮地戴着顶帽子,拼命向他挥手,他刹不住车——完蛋了!李晨生在恐惧中紧紧闭上双眼,这次真的死定了!李晨生在喊叫,小陈慌得连忙把他掐醒。李晨生身上汗津津一片,好像真的穿越了死亡谷一样,惊恐中带着侥幸存活的喜悦感。大难不死必有后福,那个姑娘是谁呢?不是小陈。他感觉十分熟悉,一定是他的旧相识,李晨生挠挠头,横竖想不起来。

九点钟,李晨生哈欠连天,揉着眼睛进街道办公室。

"李主任,有个老头大清早就蹲在这儿了,他说要见这里的领导。"副主任小胡迎上来说。李晨生泡了杯铁观音,没搭理。这年头来街道的老头老太多着呢,告状告的全是鸡毛蒜皮之事,我哪有那么多精力成天跟在他们屁股后面转?李晨生有些生气,觉得自己一直上不去的原因就是被这些琐事纠缠了。他来这街道整整六年了,当初说是后备干部到基层锻炼,不出一年就会提拔,他眼巴巴等着上面有红头文件来将他上调,可不知是哪一环节出了问题,一直没有兑现。每想到这事,他就百爪挠心。

老头闯了进来,他凸着一双青蛙眼,说话倒很谦卑,喊主任时,声音发颤。李晨生仔细一瞧,却认出是高中同学潘雅琪的父亲,老头显然早忘记了。李晨生也装糊涂,有一搭没一搭听他说。

"李主任,"老潘润了润嗓子,重重地喊了李晨生一声,"我觉得,有些不对头。我觉得老有人在监视我,我走到哪里,都有一双眼睛在盯着我,他们想迫害我,千方百计想找时机下手。真的,我不骗你,大清早我出来取牛奶的时候,就看见一双鱼眼白,躲在香樟树后面。后来,我去倒垃圾，一双绿油油的狼眼睛，在电线杆后瞪着我，等我细看的时候，他又一眨眼不见了！"

李晨生扒开中华烟盒挑了一根叼在嘴上，没有急于点着，又取下来放在鼻子处嗅嗅，他侧着脑袋问："老潘，真有这事？是不是你过于紧张了？最近精神压力是不是很大？"

老潘听了这话，显然很生气，脸色酱紫："李主任，你什么意思？你怀疑我说的是假的？你怀疑我是神经病？无中生有？告诉你，二十年前我也是供销社的工会主席。现在供销社消失了，我连挂名的单位也没有一个。这世道不是明摆着欺负人吗？"

李晨生呵呵笑着打了个圆场："他们为什么要监视你呢？总得有个理由吧！"

"理由？"老潘掸掸身上的灰尘，一束阳光照射进来，灰尘在阳光下异常兴奋，快活地跳着舞，"你问我理由？你应该问他们去！天晓得！天蒙蒙亮的时候我就起来刷锅淘米了，一个人像个陀螺，不停地转着，要忙到半夜。我那个婆娘，邻里街坊都知道的，疑神疑鬼，经常一个人在小区里乱转，晚上还尽折腾我。我哪有心思去琢磨那些人监视我的理由！"

老潘说着说着嘴一歪，仿佛委屈的孩子，竟猛地将一头乱蓬蓬的白发埋进了手掌心，神经质地呜咽起来。

接着，他将身子挺得笔直，屈辱中带着愤怒："那人经常躲在小区花园口的违章建筑后面，探头探脑，贼溜溜地看了我十几年，跟你们领导反映了也白搭，从来没见人去拆除过那可恶的建筑！"

李晨生拍拍老潘的肩膀，温和地说："喏，公安局警察抓罪犯，也要认清了样子才可去调查，你说得那么玄乎，什么鱼眼白、狼眼睛，总得有个五官或大体特征什么的。"

"可不是!"老潘压低了嗓门,凑到李晨生耳朵旁,"我已经瞧见了那人长什么模样了。"

"哦?"李晨生露出半信半疑的神态,心里却忍不住发笑。

"他个子不太高,走路外八字,穿一件青灰色夹克,老喜欢背着一个电工包!"老潘说得煞有介事,"前天晚上,我恰好从菜场出来,手里拎着一条鲫鱼。这鱼已经被鱼贩子掏光了内脏,还在噼里啪啦乱跳,它竟从我的袋子里跳出来,害得我弯下腰去捉,这滑不溜秋的,我越抓,它蹦得越厉害。我没办法,只好一脚踩下去死死踏住,结果鱼眼睛也被我踩得飞溅出来。我一哆嗦,念了声阿弥陀佛,生怕大街上有人谴责我。我慌慌张张往四下里瞧的时候,那背着电工包的家伙立即躲到了弄堂里。我假模假样往前走了五十米,我又看见他了,鬼鬼祟祟的,捂着张脸,企鹅一样摇摆着,但一刻不放松对我的跟踪。我只能拼老命往前跑了,跑啊,跑啊! 我连手上的鱼袋子都扔了,管不了那么多了! 我不知道他为什么这样死盯着我? 我家里啥也没有,只有疯婆子一个!"

老潘越说语速越快,最后因恐惧身体也颤抖起来。李晨生怕他失控,示意出去再聊。阳光暖烘烘的,碧蓝的天空中飞过几只麻雀。外面是一条热闹的马路,客车的汽笛响起一阵长啸,一只熟睡的狗忽然站起来咆哮。

李晨生说:"过去,我是说,很多年前,你见过他没有?"

"没有!"老潘斩钉截铁地回答。

李晨生说:"譬如我,你以前见过没有?"

老潘狐疑地左右打量起李晨生。

李晨生笑了:"我们见过,仅一次。我是你女儿潘雅琪的高中同学,有一次上你家喝了口凉开水,你恰巧推门进来。"

老潘恍然大悟:"是了!是了!"他郑重其事地伸出手要跟李晨生握手,嘴里还嘟囔着,"李主任,李主任,真是对不起。"

李晨生又说:"就是啦,很多年以前的人你或许见过,但记忆中什么都没有。那个背电工包的家伙是不是你以前单位的同事呢?他找你或许并没有什么恶意,你用不着这么慌张啊!"

二

老潘的出现,引起了李晨生对青涩往事的回忆。下午,他低下头,蜷缩成球状,不作一声地仰面躺着。梦里荒诞的画面仿佛仍在,悬崖断壁,枯藤败叶,有一个女孩在空荡荡的荒野里兴奋地对他喊叫——李晨生一个激灵,终于想起她是谁了,潘雅琪!他们整整十五年没有见面,她依然是小妮子模样和性情!清秀脸庞,樱桃嘴,小陈长得和她有一点儿相似,怪不得李晨生遇到小陈时有一见如故的亲切感。

窗台上的兰花开得挺盛,清香一股一股飘过来。李晨生想,好多年没见潘雅琪了,不知道现在怎样?她波浪形自然卷曲的头发好像就有那么一股兰花香,惹得他上课时常走神。她不太爱说话,但眉清目秀静静坐在窗户底下看书的样子实在招人喜欢。那个时候的李晨生好动,打完篮球汗津津冲进教室时,一看见潘雅琪玉观音一般的模样,整个心也沉静下来。他想了好多招,想和这姑娘套近乎,没用。

恰巧班上演课本剧《哈姆雷特》,同学们一致认为潘雅琪饰演奥菲莉亚这角色再合适不过了,李晨生长得神气,有贵族气息,当然饰演男主角啦!刚开始两人被强拉在一起时,还显得十分扭捏。尤其是潘雅琪,脸涨得通红,每一句话都是藏在嘴里不敢吐出来的样子。李晨生大大咧咧,不埋怨,不计较,陪着她反反复复练了很多次,潘雅琪才算找到了感觉。有一次,李晨生送她回家。她从水瓶里倒了一杯水给李晨生喝。寡淡的一杯水在李晨生嘴里变得有丝丝甜意。他瞥了一眼,发现水瓶塞子上贴着一张标签,写着:凉开水。

真逗!李晨生暗笑一声,还没来得及闲扯什么,铁栅防盗门被推开了,走进来一个身穿中山装的男子,平板的脸上凸着一双青蛙眼,相当严肃。潘雅琪喊:"爸爸!"李晨生吐吐舌头,来不及细想,找了个空隙一下子溜得无影无踪。

《哈姆雷特》演出一结束,潘雅琪甩着一条大辫子轻盈地随李晨生到操场一棵大树下,她的性情大有改观,柔情里有丝坚韧和活泼。月色漂流成一汪水,李晨生看见她精致的脸和燃烧着的眼睛时,一种奇怪的幻想袭上心头,他很好奇,迫切想知道她的内心。

潘雅琪,这个娇小玲珑的人开口了,她的声音里流露出十分陌生的孤独感。

"我妈是个脑子不太正常的人。医生说,是染色体变异,先天性的,大概治不好了。可我爸不信,带她去上海、北京治疗,都没用。怎么办呢?每月吃药呗,减少发作的次数。我妈会在水龙头前一次又一次洗手,睡觉前,总要把衣服脱得精光,然后将衣服挂在门背后,说是有妖孽进来的话,她的衣服就是护身符。——她一点也不喜欢我,好像我是马路上捡来的野孩子,动不动就大声训斥我,或者拉我的头发和耳朵。假如我把凉开水、开水、温水三个水瓶塞子搞混的话,她会把我骂得狗血喷头。她会在纸袋里装满蚯蚓,藏到我的抽屉里,听到我的惊叫声,她高兴得全身的肉都在抖动。我真恨——"潘雅琪坐在水泥台阶上,愤怒得几乎有了一种邪恶的美,"幸亏我爸疼我,当我哭泣的时候,他就把我搂在怀里哄,说:'宝贝儿,你妈有什么对不起你的地方你爸全给赔上!'我常一个人在黑夜里哭,衣服湿了,头发也湿了。我想,这就是命吧,我注定不能拥有一份完整的亲情。"

李晨生的心抽搐了一下,似乎一种莫名的怜惜之情升腾在他的胸腔里。他张开手臂,宛如她的父亲,将她小心翼翼搂了搂,接着,鼓足勇气去吻她,她没有拒绝。

后来,他们有没有算是进入正常的恋爱关系?李晨生始终觉得有些纳闷。潘雅琪这个小可怜嘴唇上冰凉一片,仿佛乡间一片濡湿的红花草。李晨生刚接触到它的时候,它像火一样嗖地闪现出热焰,有些疯狂。李晨生暗吃了一惊,以最快的速度调整并接纳,他们搂抱在一起,如同一尊连体雕塑在寒风中伫立了近一个小时。

第二天,李晨生迈着轻松的步伐进教室想与潘雅琪对视时,她完全变了个样,懒洋洋的,孤独萧索地看着窗外。他想,或许昨晚回到家后,她的神经病母亲又欺辱她了。他心神不定地瞎猜着,只埋怨自己没有足够的力量去保护她。好不容易挨到放学,他牵她的手到学校附近河边散步,他柔声叫她名字,想要再次将她起伏的身体裹在自己的怀中。

她猛地推开,粗暴而专横:"有什么用呢!我知道你喜欢我,我也需要你,但这些都没有用。我就是一个在水里沉浮的人,即将被淹没、溺死。我要彻底脱离这种困境。你搅乱了我的心绪——你明白没有?"

李晨生后退了两步,渐渐从她的眼神里看出了暴怒和生气,他相信这是她最隐蔽真实的内心。他想抚慰她说没事的,话还没说出口,她又诡异地笑了,说:"昨天夜里,我学我妈的样,脱光了身上所有的衣服,我看见了它,羞羞地——我从我自己的身体里跑了出来。我好像穿过了树林,穿过了操场,穿过了教学楼,那么多人瞧着我,我怎么一点也不慌张?风把所有的叶子都吹卷了起来,呼啦啦,呼啦啦!不一会儿,就整个儿遮住了我的肌肤——嘘!不瞒你说,我的身体很好看。"潘雅琪的叙述里带着诗人迷狂的醉意和野性,她眼睛乌黑闪亮,两颊绯红。李晨生反倒是惶惶惑惑不敢吱声了。

他们沿着河岸走了很久。水面上不断泛出的寒气让李晨生打了几个冷战,他踩了踩脚跟几株寂静无语的野草,提议各自回家去吧!

李晨生几天没有跟潘雅琪说话,他反复在揣摩她说的那番话,好费劲啊——他一点都不能明白,不仅不明白,还平添了一些对现世的迷惑。看得出,潘雅琪要比他早熟得多,她表面平静似水,认真做笔记,争三好生,内心却汹涌澎湃,有爱欲的冲突和无法排遣的自卑与自恋腔调。这样的女生,可能就是一朵有刺的玫瑰,碰不得。

应了李晨生的预感,潘雅琪果真在高三那年没有和李晨生说过任何一句话。她依旧秀气、文静,坐在窗下苦读,考上了外省的师范学院。

三

人口普查结束后,小陈回到了计划生育委员会的宣传科。他们的来往开始变得密切,并变成规律性地约见。小陈不愧为负责计划生育的能手,她总能拿出花样十足的套儿来翻新动作,李晨生靠在枕头上觉得眼花缭乱,但斗志昂扬。他仿佛回到了二十多岁,有使不完的精力和能量。可惜前面白白浪费了几年光阴——他的妻子不知怎么回事厌恶起性事来了,常用鄙薄、冷漠的态度来对待他,他只能抓起床头的一张报纸来对抗。政府的 GDP 又增长了百分之几个点,国外男子在街头裸奔大搞行为艺术。他将头埋在报纸里,闻到一股浓重的油墨味。妻子已经打起了节奏感极强的鼾。

早上,小陈心血来潮,竟在李晨生的肩膀上狠狠咬了一口,疼得他差点跳起来:"做啥?!"

小陈嘿嘿一笑:"情咬,这叫情咬!真老土。看看你老婆能不能发现——"

李晨生哭笑不得,他抱来衣服一件一件穿上时,忽然意识到他和小陈的关系称得上不伦不类。前两天晚上小陈都忙着去相亲了,三十多岁的姑娘再拖下去就成大龄剩女了。小陈的相亲对象也是他李晨生安排介绍的,副主任小丁和小胡,都是他手下,两个小伙子家境尚可,做事也凑合,李晨生想非A即B吧,过日子还不都一样?

"要是相亲能成的话,"李晨生说,"我得赶紧退出,否则,太不道德了!"小陈不依,恶狠狠地摘着他的手臂说:"你敢!小心我扒了你的皮!"

李晨生做讨饶状,心里暗自想着,其实选小胡更适合一点——小胡人老实,几年前好不容易通过公务员考试入编,万一他和小陈的事穿帮,小胡也是能肚里消化的人。当然没有万一,他李晨生会做到万无一失的。小陈抱着枕头一脸坏笑,她拖长声调:"我选小胡,嫁了!嫁了!省得遭人嫌弃。"看来两人的念头是不谋而合,两人扑哧又笑开来。小陈一激动,竟把李晨生刚刚穿上去的衣服又一件一件扒了下来。

李晨生匆匆忙忙从小陈住所出来,到隔壁的"朱鸿兴"牛肉馆去吃牛杂碎汤。没想到馆子里挤满了人,李晨生一个转身,汤泼洒出来差点甩在邻座身上。

"没事没事!"对方擦着眼镜片,忽然惊喜地叫出来,"李主任!"李晨生有些怨恼,这世界怎么满大街都是熟识之人?

老潘!又是老潘。李晨生心想最近还真不绕过这对父女了,也罢,唠唠家常,听听百姓生活也是街道主任的职责。他放平了心态,露出温和的笑容和老潘打招呼。

老潘神秘兮兮,从黑色人造革皮包里挖出一沓发黄的照片,一本正经地说:"李主任,跟踪我的人,绝对不可能是我的同事!那天回去以后,我把当年在供销社所有的合影都翻出来了,我拿着放大镜一个个细看,没有一个人是那种走路外八字、伸头缩脑的怪模样!不信你瞧!"老潘也不顾场合,竟将照片撒了一桌。李晨生低头一看,黑压压的人,一律穿着中山装,腰杆笔直,气势庞大。

老潘说:"喏,我站在最中间。不瞒你说,那时我还当指挥,手一挥,齐刷刷的歌声就从他们喉咙里飞出来了!"

老潘并没有继续沉浸下去,照片沾了些油渍,他拼命用餐巾纸擦,边擦边说:"我琢磨了——那个人极有可能是东头村子上的胡拐子,当年他拄着拐杖来供销社买化肥,我短斤缺两,少给了他一袋,哪想到他会记恨到今天!——不对呀,胡拐子今年也是七十多岁的人了,怎么可能背着电工包满大街乱跑呢?"

李晨生心想,得赶紧去街道,没工夫听他瞎扯了。今天上头宣传部领导要来,说他们莲花街道是整个区的创建模范,要带一大批人来参观。他已经安排小丁、小胡了,但毛头小伙子撑不住场面的——其实他也不一定挡得住,宣传部部长是个酒量很大的人,白酒装多少下去也不会倒。

李晨生转身走,老潘也跟着走,老潘说:"一条路走,不碍事的。我想来想去——这回准错不了,那个人就在我们小区!小区传达室旁边杂货店的胡老板,你认识吗?当年他就是我的情敌,整天和我争风吃醋!"

李晨生饶有兴趣地咳了一声,示意老潘说下去。

老潘唾沫飞溅:"我这老婆,刚认识她的时候,有点小疯,我还以为是女孩子的任性、娇气,没当回事。她长得真是好看,皮肤雪白,甜酒窝,而且成熟丰满,我第一眼就喜欢上了她。谁知道她脚踩两只船,一边和我搞对象,一边和姓胡的家伙拉拉扯扯。姓胡的力大如牛,田里刨地一个顶俩,他如果喝了一点酒的话,就像林间的麋鹿吃了疯药草一样满大街跑。我比他聪明,我不硬来,我趁他老娘暴病去世,他回去奔丧的时候,迅速把婚事给办了,生米煮成熟饭,嘿嘿,他只能气得双脚跳。可是,我的霉运也来了,结婚刚满一年,我的老婆给我生了个漂亮女儿后就开始发病了。梦里她把我叫成小胡,把我当甜面酱一样舔,可是愁闷一上心头的时候,她就生气,说宁愿自己是个男人,好用拳头打人。她戴着一顶针织帽子,好像缩在巢穴里的一只鸟,随时担心自己会从树上掉下来最后摔死。我这叫自作孽不可活,可是我真爱她——我省吃俭用,从牙缝里一点一点省下钱来想治好她的病。她吃了药以后,情绪会缓和很多,她到我们供销社食堂帮忙。还甭说,她做的小笼包子肉汁鲜美,人人爱吃,谁也不担心她会放些不干净的东西进去——在别人面前,她比正常人还正常,很拎得清,说话、举止、打扮,都比一般女人有韵味,她就像个豆腐西施,让供销社的男男女女们食欲大增。可是一回到家,我和女儿就遭罪了,她整个变了样——摔碗、砸东西,把身上的衣服脱得精光,她怀疑我和别的女人好,反复掐我,我都忍了。我只要不看见她眼珠翻滚、四肢抽搐的样子就行了,那样的场面一旦出现,就会像火山爆发一样,谁也无法收场。我好歹还是单位的一个领导,传出去真是颜面丢尽啊！"

老潘见李晨生听得不作声，越发有了倾诉的欲望，他忽然原地立定，用舌头舔舔嘴唇："李主任，假如说，我老婆在食堂好好地卖着包子，忽然一根筋搭错了，竟在公共场合脱光了身上衣服——你说，我会不会也疯掉？"李晨生一愣，没接话。老潘继续说："我老担心着这样的事情发生，天光亮得耀眼，面粉团子光溜溜的一个又一个，她双手舞动，用力去揉搓，空气里全是馒头的香味，窗口挤满了人。我的老婆，忽然间，把自己当成雪白的热腾腾的馒头，哦！那些色狼要跳跃了、号叫了！我该怎么办？怎么办？！"老潘气喘起来，如同一头即将咆哮的衰弱的熊。

李晨生钳住了他的胳膊，提醒他压根儿没有这回事。

"是吗？难道全是我在瞎猜？"老潘庄严又悲怆地咽了口水，忽然很愤怒地质问，"那个违章建筑为什么还不去拆？你们这些干部成天吃饱了饭撑的，到底能做些什么事？"

他用鄙视的目光横了李晨生一眼，掉转屁股气咻咻不知道去往什么地方了。

四

街道门卫养了一只肥大的竹节猫，青黑夹杂的皮毛发光发亮，李晨生每次经过的时候，它都会拱起身子，瞪着铜铃眼，尖牙一龇，露出红舌头。熟识的人都不害怕，假象！甭怕！这只猫外强中干，成天不是吃就是睡，一天的食量吓煞人。

李晨生小时候养过猫，喜欢挨近它蹭蹭逗逗。他抚它下颌的时候，它眯着眼摇着头颅美滋滋的，说不出有多享受。小胡已经告过这猫几次状了,说它乱拉屎,有一次居然拉在他办公室窗台下兰花丛中,臭烘烘的味道飘进来真让人反胃。最受不了的是,它还乱叫,桃花一开,它就趴在桃树下有一声没一声叫春,扰得小胡眉头紧锁。李晨生笑了,一只猫嘛,至于和它怄气?正常,都正常!花开,鸟叫,畜生要寻欢,大自然的规律,再正常不过了。

那时候小陈已经在街道帮忙做人口普查了,她秀美的脸庞比桃花还要艳丽,经过他们办公室时,修长的身材像杨柳枝一样轻微摇摆。小胡默不作声了,看了两眼就垂下眼睑。

这只竹节猫仿佛得了街道主任李晨生的特赦令,越发有点骄纵,它摇头摆尾大肆踱步,有时爬到李晨生的沙发上盘成一圈睡觉,等李晨生一来,谄媚地叫唤两声。李晨生坐上去,感觉它竟比老婆的身体有温度,他习惯性地抚它的脖颈、肚子、下颌,然后轻拍下它的屁股,它就乖乖巧巧地纵身一跃,去别处了。

中午,李晨生果真被宣传部部长灌得头晕目眩。还好,小胡替他挡了好几杯酒,到底年纪轻,脖子一仰,酒像白开水一样哗哗哗从喉咙口下去。李晨生拍拍小胡的肩膀,还没来得及夸奖,只感觉波翻浪涌,幸亏小胡眼风好,一手搭过去,赶紧扶着李晨生去上卫生间。

"小胡,表现真不错!最近谈的女朋友满意吗?"李晨生嘟嘟囔囔,两脚发飘,其实他酒量一般,最怕这样的场合,酒一多就头晕,一头晕就会对领导照顾不周。开桌之前他已经服了一颗解酒药,根本不顶用。此刻的李晨生像根烂稻草一样扶不住墙壁了,他示意小胡,赶紧让服务员带他去客房休息。

房间里有雪白的床,雪白的被单,李晨生一头扎进去睡得昏天黑地。他梦见了小陈,小陈像只白馒头不知廉耻地调笑着,他没理睬。阳光里洒满了金丝线,耀眼夺目。他瞧见了潘雅琪。潘雅琪坐在一个房间里,手上拿着一把剪刀,剪刀嘎吱嘎吱的声音格外刺耳,脚下是一堆纸屑。她在剪旧书!指甲涨成了紫色。等所有的纸张剪完后,她茫然若失地抬起头,她似乎在思考,想要在什么事情上大显身手。李晨生大声喊她名字,她没有应答,把剪刀举起,对准自己一头乌黑的秀发。秀发一根一根坠地,像利剑。很快,潘雅琪成了一个光头,阳光一照,光头如同球体发出七彩的光芒。

李晨生惊骇地从梦中挣扎出来,又是一身冷汗。窗帘拉得严严实实,分不清时辰,他瞄了一下手机,竟然是晚上八点了。怎么会连续梦见潘雅琪?上大学那阵子他的确对潘雅琪念念不忘,到处打探她的消息,听说她读了音乐系,不仅能歌善舞,还是校园里相当有才情的一位女诗人,追求者排成一列纵队。她呢,只对美术系的一个小伙子情有独钟,据说两人一起去了西藏。

嗯——艺术家,女诗人。李晨生躺在雪白的被褥上反复斟酌这两个名词,他相信她会是个非同一般爆发性强有才情的艺术家,带着那么一点可爱的神经质,哈!她会把男人迷得神魂颠倒。学生时代的恋爱真是纯洁又青涩,比起现在,不知道要干净多少!

李晨生情不自禁哧哧笑出声来,这时候回家有点浪费了,肚子开始咕咕叫,可是他一点也不想外出就餐。雪白的床,粉色的台灯,他无意识地左拧两下右拧两下,敲敲脑门,终于想着让小陈过来,带点外卖,然后两人可以做一场鸳鸯蝴蝶梦。

因为事先没有和老婆说好出差,所以这一夜无论多么缱绻,他还是要打道回府的。不管小陈有多恼怒,他系上领带,穿好西装,在朦胧月色中离开了酒店。地上有点积水,从出租车上下来,他一不小心踩了一鞋子的水。小区里安静得很,听得见虫子的鸣叫。他摸黑进了家门,卧室里没有一点声响,他确信老婆是睡着了——老婆睡眠质量差,不能有任何一丝干扰。他悄悄到了书房,倚在沙发上默想,睡不着,一点也睡不着,脑子里全是潘雅琪的形象:她在树林里穿梭,在大声朗诵她的诗集;一转眼,她又坐在空荡荡的教室里,咒骂着她可恶的母亲。她笑着,把薄如蝉翼的衣服一件件脱掉,把乌黑的秀发一根根剪掉……

李晨生索性在电脑上玩起了"红色警戒"游戏,一直到了天明。

清晨,老潘又候在他的办公室。他一脸沮丧,说:"胡老板死了。"

"哪个胡老板?"李晨生十分纳闷,原本他想借着上厕所的机会避开老潘,可老潘不依不饶,坚决守候着。他真有点吃不消老潘,脑袋也因为缺乏睡眠而轰轰作响。

"你忘了?"老潘惊诧得露出极不满意的神色,"我昨天跟你说到的那个小区杂货店的胡老板——我的情敌!他得了肝癌,在医院里躺了三个月,昨晚上实在熬不住,去了!"

李晨生咳了一声,昨晚上?他先是和小陈在做爱。后来在沙发上想潘雅琪。再后来打游戏。这个刮风下雨的夜晚到底有多少事情发生?他摇摇头,不知道该说些什么。

"李主任!"老潘强行把他的思维拉转过来,"也就是说,胡老板的死亡排除了他就是背着电工包跟踪我的家伙!"老潘神色又开始慌张起来,"那个躲在阴暗处的人到底是谁呢?他到底想干什么?李主任,一天不把他揪出来,我一天不得入睡啊!"

李晨生哭笑不得,由他去。李晨生想要转移老潘恐惧的注意力,得谈谈其他,比如说聊聊他辛勤培育的女儿潘雅琪——

哪料到老潘缄口不语,默默喝了杯茶,反问李晨生:"你们不是同学吗？你不清楚她的情况吗？"李晨生一愣。他发现老潘夹烟的手抖动得厉害,怯懦的目光在办公室挂满奖状的玻璃镜框上扫来扫去。

"是呀,你女儿那么棒！读书好,又有艺术才情,当初我差点想追她呢！"李晨生开玩笑道。老潘柔软灰白的头发甩过来,他不接李晨生的话,心不在焉地问:"几点了？我该回家给她们做饭了。""她们？""嗯,我出来很久了,早上一听到小贩叫卖猪血汤的吆喝声我就爬起来,我给她们把衣服绞干,晾在阳台上。我跟雅琪说:'囡,你睡,继续做梦好了,门关着,没有人会闯入的。今天想吃肉还是吃鱼？鳜鱼新鲜,那鱼贩子是我一个老兄弟,绝对不会坑蒙拐骗的。'雅琪很懂事地点点头,跟我说:'爸,今天有好太阳啊,别忘了给我将被单褥子拿出去晒晒！'"

老潘嚅动着发黑的嘴唇,忽然闭口了,像只无头苍蝇转了两圈,急急慌慌抢门而出,差点撞在铁树上。

五

小胡走过来,请李晨生在文件上签字,李晨生琢磨了半天也没明白文件的要义,那些汉字如同一只只蝴蝶在飞。他有些眩晕,将签字笔丢掷到一边,很不满地说:"等会再说吧！"

小胡将鼻梁上的眼镜向上一推,慢吞吞吐出一句话:"主任昨晚没睡好？眼圈周围有些发青。"

李晨生感到头皮发麻,连忙移开了目光。他捏捏颈椎,开始自我解嘲了:"老了,昨天中午一顿酒,竟把我折腾得元气大伤,哪像你们小伙子,精力充沛。"

小胡说:"主任,要不下午你去做个足浴？对面的红钻石足浴我有金卡,你只管去休息。街道的事交给我好了,那文件是有关低保户申请补助的,我今天就去把相关条例公布出来。"

李晨生仰躺在沙发上,一下子竟真体会到垂垂老矣的荒诞感。这个小胡,老实是假象,头脑其实灵光得很,马屁能拍得滴水不漏,现在才三十出头,慢慢往上爬,说不定会有很好的仕途。哪像自己,落在这个位置上一坐就是六年,仍没有一点升迁的迹象。工作的热情早消耗掉了,只能放宽心态,有的拿只管拿,有的取乐只管取乐……

李晨生闷闷地呆坐了片刻,异常烦躁,抬头看见玻璃镜框映照出自己乏味的表情和哈欠连天的神态,自己也觉得生厌,于是接过小胡递过来的足浴卡,结结实实去消磨了一个下午。

老婆难得打电话来,问李晨生昨天在哪里过夜的。

李晨生一愣,说:"昨夜不是回家睡了吗?"

老婆说:"不对,你到家的时候是凌晨四点,你别以为我啥也不知道。"

李晨生眼皮耷拉下来:"啥时关心起我了? 昨天中午接待领导,酒喝多了,小胡给我开了个房间休息,哪想到一下子睡得那么死。不信的话你去问小胡好了。"

"哼,你们男人合穿一条裤子,串起来骗女人,这样的事我不是不清楚。"老婆的语言冷冰冰的,和她的身体一样毫无感觉。李晨生刚从足浴小妹那里取得的一些温情一下子被她这股阴风吹得无影无踪。他丝毫没有想争辩的愿望了,懒懒地说了两个字"随你",就把手机挂了。

他看见前方三四米处香樟树下有个身影相当熟悉。稀疏的头发,背微微有点驼,藏青色毛衣。老潘! 李晨生心里一紧,真是撞见鬼了,这几天碰到他多少次了？莫非他有意在跟踪自己？看来又不像。他提着一个鱼袋子,袋子滴滴答答还漏着水。

李晨生忽然想起老潘清晨说过的几句话："囡,你睡,继续做梦好了,门关着,没有人会闯入的。今天想吃肉还是吃鱼？鳜鱼新鲜,那鱼贩子是我一个老兄弟,绝对不会坑蒙拐骗的。"

什么意思？潘雅琪怎么了？住在娘家吗？老潘为什么吞吞吐吐,什么也不肯讲的样子？

李晨生觉得很蹊跷。一只鸟儿无聊地拍打着翅膀,一边飞一边在他眼前拉了一坨鸟屎,啪嗒掉下来,正好落在他皮鞋尖上。他掏出餐巾纸擦干净,忽然决定,要跟在老潘身后探个究竟。

老潘紧走几步,他也紧走几步。老潘弯腰系鞋带,他背过身去假装咳嗽。老潘拐胡同,他落在后面慢吞吞移动。老潘进了小区,那儿果真有一处违章建筑,塑料棚搭在钢架建筑物上,遮住了光线。李晨生蹑手蹑脚躲在棚后张望,只见老潘摁一户人家门铃,窗户口探出一个女人的头,挥着一块丝巾,娇滴滴地喊："爸爸！"

李晨生一怔。女人的头发,大波浪；女人的声音,矫情得可怕,还挥着丝巾,左右舞动,显得极不正常。但怎么看也错不了——她就是潘雅琪,那脸型,那轮廓,只是抵抗不了岁月的无情,到底显得老气了。李晨生蒙住了,回家的路上感觉自己像是一棵树在移动,从这个点忽然换到了那个点,最后与浩渺的空气融为一体。

老婆又来电话了,说："啊,还长脾气了？我问过小胡了,他说：'没错,主任那点小酒量哪挡得住呀？！'快回家吧,晚上还要去我妈那儿。"

李晨生窝火得很,竟真问了小胡？当真要跟踪调查我吗？

当然,火压在心里,没有发作出来,李晨生匆匆忙忙打了出租车,回家拎上包赶往丈母娘处。老婆和她母亲俩人在议论着什么,声音低而又低。他一走近她们就住嘴,背过身去,冷笑着。外面已经下起雨来,李晨生伸出手,雨点子噼里啪啦打在手背上,有一些痛感,他隐约有些担心,只是不知道这番胡乱猜测有没有根据。丈人要他喝点"梦之蓝",他揉揉颈椎,一脸败相,说:"真不行,喝伤了。"老婆的脸很苍白,这些年她越发瘦了,像根排骨,不喜欢调情,不喜欢做爱,只喜欢机械化地收拾家里——她忽然立起身,揪着她母亲到厨房里叽叽咕咕像只鸽子一样不知道又说了些什么,结果双手捧出一砂锅的鸽子汤。

李晨生心不在焉地喝了几口汤。外头的雨下得越来越大,似乎箭矢一般一根根直射到他的汤碗里,李晨生一哆嗦,泼了一大碗。手机响了,他多么希望是老潘打来的,这样他可以顺理成章来关心他,来询问他家里的情况。他迅速有力地掏出手机,可是,令他惊惶的是,来电的不是老潘,是小陈。他犹豫着不知是否该接通,老婆和丈母娘的眼睛如同秃鹫在搜索腐尸一样牢牢攫住了他。他想小陈是拎得清的人,不会在不明境遇的情况下胡乱发嗲的,他应该信任她的。接通键一摁上,小陈低弱的呻吟声像烟雾一样糊里糊涂地散开了,飘在滚烫的鸽子汤里。他慌得连忙掐断通话,故作镇静地将手机放回口袋。老婆没有追问,她朝他干笑了声,走向卫生间,故意丢给他一个空间。

大家吃饭、喝汤,听得见嘴巴里咀嚼的声响,居然谁也没有说话。李晨生塞了一嘴巴的米饭,差点给噎住了。很奇怪,这个时候,老婆在卫生间发出干呕的声音,很大声,从那头一直飘到客厅,他们像是一对连体婴儿突然遭遇了相同的生理境况。丈人示意他,怎么回事?李晨生脸憋成猪肝色,他委屈地瞧着汤碗里的鸽子。"咕咕咕。"鸽子仿佛在说话。"咕咕咕咕!"鸽子不仅能说话,而且眼睛也睁大睁圆——差点儿连翅膀也扑棱棱拍打起来。

李晨生感到一阵惊悚,但不好表示什么,汗涔涔一圈,湿了棉毛衫。老婆回到饭桌前,脸更加虚白,但她在笑,属于皮笑肉不笑的表情。李晨生想,不可能!她不会知道什么,她什么也不会知道,她只是提前进入了更年期。

总算到一个人外出散步的时候,他把手塞在外套口袋里,越过密密层层的树叶眺望。他忽然陷入了一种从未有过的悲伤中,这跟他的年龄不符,和他多年来承担的社会职责也不符,可是,情绪这东西莫名其妙笼住了他。他的手碰触到手机,他想,小陈在干什么呢?刚才她为什么要这样来一下?是想撒撒娇,还是故意要他出丑?一时间,李晨生火急火燎,他拨小陈电话,有一阵子忙音,再拨,等了几分钟,对方接通了——呻吟声仍在,气咻咻的,似乎有其他男人在场。男人在喘息。那男人是她正在谈的对象小胡吗?小胡喉结很大,应该属于进攻性强的一类,他们发展如此之快——

"喂——喂——"小陈好像干完了事,急匆匆冲着手机喊。李晨生一点也不想搭理了,沮丧地跨过一个窨井盖。

六

李晨生的心情很糟糕,到街道还没放下包就听门卫说,竹节猫失踪了,猫食放在盘子里,一天也不见它来吃。

李晨生眼泡肿着,脸颊上印着一小片细密的花纹,都怪枕头不好,他到凌晨两点还没睡着。老婆睡在床的左侧,突然阴阳怪气问了声:"你有秘密吗?"他愣住了,没有回答。过了两分钟,老婆哼地冷笑声:

"谁没有属于自己的秘密呢？你有，你肯定有，只是不愿意告诉我。"他依然不作声。老婆像掌握了什么证据一般，意味深长继续笑着："要不，到了六十岁，我们相互交换内心的秘密。"李晨生反应还算敏捷，冷不丁问道："你有什么秘密？"老婆的声音像捂在棉花堆里一样混混沌沌："你不说我怎么会说？睡吧！"

结果李晨生纠缠在小陈莫名的呻吟声和老婆冷静诡异的发问中，他再度失眠了。夜里车流人声沉寂下来，听得见广阔的天空里浮起一种细碎的若有若无的沙沙声，像来自地下的叹息。李晨生最怕失眠，可是有什么办法呢？越怕它它越是气势汹汹来袭击。实在没有办法，他拉开抽屉，吃了两片安定，才迷迷糊糊睡了过去。

竹节猫失踪了。他仍向兰花丛中张望，也许还能看到它肥硕的身影。有一只鸽子仓皇地从兰花堆里飞起，仿佛迷途很久了，终于下定决心要去寻找回家的路。手机响了。他低头一看，是一个未知号码的电话，打电话来的人拖长声调告诉李晨生，他匿名寄了举报信给区里纪检委，举报他私生活混乱和利用职权贪污事件，说完就挂了电话。李晨生惊愕得差点手机掉落在地，脑袋一片嗡嗡作响。

怪不得！李晨生一早起来就觉得什么都不对劲。老婆在枕边轻轻地咳嗽，她咯吱一声翻了个身，充满挑战意味地坐起来。他假装还在睡。后来起了一场很大的风，把阳台上的门吹开了。竹节猫溜了，或者说被人擒获了，当地的人不时兴吃猫肉，据说猫肉是酸的，猫身上有许多寄生虫，吃了会感染病菌。

冷汗。虚汗。热汗。层层叠叠，交织在一起。李晨生走进办公室关门的时候一声不吭。室内的光线很暗，李晨生的心随着撞门声怦然跳得更厉害了。

谁？谁蓄意想搞垮他？

会不会是小陈？自从那个淫荡的电话传到耳朵后，李晨生浑身上下都是一种不洁感，这样的女人，他一点也吃不准，貌似正经，她究竟和多少男人有染？她只限定他周三或周四的时间上她那儿，那么周一、周二，她还安排着谁呢？看看，这世界多可怕！他说不定正在交叉感染着。他怎么会把小胡介绍给他？真是被激情冲昏了头脑。哎，一旦有什么事，他百口莫辩，整个吃不了兜着走。前前后后，他在她身上花了有近五十万的人民币，一会儿瑞士表，一会儿 LV 女包，一会儿换了辆丰田车。至于钱的来历他做得极其隐秘，他只是伪造了几分协议，向上级部门虚报了几个本街道特种养殖的项目。政府补偿资金到账的时间相当快，天知，地知，自己知，他不需要其他人跑腿，事必躬亲。应该是做得滴水不漏了——小陈会不会把自己出卖给小胡？

李晨生惊骇住了——他想象着，小陈把滚圆的乳房贴在小胡长满汗毛的胸膛上，倾诉内心承受不了的秘密。

李晨生的眼睛游出头颅，整个房间像重庆渣滓洞一样闭锁，而他的后脑勺上面，有一张无形的嘴巴张得巨大，它露出尖锐的牙齿要将他的头盖骨咬得碎裂。

有人在敲门，"笃笃笃！笃笃笃！"，规律性地敲，节奏不急不缓。小胡进来了，小胡的步伐比平日有力，脸上一丝说不清的表情像毛笔画上去的，他眼睛里掠过一道嘲讽的光芒，这也是李晨生从来没有见过的。

小胡没有呈上文件，也没有说本周的日程安排，他摩挲了一下自己的手掌心，说："主任，说来好笑，槐安社区一只猫不知怎么回事发疯了。"

李晨生翻了翻眼皮,故作镇静:"说来听听。"

小胡屁股往沙发上一坐,绘声绘色讲起来:"大清早,这猫不往沙盆里拉尿,而是突然蹿上饭桌,开始在桌上拉尿,并发出怪异的叫声。主人上前轰猫时,猫蹿到他们身上乱抓乱咬,吓得他们连外衣也没穿就逃了出来,就剩下猫自己在家瞎折腾。最后是两个社区民警戴好手套穿好盔甲,拿了编织袋,好不容易将它逮住。这样的猫,养着也是祸害,他们最后决定给它实施安乐死。"

李晨生学小胡的样,也将掌心交叉叠加在一起轻轻抚摸,很认真地问:"猫怎么会疯呢?"小胡接得也快:"兽医说,这猫活得时间太长了,十四年,属于高龄猫,身体器官也开始病变了,导致神经系统紊乱了。"

"哦。"李晨生似乎有点相信小胡的说法了,他没有坚持再问下去,他在椅子上欠了欠身子,目光落在小胡的喉结上,小胡的喉结像一枚掩埋在沙漠地带的手雷,清晰可辨。"所以,竹节猫也不见了。——指不定哪一天会发疯,将你我咬伤,对吧?"李晨生试探性地拉长了声调慢慢说出。

小胡坚决地点了下头:"那肯定!猫是最反复无常的,和女人一样,难以预测。谁也不知道什么时候被她倒打一耙!况且,街道是个办公地方,怎么能平白无故钻出只猫来?"

李晨生朝小胡笑得模棱两可,他的脸色在暗处苍白而虚弱。他听见自己的心脏被擂得咚咚响,仿佛那里也有一个手雷,会遭遇到一触即"爆"的危险。他挥了挥手,示意小胡过来。小胡心领神会,也不多啰唆,径直将耳朵凑近。

李晨生当然不会直截了当,他喘着气,指尖微颤,问:"喜欢小陈吗?"

"哪个小陈?姓陈的女孩多着呢!"小胡故作茫然。

李晨生抬起头,疑惑地看着身边这个年轻人,人家说翻脸就翻脸,一点不顾忌什么。他按住自己越来越加速的心脏,问:"你把竹节猫弄哪儿去了?"

小胡似笑非笑地望着他,表情很怪异:"你怎么确定是我处理的呢?"

李晨生哭丧着脸,语调变得连自己也不敢相信了:"你到底要什么?你说。咱们兄弟一场,得互相扶持呀!"

七

接连三天,老潘都没来街道办。

办公室安静得出奇,听不到猫叫,也没有扰人的电话。

天气也好得很,既不下雨,也不刮风,一律放晴,夏天的迹象越来越重。李晨生受过惊吓以后,索性将签字的笔扔给了小胡。他开始盼望起老潘,心想,老潘过来,我一定要问个水落石出。可老潘就是不出现。李晨生想,他不来,我就去找他,我去小区转,总能找到他。

李晨生走到阳光里,一阵眩晕。难道自己的身体真出了问题?不太可能,去年年初刚做过体检,大体上还可以,但也属于"三高"人群了,医生叮嘱少喝酒少吃油腻脂肪类的食物,但这些话一到应酬场合他就忘得一干二净。

他努力想循着那天跟踪老潘的路线去寻找,但绕七绕八,不一会儿就乱了章法。树木、胡同、老式公寓房,走到哪儿都是一个模样。一只蔫头耷脑的狗,唾沫从嘴巴里飞出来,摇晃着从他身边经过时,他都能闻见狗嘴里病恹恹的腥气。这狗病了,和他一样。他皱眉,谁家的?怎么能放任自流?他四下张望,可是这时小区静悄悄的,人都不知道藏到哪儿去了,偶尔窜过几只肥壮慵懒的野猫,骄纵地扫视李晨生。李晨生低怯起来,霎时脑海中又全部充盈着潘雅琪的样子。窗户口的一瞥错不了——她形象大变,哪里是一个女诗人、女艺术家的模样?确切地说,是一个女疯子、女精神病人。

李晨生胃部痉挛起来,痛得他差点支撑不住,继续往前走,他有些不甘心,好像就在这里了,电线杆后有棵香樟树的地方。对!三楼,潘雅琪探出头,鬼里鬼气地说话,妖艳地摇动着花丝巾。他痛苦地低下头,防盗门紧紧锁着,他按了几下,并没有人回应。整个小区安静得可怕,这里生活着的人们似乎在一夜之间全都蒸发掉了,只剩他一个,和一只涎着口水的病狗与三四只肥胖纵欲过度的野猫。

终于有一个老太太拄着拐杖,走到他面前,狐疑地瞧着,很不友好地问:"你找谁?"李晨生被她的语气怔住了,他像一个来历不明的犯罪分子,抓耳挠腮,嗫嚅着,说:"那个窗口,三楼,是不是住着一个女人?脑子不太正常的那种。"老太太横了他一眼,不屑一顾地说:"你脑子才不正常吧?那三楼的房子空了整整五年,一直没人住。"

没人住?是个空房子?

李晨生吓了一跳,难道说,几天前他看到的是幻觉?

李晨生明显感觉到太阳穴处青筋暴突,他深吸一口气,尽量使自己平稳下来。

落寞惶恐地转过几条巷子,他忽然听见身后窸窸窣窣的脚步声,回过头,空空如也。他背脊上仿佛霍霍蹿上了一条青蛇,蛇嘶嘶吐着芯子盯着他的头皮要咬下去——莫非他真的产生了幻觉?他继续往前走,脚步声又起了,窸窸窣窣,走三步停一下,典型的跟踪!他猛一回头,想逮个正着,可还是扑了个空。

谁?是谁?到底是谁!是老婆吗?最近她铁青着脸,一句话都没有,但每个动作都是不可解读的怀疑和紧张,她在砧板上把买来的童子鸡剁得像肉酱,嘭嘭嘭杀声震天。

小胡吗?他已经和小胡交代得够明白了,可是小胡觑着眼睛打量他的时候,仍是一种恶狠狠要威胁的流氓腔。他说他喜欢小陈很多年了,假如以后李晨生再沾染小陈一丁点儿,他会让李晨生前半生的全部努力付诸东流。

空气在颤抖,草在颤抖,树叶在颤抖,他听得见一丝一毫细微的颤动声。那脚步声又来了,他果决地使出最大的劲儿将自己身体翻转过去,他要以最快的速度抓住这个形迹可疑的人。

"——李主任。"

老潘!又是老潘。他的目光看上去崭新、尖锐、闪光。

他嘿嘿笑了,说:"我还琢磨着,到底是不是你。我随着你走了整三圈了!怎么?你来考察我们老百姓的生活?你真是个好领导。李主任,你脸色不太好,工作累的?哎!要适当休息,哪能没日没夜干活!我做供销社主任的时候,晚饭总要喝壶黄酒,闺女给我温热一下,一斤酒到肚里,比泡个热水澡还舒服,睡起来就特别有滋味,老婆打再响的呼噜声跟我也没关系。那个跟踪我的家伙,嘿,我躺在床上反复研究,他不是老胡,老胡死了,躺在棺材里了。他是老胡的儿子——小胡,这小子趁他老爹快要咽气的时候,总想挖出点什么新鲜材料。"

老潘脖子扭得仿佛一只花鸭子,两只手翅膀一样挥舞,李晨生怀疑他再使一点劲儿就会飞起来。他眼睛滴溜溜转得比陀螺还快,继续说话:"这个小胡啊,腰圆膀阔,那鼻子、那嘴巴,我怎么看怎么就觉得像我老婆?他会不会是我老婆的私生子?他妈的——他们背着我私通!还养了这么个鸡巴子!"

老潘呼呼喘气,他的肘子抵着李晨生的胳膊,又硬又尖。李晨生的额头上冷汗淋漓,他看向空空的胡同,打了个酸腐的嗝。

八

"你脸色很难看。"

老潘再一次提醒李晨生:"你是不是有心脏病?这个病太可怕,我供销社一个同事就是突然之间说去就去的,一点前兆也没有,可怜留下孤儿寡母,我每年要代表工会去看望一次的。"李晨生下意识摸了摸自己心脏部位,也许,有一点,但肯定不是——他被老潘提出的老胡小胡荒谬之说给搅得如在海浪上颠簸。他张大了嘴,想高声喊叫什么,喉咙却变得干涩发苦,伴随着一阵刺痛,眩晕感再次袭击他。

没办法,李晨生只好挨着老潘,在香樟树旁的一张石凳上坐下。老潘的褐色毛衣竟散发出一股女人的香水味。他使劲嗅了嗅,没错。他吓了一跳,差点从石凳上跌下来,但老潘的手犹如老虎钳一样非常有力地按住了他。

老潘的表情含有一丝狡黠的意味,欲言又止,喉结滚了三四下,忍不住说了:"雅琪就在我身边,你不是想打听吗?早上,我和老太婆用她的粉涂脸,用她的香水把浑身上下弄得香喷喷,我们仨互相拥抱、跳舞,使劲出汗。然后我给她们母女一人吃两粒安眠药,不能放多,多了会出问题,她们安安静静开始睡了,睡一个上午,我就放心地外出买菜。做饭是我最幸福的时光,我给老太婆烧麻婆豆腐,给雅琪做腌笃鲜,百叶结、排骨、鲜笋、扁尖,她能喝五六碗汤,和小时候一个模样,喝高兴了就要尖叫、要唱歌,要跳到桌上朗诵她的诗歌。

"你别露出那副样子,好像我在撒谎一样。"老潘咂咂嘴,"我是出了名的好脾气,雅琪谈恋爱,吵死吵活地要跟一个长头发满脸结疤的男人去西藏,我没拦,我只听说他们去了唐古拉山,那男人跟着僧人走了就再也没有回来。雅琪哭哭笑笑回来了,满嘴是生啊死啊的偈语,休养了整一年。我到处托关系,求我的老领导,让她去学校当老师。她就是一块当老师的料啊,不用就是浪费。你瞧,她一站到讲台上,就特别有舞台感,小时候我让她学小提琴、学唱歌,嘿,童子功打得可扎实啦!我隔着窗户看她伸长了脖子在唱《青藏高原》,我的娘哦,那声势、那气场可以将屋顶掀翻。后来,她和自己学校的一个化学老师结了婚,也怀了孕,我想,我终于不操心了,可以安安稳稳抱外孙享受我的晚年生活了——

"别瞪着我,假如你真晕得厉害,你就在石凳上躺下来,我给你揉太阳穴——你不需要,好,你听我讲——人生的命运就是这样反复,雅琪怀孕两个月后,整个情绪就不对了,她狂暴、易怒,把家里的值钱的东西竟然全往抽水马桶里扔,然后,重重一摁,等她丈夫发现时只看到汹涌翻滚的脏水。她整夜整夜不睡觉,和她母亲一样,把身上衣服脱得精光,有时像个精力充沛的演员,说着没完没了的台词,更多时候是一副垂头丧气、懒洋洋招人讨厌的样子。她还拿起剪刀,要往自己的肚子上戳,说:'不要这孩子啦,他肯定是个怪胎!'

"她丈夫吓坏了,带她去医院做了个彻底检查——天哪,她患的是产前抑郁症,这把她遗传基因里的染色体变异毛病彻底诱发出来了。

医生很残酷地告诉我,她遗传了她母亲的症状,也是个精神病患者。我傻眼了,怎么可能? 从小到大,她是多么活泼、机灵的女孩。她的丈夫,一把鼻涕一把泪跪在地上求我,求我让他们离婚,孩子也是要不了了——他说我隐瞒了事实真相,如果我们女方不同意离婚的话,他可以请律师告我们,到时弄得满城风雨还要劳民伤财,说我反过来要支付他精神损失费,一笔数目很大的钱。你瞧瞧,这社会多么荒谬、多么滑稽! 他要狠心跟我女儿离婚,好合好散嘛,干吗非要说出伤感情的话呢? 我都认了——离,离吧——离了,这女儿还是归我养。

"你怎么啦? 冷汗淌个不止。你不要一副哭丧着脸的模样,你总没有我倒霉吧?! 其实用'倒霉'这个词一点也不准确。那时,我都绝望了,我真不知道怎样收拾这场面,一个是老婆,一个是女儿,她们敌对了十几年。是的,我女儿从小就仇恨她的母亲,她母亲揪她头发,还扇她巴掌,骂她小贱人——女儿趴在我肩膀上哭,眼睛肿得像核桃一样,牙齿咬得咯吱咯吱响,我怕她胸腔里跑出头小兽来将母亲活活咬死,就使劲安慰她、爱抚她。好了,现在娘俩一个样,不晓得要吵得怎样个天翻地覆! 大不了我眼睛一闭,眼不见为净。

"你可能猜想不到——当我把傻里傻气的女儿接回家中时,老婆喜滋滋地铺床盖被,她看雅琪的眼神,又尴尬,又欣喜,又自责。雅琪将自己的身体蜷曲起来,像个婴儿一样,可怜兮兮要她母亲抱。她们互相拥抱、亲脸颊,躲到被窝里说着话,手指紧紧缠绕在一起,多么温馨和甜蜜,我看着,眼泪都要出来了,真的,开心的泪水,我们一家人,从来没有这样相亲相爱过。晚上,母女俩都把身上的衣服撕扯掉了,露得光光的,我赶忙把窗帘拉得严严实实。

"李主任,你的腿不要哆嗦啊! 你想见雅琪吗? 嗯,实话告诉你,如今她从不见外人,除了我和她妈妈。她每天和英国大诗人,那个叫什么莎士比亚的诗人对话,她大段大段朗诵他的诗,他真是英俊啊,她朗诵的时候,眼睛里射出一团团火焰。我们把窗帘拉紧,把大门关紧,不让任何人偷看。嘘!她是我们的小雏菊,再也不能受伤害了——不瞒你说,那个走路外八字、爱背电工包的家伙,我怀疑他是有预谋的,他想通过我,把我们家击垮——他羡慕我们的亲密无间,他是个变态的家伙,他自己得不到安稳的环境,就想方设法破坏别人家的安宁与幸福——呸!没门,只要我老潘在一天,决不会让他得逞!"

李晨生浑身都在剧烈抖动。风一点也不和煦,它像屠夫手中的一把刀,在李晨生的脸部狠狠刮过。李晨生的嘴巴歪斜了,前额的皱纹消失了,眉毛一点也抬不起来,他的口水顺着石阶滴滴答答淌下来。

老潘猛拍了一下自己的脑袋,惊呼:"我的娘哦!我亲爱的李主任,你不要吓我啊——你怎么一下子成了歪歪嘴了?这可是面瘫的症状啊!——真不骗你,这毛病,春天的时候特别容易发,你别慌,我马上带你上医院,别慌——"

九

小胡来病房里送材料。

医院病房外的几株山茶花谢得快要差不多了。李晨生几乎每天都盯着它们发呆。今天是这一朵,明天是那一朵,他给它们起了名字,每凋谢一朵,心里就难过一下。他想要开口说话很艰难,舌头搅动半天,别人还是听不清楚。小中风,左手、左脚僵硬地摊在床上,根本不能动弹。两个星期了,医生说如果三个月还不能完成恢复,就会有后遗症。

小胡头发上冒着热气,这热气里混杂着李晨生相当熟悉的小陈的气味。"低保户申请补助资金批下来了,李主任,明天我们要搞个仪式,您看您能否出席?"李晨生沉默地摆了摆头,小陈的气味。他看见小胡颈脖处有一道暗红的牙印,像一瓣桃花,柔媚地冲他眨眼。他有些愤怒,但无济于事,他的表情永远只能是一种呆板、僵硬的猥琐状。

李晨生示意小胡代他签了字。他的病如果不能立即痊愈的话,很有可能,区领导会安排他休养一段时间,半年?一年?谁知道呢!小胡会顺理成章接替他的岗位。小胡脸上有掩饰不住的窃喜,走起路来虎虎生风。而他李晨生的政治前途是彻底完蛋了,他吸了吸鼻子,真正体验到了什么叫兵败如山倒。

老婆对他这次突如其来的病倒没有异样的反应,好像一切都在她意料之中。她打来温水,给他洗脚、擦身子,当毛巾碰触到他的生殖器时,她动作有些粗鲁,恶狠狠地草草了事。他感觉被侮辱了,下意识想把两条腿收紧。老婆嘘了一声,她的脸像一张没有血色的面具。她坐在他床头,幽灵一样盯着他,她看他嘴角牵动,口水无意识向下淌,凑近前去问了声:"你想说,说什么呢?你说,我听着呢!"

李晨生想要倾诉的愿望胜过任何一个时刻,可是,上帝钳制了他的喉咙,他试了几试都没有成功。他望了望窗外的山茶花,花瓣被昨夜的雨碾得伤痕斑驳。小陈的气味仍没有散去,它顽强地滞留在狭小的病房里以及李晨生的心里。当然,由此及彼,他还想到了潘雅琪,老潘说了,她每天和莎士比亚对话,她大段大段朗诵他的诗,她朗诵的时候眼里满是炽热的火焰。她还是那么可爱和孩子气。他忍不住用力吸了下鼻孔,但鼻涕还是长龙一样淌到了被子上。老婆拉了几张餐巾纸,嫌恶地给他擦掉。

他热切想念老潘。

突然之间,他觉得自己和老潘之间建起了一架直抵心灵的桥梁,他完全理解了老潘前言不搭后语的话——这需要特殊的语境和气味。他想,他是明白的,如今,他也在特殊的语境里开始挣扎了。天花板上爬过一只小虫,他的胸腔里发出了一声惊叫,老婆没有听见,她忙着发手机短信。李晨生的目光变得僵直,一点一点往下坠。他清了清嗓子,他想说:"山茶花在哭泣。真的,这只虫子是帮凶,你们赶紧阻止它!赶紧!"但懊恼的是从他嘴巴里吐出来的字音,含混、破碎、丑陋、污浊,没有人能听懂。

老婆看着短信上的内容顾盼生辉,脸上浮现出满足的笑容,根本没有理睬他。

李晨生把那串丑陋、污浊的沾有鼻涕的语言悲愤地一一咽回去。他嘡嘡嘡使出浑身的力气用力敲着床栏,作为一种报复和发泄,他在心里大声呐喊:"等着瞧吧,等我的病好了,我一定要说个够说个痛快!"

春阳散尽,炎夏将至。经过了三个月的中医针灸治疗后,李晨生渐渐恢复了元气。他能背着手在院子里踱步,院子的花坛里开满了月季、蔷薇,有时他会摘下花朵,把花瓣一片片扯下塞进嘴里咀嚼,他发现这些花瓣的滋味很古怪,有一种若有若无的女人的气味。有一次,趁老婆不在意,他居然离开院子走到一个很远的地方,那里有一条蔫头耷脑的狗,涎着口水向他点头问好,接着三四只肥壮慵懒的猫出现了,它们打哈欠、舔面孔、弓着身背追逐……那只被小胡驱逐出去的竹节猫,竟站在居民私自搭建的塑料棚上,神气活现地冲他抛媚眼。

香樟树被风吹得呼啦啦直摇,似曾相识的地方,他忽然觉得他某种意识在苏醒,他要哭了,真的,尤其是看到那只会龇牙唬人的竹节猫冲他摇头摆尾时,他几乎控制不住自己情绪了。再往前看,啊,他瞧见一个老头穿着中山装,衣着端正,花白的头发梳得纹丝不乱,老潘啊老潘,老潘就在眼前!

他激动得差点热泪盈眶,奋力迎上前去,他有一肚皮的话要跟老潘说。他想告诉老潘,雅琪在他梦中挥舞着手臂,而他驾驶着车辆飞速冲向悬崖,结果车子像坍塌的房子,散落在高架两侧,烟油的怪味和燃烧的气味封锁住了梦。他发出尖锐凄厉的狂叫,最后是雅琪叫醒了他。他还想跟老潘说,那个背电工包的家伙,偷偷跟踪老潘的家伙,不是别人,就是他!他喜欢把人置于莫名的恐惧与紧张之中,然后拼命追逐,就像追逐一个真正的窃贼一样,让对方接受人性的极限挑战。还有,关于小陈,关于小胡,关于老婆,他都要发表一场宏大的演讲,来考究春夏之交每个人细密的变化。

太多了,真的,三言两语哪说得清啊!他清清嗓子,庆幸的是,他终于能表达出一句完整的话来了。他决心要在这蹲点,拉着老潘的手,他要穷尽一切力量来把内心涌动的复杂情绪表达出来。他觑着眼,窃笑着,一点一点挨近老潘,在老潘跨步想要向前出发时,他猛地拍打了老潘的肩膀,露出讨好的笑容:"老潘,有空吗?有空听我说说吧。"

李晨生就这样迎来了生命中最充实的时光,他每天鬼鬼祟祟从家中溜出来,然后随着一股特殊气味的引导,一瘸一拐地来到老潘所住的地方报到。老潘并不让他上楼,这又有什么关系呢?他们在香樟树旁,盘腿坐在石凳上,竹节猫忠心耿耿守候在一旁。夏天的风有时凉爽,有时带着浓重的海洋气息,这并不妨碍他们的交谈。

不,很大程度上,是李晨生在倾诉,他的歪歪嘴一日日在康复,语言的河流汹涌澎湃,怎么说也说不完。他的额头发光,神情专注,嘴巴念念有词,远远看去,仿佛是莎士比亚转世。

安　　敉

一

阿丁没有料想到,父亲的肝和胆之间藏着个恶性肿瘤。医生说,没法开刀。从拍片到父亲过世,前后两个月。

父亲是死在医院病床上的。家里房子太小,没有必要再把遗体运回,过一天,就直接送到殡仪馆火化。他母亲也同意这样处理。阿丁一个人像无头苍蝇料理事情,脑子嗡嗡直响,到凌晨时分才想到要告知亲朋好友父亲过世的事情,他采取了最简洁的做法,在朋友圈发了一个信息:"愿老爸在天堂一路走好。"

他从来不发微信朋友圈,这是第一条。

到了吊丧日,父亲成了一张薄薄的遗照挂在灵堂里。客人一个一个来,他母亲刚开始还号几句,到后来也懒得号了,她喉咙原属于沙哑型,喊不出太大声音。倒是旁边的亲戚急了,督促母亲要拉几句,唱歌一样拉几句。

母亲说:"我实在拉不出。"

亲戚说:"你要喊亲人啊,你扔下我一个人孤孤单单怎么过啊——灵堂上没有哭声是不正常的。"

母亲顿了顿说:"我还是拉不出,算了,我喝口水。"

阿丁想,这个时代了,不要死守老法,母亲陪了父亲好几个白天黑夜,不要太为难她。

昨晚,他几个高中同学来陪他守灵,因为没有遗体,悲剧气氛也就不是特别浓郁。他们喝了一小时茶觉得无聊,有人提议说打牌吧,既然是守灵就不好睡觉,不好睡觉就要找些活干,总不能大眼瞪小眼,那就打牌斗地主,当然阿丁就不要参与了——阿丁给他们端茶递水,也看看牌,顺便考虑一下第二天的接待,他是独子,千头万绪,都需要他去一一敲定落实。

葬礼简洁。晚饭安排在饭店,五桌人,自从二十年前母亲出了那一档子事情后,不少远房亲戚和他们家断了关系。来的都是至亲,唏嘘一阵,人也走了,哭也哭了,活着的还是要正常生活。酒桌上有酒,母亲向来是好酒的,喝几口缓解一下疲劳也无妨,于是大家开始碰杯。

母亲一握酒杯,就恢复了当年女强人的气场。她声音高亢,激情迸发,像一个给地下党送行的女英雄,铿锵有力喊道:"丁卫国——你一路走好!"

阿丁担心母亲喝多,年纪大了,不能和当年比,要夺她酒杯,哪想到母亲一饮而尽,继续加酒。母亲说:"你别拦我,人都去了——你让我喝个痛快。"阿丁就依着她,坐下来吃菜喝酒,这几天眼前晃荡的人太多,他也有些吃不消。苏打水。窗棂。白糕。黑色帷幔。熊熊燃烧的火。深渊。磕不完的头……他心里慌张,但不晓得该和谁说。他瞥一下老婆,老婆在忙,老婆朱亚是好女人,他不该瞒着她,但告诉她更了不得。他和母亲碰了几个满杯,结果他稀里糊涂喝醉了。

二

一周以后,生活基本恢复正常。

阿丁醒来,朱亚已煮好粥,鸡蛋、牛奶、榨菜丝也配齐了。阿丁原来顶喜欢吃油条,但父亲坚决抵制,说油炸食品少碰!父亲对饮食特别挑剔,他还注重健身,谁能预测未来呢——父亲现在在墙上。

父亲很少笑,遗照是精心挑出唯一有笑意的一张。

母亲喝着粥,吸溜吸溜发出声音。吸溜完,母亲说:"哎,老头子走了,摇钱树倒了。"

母亲的比喻不太恰当,但说的是大实话,老头子在公家单位,退休金一个月八千,现在到哪里去挣八千元的薪资呢?没有了,上帝之手把它取消了。

母亲去朱亚经营的杂货店看铺子了,她是鱼行街起得最早的一个人。朱亚送孩子上学。

阿丁忽然觉得无所事事,半年前,他穿好皮鞋系好领带一副上班族的样子,和家人一一招呼完出门,之后,他趸进巷子走长长的一段路,他害怕撞见父亲,怕父亲散步归来和他撞个满怀,这样想着,他就打个车,把自己打到很远的脏乱差三不管的地方,然后在最蹩脚最便宜的洗脚店或洗头店混上一天。

现在不用了。可父亲还是很贼的样子,在墙上看着他,看得他心里发毛。他也怕朱亚回家取个东西什么的撞见。保险起见,还是出门好。

父亲嘲笑过他,说他完全是母亲溺爱坏了的废品。——母亲经历过社会大风大浪,心理素质远远胜于他阿丁。阿丁不行,阿丁觉得自己就是只鼹鼠,成天打地洞,过着阴暗的生活。

母亲即使过禁闭的监狱生活,也照样不慌不忙——她戴着眼镜修针织手套上的线头子,咧着嘴冲他笑。那时他带着朱亚来探监,朱亚胖得浑身肉鼓鼓的,当其他女孩都离他而去时,只有朱亚还爱着他,陪他乘轮船横渡长江,看望正在服刑的未来婆婆。

二十年前,母亲是小镇兽医站站长,负责在一只只滴溜滚圆的猪屁股上盖印章。谁也没想到她会入狱,因为非法集资。阿丁从小过纨绔弟子的生活,不学无术,也不懂政治,但母亲确实滥用职权,坑了老百姓太多的钱——即便砸锅卖铁也还不上,从此厄运来了。

那时光,阿丁真不愿意去回想——他和母亲是一根绳子上的蚂蚱,同荣辱,共进退。

他不想回忆,他希望自己不是蚂蚱,而是一条毛毛虫,有很毒的刚毛,如果别人来进攻,他能对把对方蜇得人仰马翻。他希望自己能随着时光进化,最后进化成一只蝴蝶翩翩起舞。

那时的阳光太过刺眼,母亲出事当天,他陷入了可怕的狂躁与抑郁中,刹那间,从小生活的大洋房被贴上了封条,母亲被带走了,车子被没收了,女朋友和他分手了,他孤立无援——脑子里缠满了铁丝,他二十三岁,想不明白为什么他的世界突然坍塌。门口挤满了讨债的人,他们狼一样血红的眼睛恶狠狠地盯着他,母债子还,天经地义,他一个子儿也没有,他在泛着淤泥味道的河岸拼命奔跑,直到喉咙塞满了血腥味。

他几乎是连滚带爬,漂泊了三天,才到达乔平城。

父亲那时在乔平城的一家国企当电工,和母亲老死不相往来。父亲盛给他一碗粥,说:"现在起,勒紧裤腰带喝粥。"

三

阿丁在脏乱差的地方抽烟。这儿叫封门,奇怪的名字,似乎不太吉利,却是老地名,沿用了三百年。清代的时候三教九流在这儿齐聚,卖身的妓女、卖盐的贩子、落魄的艺人……各色人等都喜欢往这儿来。

阿丁的打扮在封门看上去像成功人士——皮鞋锃亮,胳肢窝里夹一只小坤包,上衣是花花公子品牌。洗头店女人撩着裙子戏弄他。她清清嗓子,又像上帝一样,慈悲地揉捏着他的耳垂,说:"你呀,黑眼圈黑眼袋都上来了,男人也要懂得保养自己,晓得吗?"

洗头店女人故意学上海人讲话,洋泾浜,逗得人发笑,他觉得放松。没人认识他,他卸去了所有伪装,长时间躺在洗头椅上,椅子可以用按钮调整到平躺位置,如同床一样舒服。他成了一只蜥蜴,伸展开四肢,在阳光下慵懒地晒着皮肤,真好。

他先是担心母亲无法适应狱中生活。哪料母亲人缘不错,嘴巴也勤快,敢于恭维人,接的都是轻松活,她戴着250度的眼镜,镜片很不错,是上海吴良材的牌子,托了人专门到上海才买到的。以前母亲戴着金丝眼镜审核兽医站账本时,大将风度无人能及。狱中她戴着它用于专修手套上的毛线头子,也是明察秋毫,得到监狱长表扬,十八年的刑减了三年,不容易啊,母亲是个好同志,知错能改。

后来他又担心母亲出狱以后的生活。十五年,跨度太大。母亲两鬓苍白,完全和社会脱节,他原想让母亲晒晒太阳在家服侍好一家人吃喝拉撒就够了。

——母亲哪里肯接受这样的安排,母亲说,她要去店铺,给朱亚打工。不消半年,她学会了使用支付宝、微信收账,她对拿着可乐饮料的小青年说:"来,扫一扫。"

她也饶有趣味地点评进她家店铺的女顾客,说:"嗯,谁谁谁身材保养得不错,十多年几乎没有变化。"

好像她认识她们很多年!阿丁觉得好笑。

洗头店女人说:"大哥,你生意在封门吧,生意做得大,身体更要保养好。"

洗头房后头有只蒸锅,噗噗噗噗老冒热气,还有香气逸出,十分勾人的胃。女人说,大哥你还没吃饭吧,不嫌弃的话就在这里一起用个便饭。

朱亚的杂货铺店里也有只蒸锅,阿丁习惯在那里拿起小碗盛饭。他不假思索地点了下头。女人打开蒸锅,乖乖,党参、排骨、香菇……各种食材虽朴实无华,炖得却如此出彩。阿丁不由得对女人刮目相看,人活一辈子,再怎么样,活得要舒心,要对自己好,不是吗?汤还没喝,他有些五味杂陈了。

他不敢,不敢和朱亚摊牌,他失业很久,接近大半年了。

四

父亲教他要学会忍辱负重、韬光养晦。

后一个成语阿丁还不太能完全理解,但他想到了越王勾践,对,无非就是像勾践一样卧薪尝胆。父亲说话时脸很长,马脸?驴脸?反正拉得很长,绷得很紧。

酷暑,吊扇吱嘎吱嘎摇得有气无力,他身上的汗嗞嗞嗞嗞冒不停。

父亲给他架了张床,极简主义,两条长凳,上面搁一张门板,铺条席子。他瞧了一眼父亲的床,也是硬邦邦,没有一丝柔软的气息。他开始瞎猜,父亲自从生养了他阿丁以后,估计没有再做过爱。

父亲说:"明天去搬家公司上班。"

他不说话,没大学文凭,只好卖苦力,怪谁呢?

小经理喊他,说:"喂,你把这冰箱背到五楼。"

双门冰箱,足足有一百公斤,沉沉地压在他身上,仿佛孙悟空身上的五指山。他紧紧抿着嘴,眼睑恐慌地眨动——沉重的冰箱要将他捏成齑粉,他快承受不住了,在踏上五楼最后一个台阶时,心脏几乎从胸腔中跳脱出来,怦怦怦怦,带着浓郁的血腥气——他真的快要死了!

一个女人提着扫帚出来,面无表情地说:"哦,来了,放客厅这个角落吧。"女人指手画脚了一番,然后把门砰地关上,没给他喝一口水。他妈的,阿丁一瘸一拐下楼梯,心里恨恨的。

父亲给他做饭,也给他烧肉吃,父亲厨艺很高,红烧肉丝毫不逊色于母亲做的,肉质鲜嫩,肥而不腻。他捧着碗大口大口吃时,眼泪很不听话地流到嘴角一起咽下。父亲冷冷地说:"没出息,才第一天。"

他不晓得能熬多少天。父亲坚决不提母亲的名字,好像母亲早不在人世。父亲坚持每天早上冲冷水澡,一天阿丁无意中瞥到父亲赤身裸体在卫生间发呆——下坠的腹部下一堆茅草,掩映着一只偃旗息鼓的鸟儿。阿丁有点小惊吓,父亲,一直以来他都那么陌生。阿丁回房间做了三十个俯卧撑,趴在凉席上直喘粗气。

母亲出事后,女人们都离开了阿丁,好像他身上有传染病。

他和父亲都不谈女人。女人是他们世界最大的敌人。

父亲说:"眼睛擦擦亮,少说话,多做事。"

爷儿俩偶尔会在狭窄的阳台上吹凉风。父亲手植在盆中的月季花开得旺盛,这是家中唯一的柔色。阿丁的汗衫皱巴巴的,在竹竿上飘荡,一股肥皂的气息逸出。

父亲说:"明天起你到车队去干活,开长途车。"

五

洗头店女人说她叫月红。阿丁一怔,和他表妹同名。女人问他的名字,他随便编了一个,程果,好,就叫程果。月红是四川妹子,近四十岁的年纪仍皮肤白嫩,说话不闷。

吃完饭,无事,泡一杯茶,嗑嗑瓜子,俩人天南海北吹起了牛。

月红说:"小时候我们山里下雪,漫天飞舞。"

阿丁说:"江南很少落雪。"

月红说:"我最想做的事就是自己开一家店,做老板娘,想做就做,想出去玩就出去玩。"

阿丁说:"你现在已经实现了。"

月红说:"票子还是嫌少啊,大半寄回老家了,买了房子。剩下这边自己买买包包和衣服,也没剩多少。"

阿丁不说话。

月红说:"哥啊,我的儿子有出息,我从没在家督促他学习上要如何如何,完全靠他自觉,去年他考上了省里的重点大学,我开心啊——现在负责每学期给他卡上打生活费。"

阿丁频频点头:"好!"是好!这女人福气好,眉毛弯弯,笑起来像两只蝴蝶。脸上有一些小细纹,但不影响,看上去还是那么滑溜。一双手是更不用提了,保养得洁净细嫩。一歇下来,她就给双手涂专用的护肤膏。

阿丁看了下日期,15号,如果父亲没过世,父亲的工资银行卡上会注入一笔钱,吃吃喝喝家用开销是肯定够了,不仅如此,还能留下大半储蓄起来。

开长途车时,他接触过几个川妹子,都是极度困乏时在山坳里的旅馆遇见,女孩水灵灵葱一样嫩,先后陪他睡过觉。他早已忘记她们的模样,只晓得夜雨、寒风、昏暗的灯光,他饿得前胸贴后背,吃足睡足以后继续上路。

终于有一天,父亲找他谈话。父亲和他的谈话极其简单,好像根本没时间和他说话,但又不得不谈的方式。父亲说:"明天起,你不要再跑长途了——"

他一愣。

父亲说:"开小车,华盛公司的老总需要一个专职司机。给老总当司机,手要勤快嘴要锁紧。即使人家拿着铁榔头逼在你眼前,不该说的话也还是不能说。"

他感激涕零,含着复杂的感情想对父亲表示亲昵时,父亲转身走了——父亲不吃这一套。父亲一定是托了不少人,打通关关节节的人脉关系。华盛公司是乔平城最大的一家商场,老板姓苏,他的车是价值上百万的奥迪车。阿丁明白自己能给苏总开车,不晓得父亲给多少人磕了头。

以前,阿丁是小镇上第一个买桑塔纳车的人。第一天他带着母亲兜风,车子是母亲全额拨款,理应先孝敬她老人家。第二天第三天他带着女朋友们兜风。有了车子相当于脚底装了风火轮,上天入地几乎无所不能。风吹柳絮桃花开,阿丁是最最吃香的人,呼朋引伴众星捧月。只可惜,后来车子也被抵债了。但开车的技术活留在手上,谁也偷不走。

六

阿丁见苏总的时候显得极其有教养,这种教养似乎是与生俱来的,彬彬有礼,举止得体。给苏总开车门时弯腰的角度,给苏总递衣服的手势……微笑,尽量少说话,察言观色,耐心伺候,要做苏总肚里的蛔虫,但绝不表露出来。

阿丁也有一些小小的自由时间,当开着百万奥迪去接苏总时,他是刘德华是郭富城,头发香喷喷,微笑甜蜜蜜,对着街头漂亮美女他粲齿一笑,让虚荣心满足一下。一旦苏总坐在身边,阿丁很拎得清,目不斜视,握紧方向盘。苏总六十多岁,矮小肥胖,说话有点雌鸡声,但人不可貌相,他是乔平城商界大亨。

月红咳嗽了几声,她故意的,用脚尖踢阿丁的脚。阿丁神游八荒,思绪离开太久了,月红把瓜子壳轻佻地往他身子这边扔过来,嗔怒问:"想哪个女人呢?"

阿丁笑了:"想哪个女人和你也没有关系呀,才吃了你一碗饭,当然也吹了一会牛——这些都还没达到我要和你全盘托出的地步。"他发现月红也是个脑子缺根筋的单纯女人,生活仿佛有点意思了。

月红趁机将头探到他胸前,说:"你一定是花心萝卜。"

她的头发打着发蜡,冲到阿丁鼻尖下的是一阵桂花香。阿丁往后仰了仰,笑了。

花心是不用教的,这才是真正与生俱来的,即使全世界的女人都背叛他,他还是稀罕女人身上的宝器。但阿丁又转念想,月红这个年纪,他也这个年纪,都不会把男女之间真正当回事了,于是他放浪再笑几声。月红噌的一声站起。

他不晓得她要干什么。

她拉上窗帘。

阿丁心里一咯噔,如果月红真要和他有什么,他还嫌她点什么,半老徐娘,不是他特别中意的。

月红却从五斗橱里拿出一只浅绿色瓷瓶,倒出一颗小药丸,递给阿丁,说:"你花心,男女事常搞,一看就是肾虚。这是粒甘露丸,是几百个僧众一起念经加持的非常有效用的药丸,服了它百病消除。"

阿丁瞠目结舌,月红还信这一套!丸子朱红色,滚在她手心显得小巧玲珑。她是佛教徒吗?为什么要给他吃?他们相识才一天不到的时间。这丸子要多少钱?有用吗?还是一个圈套,一环一环要把他套进去?他没多少钱了,父亲的葬礼金一共收了八万,要给母亲买养老保险,母亲出狱之后从未参加过体检,万一心啊肺啊肝啊肾什么中间也藏着个恶东西,他还怎么吃得消?

月红看他的表情哧哧笑了,说:"傻了还不成?人家一片好心。"

阿丁有些吃不透。月红已经倒了一杯水,递到他跟前,说:"喝吧,服了它,我不随便给人的。"她压低声音,说,"要特别认可的有缘人,我才会给。"

阿丁还是有些狐疑,盯着朱红药丸看,有句话还是忍不住蹦出口:"多少钱?不要坑我。"

"哦呦——"月红拖长声调明显也有些不开心,"不收你钱——佛家善事不随便收钱,晓得吗?"

阿丁放下心来,赔着笑,手指头捏起药丸仰起脖子再喝口水咽下去。

七

阿丁基本上掐准五点钟回到家。朱亚在厨房忙碌,女儿小灵在书房写作业。天空清明,还有瑰丽的霞色,阿丁无心欣赏,他吃了甘露丸以后总觉得那玩意儿一直堵在喉咙口。月红怪他是心理毛病,怎么可能?一颗小小的丸子又不是一根鱼刺,好心当成驴肝肺,两人有点不欢而散。

阿丁推门,脱鞋,把坤包搁桌上。在墙上的父亲看见了他,目光异样。

阿丁冲了一个澡,心烦意乱,他原以为父亲走了以后,他不需要遮掩得这么厉害,哪想到会变本加厉。

"你可能饿了,先吃一点。"朱亚的头发湿漉漉的,松散着还没有扎起,她把一叉子煎蛋挑到阿丁嘴边。阿丁含糊着吃了。朱亚说:"累吧?"她解下围兜,想要帮阿丁捏捏腿,阿丁避开了。朱亚扬起眉毛,说:"哦,你去瞧瞧小灵,我把煎锅刷干净,等会熬个排骨汤。"

阿丁没去看小灵,他躲藏在阳台角落抽烟,父亲生平最恨抽烟的,一看到阿丁拿起烟,就要大张旗鼓把所有窗户打开。父子俩为此吵过架,谁也不肯妥协,父亲说——害己害人,明知故犯,罪不可恕。父亲说话像发子弹,四字词语,都击中要害。父亲称不上知识分子,但用词准确,他和母亲长期分居时最好的陪伴是书和收音机。

父亲平生恨很多东西——抽烟、喝酒,还有嫖和赌。偏偏阿丁母亲沾染着酒和赌的恶习,夫妻关系一开始就很僵。阿丁随着母亲从小在镇上长大。父亲一见阿丁说话便咬牙切齿,一副恨铁不成钢的样子。

阿丁手尖发麻,汗涔涔的,感觉父亲一直在窥视他,是的,他的魂灵又游弋到阳台上,怒目金刚,阿丁慌得赶紧把烟蒂从阳台上扔下去——下面有个孩子跑过,幸亏烟蒂轻飘飘转了个方向落地。

朱亚问他:"生意如何?现在来用西餐的人多吗?"

"嗯嗯,"他含糊其词,"还行——不错,本地人也开始喜欢吃牛排喝咖啡。最近他们引进了一款意大利香煎牛排,主要用的食材是肋眼牛排。"

阿丁给苏老板开了五年车,五年里他忠心服务苏总。苏总的故事阿丁通晓百分之五十,但阿丁晓得行业规则,牢牢锁住自己嘴。苏总离任前将阿丁安排到子公司洋葱头咖啡厅担任经理职务。

背运—走运—背运—走运,阿丁眼角沁出了泪珠,他搂着朱亚肉鼓鼓身体,高兴得嗷呜了好几声。在谁都把他踩在脚下当成一坨屎看待时,只有朱亚死心塌地伴随他。她是个憨拙的女孩,在酒店客房部负责换洗床单一类的活儿,耀眼的阳光照射在白床单上,有一种奇异的美妙和清香在传递。她把这些美好一并传递给阿丁,他的床铺也被她拾掇得有芳香有阳光——仿佛有一扇门在他身后打开了,他亲了二十三岁的朱亚,朱亚的嘴角像粘了一层稀薄的壳,嘴唇像是糖浆造成的,源源不断有稠密的糖浆溢出。

遇见阿丁之前,她压根儿不懂性事。

阿丁开发和引导着她。床太小,床前有一台老式的电视机,雪花一片。一张长沙发上横七竖八搁着东西,床底下塞满了各种硬板纸盒子,装些什么阿丁也不太清楚。父亲把有床的房间换给他了——父亲寻思着给自己买了张钢丝床。朱亚体重超标,他和她正酣畅淋漓时,他听到了木床板发出咯吱咯吱要命的断裂声。

八

天渐渐暗下来,四周一片静悄悄。

客厅电视机传来咿咿呀呀的评弹声,这曾是父亲的保留节目。小灵从房间出来换了个频道看综艺。咔嗒开门声——母亲也回来了,心情不错,哼着《绿岛小夜曲》。阿丁从阳台阴暗处溜出。

一家人吃饭闲聊,有些奇怪,因为父亲的缺席饭桌上话题更轻松。母亲说,店铺进来一条招财狗,蹭在脚边硬是不肯走,给它吃了两根骨头,更不得了,摇头摆尾——母亲笑得眼角眉梢飞扬起来。母亲拍阿丁的肩膀,说:"好运来了。"

阿丁讪笑,心不在焉扒了几口饭。

朱亚有些反常,急急忙忙收拾好饭桌把孩子赶进房间。她把卧室门上了反锁,湿漉漉的头发还没有完全烘干。阿丁不自然笑了:"怎么?"朱亚的这些小心思他都晓得,可是他了无情绪——他又不能表露太过分,他始终在提醒自己,他轻声咳了声,撩了撩朱亚头发,说:"湿的,我给你吹干。"

朱亚说不碍事,羞涩如当年。她胸脯起伏,也一如当年的渴望。阿丁慢吞吞的,他早洗过澡了,只要裤子一撸——他尝试着,身体却不听他使唤,丝毫没变化。朱亚躺着,四仰八叉,眼睛习惯性闭起来。

这真是个难事啊!他们大概半年没有做了。生活琐碎太多,没空,没心情,尤其是父亲躺倒在医院时,阿丁早把这档子事忘得精光——好了,现在好了,朱亚想起来了,她蓄谋了一两天,她的蓄谋也是笨拙和傻里傻气的。阿丁很多时候被她感动:三年前他经营洋葱头咖啡店,应酬达到顶峰,喝酒、KTV、和夜总会小姐鬼混到凌晨一点才回家,朱亚非得要等到他回来给他煮完热腾腾的面条才肯睡觉。有个晚上,她昏头昏脑起来给醉醺醺的阿丁开门,"咔!",一不小心,从床上立起来摔了一跤,骨折。

阿丁在心底发誓,再也不碰外面乱七八糟的女人!

可很多时候他又意识到自己根本刹不住车,她们精致的脸庞让他仿佛回到小镇上的风光日子——

朱亚冷不丁问:"要帮忙吗?"

"哦。"阿丁吐了口气,点点头。朱亚腾出手。

没用,还是没用。阿丁颓然躺倒在旁,也不说话。

十分钟过去了。

朱亚做打哈欠状,说:"睡吧——明天一摊子事情。你公司里事情也不少吧?"阿丁想,床上如果有个洞,该多好,我要跳进地洞躲藏得无影无踪。我不想撒谎,我也不要硬撑,我什么也不要去面对……

朱亚的手仍搭在他的下腹,他觉得气闷,想了会儿,要把她的手挪开。就在一恍惚间,他的脑海里闪现过了月红形象——眉毛弯弯、皮肤嫩滑,桂花香的头发,细腻的手揉捏着他的耳垂。他下身内裤竟被什么弹跳了几下,朱亚转过身,火急火燎一把拽住。

九

我应该和他说什么?

父亲从来没有离开过这个家。父亲窥视着一切,父亲晓得他表里不一。父亲越发显得森森然,不怀好意地冷笑他。

他在刷牙时,父亲在镜子后面冷冷看他,他瞧见自己的面容,颧骨凸出——活脱脱父亲的翻版;他和朱亚滚床单时,父亲在门外溜达,听得见他拖鞋啪嗒啪嗒声;他躲到阳台抽烟时,父亲化成一股风窜到他鼻尖下——烟灭了。他快哭了,父亲在折磨他吗?

倒是母亲快活,母亲是个忘恩负义的女人,把一切忘得光光。话说回来,好歹她也在父亲病床前服侍了两个月。母亲天生是个乐天派,哪怕祸事临头她也有天塌下来当被盖的气概。母亲在监狱长达十五年,日复一日做同样的事情,就像在寺庙修行,禁欲,禁一切人身权利,母亲都忍受着熬过来了——

母亲也评价过一个男人,一个到杂货铺来过的男人——英气,挺拔,这样的词语从老太太嘴里说出显得有些滑稽。母亲早就对鱼行街一个卖彩票的老男人有意。老男人看上去有点跛,西瓜皮帽,红裤子。

老男人的彩票小亭子挤满了人,尤其开奖当天,他好像就是财神爷。

阿丁听朱亚说过母亲几句闲话,但也只像穿堂风吹过,不当回事。母亲回到家却会出奇地聒噪,父亲听评弹,不理婆娘。

阿丁睡得不好,汗涔涔。夜里朱亚把他折腾得筋疲力尽,感觉是黔驴技穷了。他干笑着钻进被窝,黑沉沉的夜是一块巨大的抹布,把他的嘴塞住,眼睛蒙上,手脚捆住。他动弹不得,父亲在梦里出现。依旧不说话,父亲在走楼梯,从一层走到十层,二十层,一直要走到云端,然后一脚踩空,晃晃荡荡从天上掉下来。他干着急也没用,眼看父亲要被摔得粉身碎骨了,他惊呼一声,《西游记》里的各种妖怪涌出,一个撕了父亲的耳朵,一个拽了父亲的手臂,活生生把人扯了开去,阿丁惊惧地嘶叫起来。

梦醒了。他走到客厅,父亲好端端地挂在墙上呢。他流了两行清泪,再摸索着爬进被窝。

朱亚在打呼噜。

阿丁决定离开家一段时光,他编个谎说出差,不会太长,半个月,或许不用。他的弦绷得太紧,要放松一下。该去哪儿呢?他不清楚。家里的三个女人都不用他操心,孩子读书,老妈看店,朱亚进货,都有条不紊——唯独他不晓得怎样料理自己,混乱、疲惫、惊慌。他总是在二十年前噩梦中徘徊,耻辱感接二连三,而各种女人像无形的鳗鱼从鼻孔钻进他身体,碰触他的心肺脾胃,甚至钻进他的下体——他并不是个容器,他害怕自己终有一天会爆裂。

阿丁晓得,但凡在家,他就百爪挠心。

他趁朱亚不在家时简单收拾了行李,发了条微信给她。

他也向父亲的遗像恭恭敬敬磕了三个头。厨房间的水槽发出噗噗噗滴水声,如同初生婴儿的打嗝声,他回想到了女儿刚到人世间粉嫩的手脚乱划的模样——他克制了自己的情绪,不是生离死别,没必要过分释放,他只是想出去透透气,想想明白。

十

"洋葱头,你晓得洋葱头吗?"阿丁问月红。月红笑他戆坯,谁不晓得洋葱头?

阿丁摆摆手:"你不晓得,是洋葱头咖啡店。"

月红捏他耳垂,敲他颈椎。小雨稀稀拉拉地下,栀子花香飘来,月红的手劲时轻时重,但都恰到好处。

月红笑了一声,说:"名字很洋气,莫非你是经营这店的老板?"

阿丁不说话,闭起眼睛。他只是想提一下而已。

成者王败者寇。三年经营时光,他付出了心血,可是有什么用呢?命运就是这样戏剧化,苏总退了,从整个总公司退出,股份全部转让,到澳大利亚去过更逍遥的日子了。阿丁原以为这应该不会影响到他——他本来就只是一个司机,没有什么本事,但好歹经营了三年,略有盈余。不久,总公司新领导和他密谈了一次,划了二十万到他个人账户,然后终结了他和整个公司的所有关系。

那时父亲还活着,阿丁无论如何也张不开嘴去向父亲坦白这事。他又成了无处安放的人——有人找他喝酒,他需要的,借酒消愁。有人找他麻将,他也需要的,打发时光。有女人约他,他也需要的,上了再说。钱滴滴答答往外流,一如水龙头中的水,经不住流,金额从六位数渐渐变成个位数,他急在心里,苦在嘴边,但终究无奈,想想恨不得买块豆腐撞死算了。

父亲依旧用冷水冲澡,父亲腹部下一堆毛草已成苍白。阿丁无意间又窥视过一次,不再惊吓,瞅瞅自己的,也有几根白色隐藏,顿觉时光之无情。

月红说:"我只晓得洋葱头是佛教之戒,属于素中荤,是忌吃的。"

月红又说:"我小时候很喜欢吃,后来当了居士,师父特别强调这一点,我们都遵从了。"

阿丁晕晕乎乎,如在云层中飘浮。他好像抓紧了月红的手在漂洋过海,他还没见过大海,说出来被人耻笑。他在奔跑,气喘吁吁,依旧是二十年前,跌跌撞撞,周围是起伏的麦浪、贴满狗皮膏药的电线杆,他边跑边觉得悲凉,好不容易从哪里找来一辆自行车,骑了两天,大腿根处的皮肤擦破了,血渗出来,像女人的月经。他恨母亲,为什么对金钱如此有贪欲,让他也一同遭罪。母亲天生是个财迷,如今在杂货店里她蘸一下口水把钞票数得哗啦啦响,君子爱财,取之有道,她终于可以扬眉吐气把钱抱在胸怀笑得咯咯发颤。

月红突然问他:"要喝黄酒吗?不如中午温一点。"

阿丁吃不透月红,她一会儿居士,一会儿要温酒,一会儿主动调情,一会儿要用甘露丸给人消孽障。再转念想想,其实都不冲突,就看你怎么搭配怎么过日子。他点点头。

月红说:"我和丈夫办了假离婚。"

这倒是一个惊天新闻,阿丁竖起耳朵来听。

"想多争取一套房子呗。"月红轻描淡写,"我们老家农村城镇化建设,单身适婚户口可以分得一套一室一厅的住房,还有每个月的生活补贴,思来想去,这样方法最好。我常年在外,政府的人就以为我真的离婚了。当然过年我们还住一起,烧烧吃吃。一年聚一次,明显感觉他也在老了。"

月红的手游走到阿丁的腰部,抱紧了,感觉到阿丁的腰身发热。一个模糊的身体,像团漆黑的影子,阿丁的眼睛没有睁开,他的手也伸出去,摸到女人柔软的上肢。

雨点子打在门上,门早就反锁了,这种天没有什么生意,还不如自娱自乐。阿丁睁开眼睛的时候,发现墙角有一个小佛龛,月红走到小龛面前,双手合十,蒲团上落了跪。

十一

当初,父亲帮母亲还了十万的债务,他一个电工,都是牙齿缝里省下的钱。幸亏国有企业,逢年过节米啊肉啊发一箩筐。乔平城和小镇相隔很远,通讯不发达,债主也无法再到父亲门上讨钱。

也是假离婚。当然二十年前,不需要到民政局跑来跑去,口头宣布即可,离了就离了。

但没有真离。父亲是刀子嘴豆腐心。除了母亲,他可能真没碰过其他女人。阿丁现在回过头想想,不晓得了,也许,可能也有别的女人——现在父亲已过世,即使有又如何呢?父亲穿一件玄色上衣,一只手盘两个铁球,一只手拎人造革包。小区里的保安一直认为父亲是局里领导,有派头有气势,退休了依旧是雄赳赳气昂昂的。

两个人吃茶,吃点心,晚饭喝了点小黄酒,肚皮发胀,脑子发晕。

雨下得越来越大,梅雨,是了,这个节气,凳脚潮湿,空气也是乌糟糟的。阿丁想,他要走了,不能住在这儿,不好——月红也没有明确说留,不清不楚反而尴尬。这两天他是想出来想想清楚,不能越想越乱。

他打了辆出租车,司机在骂骂咧咧。一聊,原来几个假的出家人张口喊阿弥陀佛,下车后却迟迟不付账。司机说,这年头生意不好做,但千不该万不该骗人的,有两种人载不得,一是半夜寻欢的小姐,二是假和尚假尼姑,披着一件黄衣裳,到处招摇撞骗——

阿丁打了个哈欠,认为说得有理,俩人拔了一根烟。朱亚打电话来,他含糊其词,编了一大段话回应。他也是在骗人喽,但算是善意的欺骗吧。小灵在电话里哭,说:"爸爸我的生日你居然忘了,你上次答应我买智能手表的,你骗人!"

阿丁愣了,竟把女儿的事忘得精光,哎哎,小事,下次回去补,现在他面临的是大事,何去何从——以前是父亲在暗中撑腰。现在父亲没了。瓢泼大雨,雨刮器来不及刮,他带着行李像是一个要远走他乡的人,可是能到哪儿去呢?车子转了几圈,回过来,还是到了离月红洗头房不远的一家旅馆。房间一股霉蒸汽,房门下塞满了卡片,定睛一看,全是袒胸露乳的小姐头像。

阿丁也不去多想,和衣而睡,一觉到天明。

第二天到月红店里,喝了一碗绿豆粥,清清凉凉。

阿丁开始说书,说他小时候飞檐走壁,那个时代人多多少少都有《射雕英雄传》侠义梦,他演杨康,一帮小孩在他家从沙发上跳到桌子上,乒乒乓乓,棍子、铲刀、锅勺……十八般兵器都拿出来使。母亲回家也不发火,笑嘻嘻,亲亲他脸。他是班级第一个过生日大摆宴席的人,请了两桌同学到饭店。生日贺卡、礼物堆得满满一桌子。他又成了刘德华,万人迷,人帅,歌也唱得好,那时已经有卡拉OK了,他是麦霸,所向无敌。

十二

月红的双眸属于月色朦胧的那种。她也笑嘻嘻听。如果他说累了,她会给他捏肩捶背。相处了三天,阿丁索性关了手机,过上了闲云野鹤一样的隐居生活。

父亲也从他世界渐渐淡出,很好。

阿丁甚至动过这样念头,干脆和月红过过日子算了,但可能吗?红尘俗世,是没法逃离的。他这几天吃喝在月红这儿,算不出几个小钱,天长日久,她不可能养他,他貌似一个老板,但一毛不拔,也终究会被人瞧不起。于是他悄悄给月红发了几个微信大红包,钱这档子事,谁都爱。

过了两天,开机,才发现天下大乱。短信提醒他,朱亚曾打了无数个电话给他。微信也告急——母亲出事了,她捋了杂货铺一半的现金,想要干什么呢?她要出去和卖彩票的老男人过日子。

阿丁干愣住了,没头没脑一阵咳嗽。视线有些模糊,眼前是昏暗树影。他想对月红说,封门要拆了,新领导来了,要拆,要整改,尤其是红灯区。

他一直想和月红说这句话,怕惹恼她,现在话从嘴巴里溜出来,带着点幸灾乐祸的私怨气。走时他向月红挥挥手,月红不当真,笑着仍扑上来要撕他嘴巴的样子。

他说,真走了。然后疾步回酒店拿了行李出发。

红灯区严重影响城市形象。这是他一个公务员哥们说的,说得振振有词。新领导来了,三把火要烧,据说要把封门所有洗头店、足疗店、夜总会整治强拆。

雨后初晴,天空一角明亮轻盈。

阿丁感觉不到,昏昏沉沉坐进出租车,七拐八弯绕出封门。他想,老娘的脾气真没改,十五年的牢狱生活也没法改变她的性格,真是江山易改本性难移啊!每天她早早出门,第一个到鱼行街开店营业——他曾经还开玩笑说,要发劳模证给她,哪里能想到,原来是去会男人。

他们勾搭多久了?父亲去世之前,可能已经眉目传情了——

阿丁顿觉人生的荒唐。哎!他也不晓得怎么处理,母亲的性格他是了解的,刚烈、外向,认准的事情一定要去做。他苦笑着,真不知道怎么办!

踏进家门,就听见母亲半闭着眼睛在号哭,她对着父亲的遗像,一声声,号得凄恻动人。

"老头子啊,"她说,"你晓得我一辈子没享受到男人的好,现在我觅到了——你得成全我!老头子啊,人生一睁一闭,我怕明天我也要闭上眼睛——十五年呀,我一天一天数着日子熬,出来后啊,觉得快得要命,你就让我在阎罗王收去之前,享受享受女人的福气吧!"

母亲像是在唱歌,高低起伏,曲折有致。

阿丁靠在门槛上不动。

母亲睁开眼看见他,挠一挠头,大大咧咧问:"你啥时回来的?你回来也好,我和你也好有个交代。"

阿丁不晓得哪里来一股野猫子气,毛发耸立,尾巴翘起,猛地一拍桌子,说:"交代个卵!"

十三

母子针锋相对,吵得唾沫横飞不可开交。终于母亲气咻咻地拎包走人,她早就盘算好的,包里带走三万现金,她说这是她的工资,她在店里当长工,早出晚归,是她应得的。阿丁不拦她,把门开得敞亮。

傍晚,空中打了响雷,雨泼泼洒洒地下。应了那句老话,天要落雨娘要嫁人。阿丁强压住内心的郁闷,草草吃完晚饭。朱亚说:"要不,你明天再去找卖彩票的男人谈谈。"

谈个屁!阿丁把筷子扔到桌上,胸间只觉闷得透不过气来。

半夜,阿丁跪在父亲遗像前。

他想和他说一件事,藏在心里的二十年前的一件往事。他羞于启齿,但不说的话,他就永远无法绕过父亲这个坎。父亲天天看着他,他总不能把父亲遗像摘下,藏在哪个看不见的角落——那真是大逆不道了。他怎么说呢?就像小学生写作文,开头怎么写?从何说起?哎,哎,好为难——

他问父亲:"你还记得小陈阿姨吗?你晓得她为什么后来不上咱家的门——她对你真好,可全被我毁了,我是畜生——我犯了浑,我……"

阿丁十分艰难地咽口水,原来语言的表达是如此艰涩,他说得很轻很轻,只允许自己和墙上的父亲听见。朱亚在房间睡觉打着响亮的呼噜。这事坚决不能让她知晓。

他回想,二十年前。陈阿姨是父亲单位的后勤人员,守寡几年,人特别亲和温柔,短发秀美,到过他家两回。一次是冬至,她的铝制饭盒装满了肉饺子,专程送来给父亲,他也在家,陈阿姨轻声细语和他打招呼。

还有一次——

阿丁刚刚开完长途车回家,冲澡梳洗后穿了裤衩在沙发上看电视,门响了。陈阿姨在门外,一手拿了两个铝饭盒,装什么也不清楚。父亲不在家,他去开门,汗渍渍的。陈阿姨也不显尴尬,说:"小丁,来,阿姨给你热一下,热乎乎地吃下去。"陈阿姨的颈部细腻洁白,他不晓得哪根筋搭错,上去就从背后伸手摸陈阿姨的乳房,陈阿姨整个人僵住了,但很快像被开水烫过,开始融化。半小时的慌乱、激情以后,陈阿姨仓皇出逃,从此再没来过。

阿丁猜测,父亲应该是和陈阿姨相好的,但因为阿丁的混蛋,陈阿姨从此和父亲断了关系。陈阿姨打死也不会说这事的,父亲到死也不晓得……

"我不是人。"阿丁说。

父亲不说话。

"你打我骂我吧!你不晓得我一看见你,身上就有一千只一万只虫子在咬我,在羞辱我。"

父亲还是不说话。

父亲是不会说话了,他在笑。

但最起码他知道了这事,阿丁觉得这块大石头可以轰然落地了。他朝父亲磕了无数个头企求得到父亲原谅,好了,他磕到腰直不起来,最后匍匐前行。他想,父亲应该不会和他计较了,父亲深爱他,这一点他是明白的。

十四

大雨把鱼行街冲刷得亮晶晶,梧桐树叶飘下来贴附着地面,像大大小小的猫脸。

阿丁的上额赤紫。朱亚心疼得要给他擦药膏,阿丁不要,他越过水塘,他说:"我来看店。"朱亚大呼小叫说:"你不用上自己的班吗?没事没事,我一人周转得过来。"

阿丁含糊其词,没做回应。

他到店里后细细一看,发现店铺在朱亚的经营下,生意很不错。有一间专门卖床上用品,四件套、空调被、鸭绒被一应俱全。还有一间用来专卖小吃,牛肉干、点心、饮料,符合当下老百姓的需求。

一只黑不溜秋的小狗,球一样滚到他脚边,摇尾乞怜。朱亚说:"旺财,过来!"小狗屁颠屁颠随她到厨房间吃了块肉,然后做鞠躬拜年状。阿丁忍不住笑出声来:"他妈的,这年头,连狗也懂得生存之道。"

隔壁是专卖内衣胸罩的店铺。老板娘和朱亚既是隔壁相邻,又是闺密,聊得火热。雨后的气息清新拂面,阿丁的心情缓和了一些,心中一块大石头已经落了地,但还有一块大石头,无论如何他要下决心自己去搬掉。他暗中也在观察朱亚,她是心宽体胖的人,凡是有顾客逗留于此,她就热情迎上去,朴素、真诚,基本上来一个买一个,十拿九稳,零售生意做得不错。

阿丁低着头逗狗,小狗肥嘟嘟的,柔软的毛发蓬松。朱亚说:"流浪狗,刚来的时候瘦得皮包骨头,给它吃了点,就认准这儿赖着不肯走了。"

阿丁想起他小时候也有一条肥嘟嘟的黄色小狗,母亲专门托人从城市里的宠物店买过来。母亲说她陪他时间少,有了狗他就不孤单。他把小狗养得油光水滑,成为一条帅气十足的大黄狗,可年关之前,大雪纷飞,狗被镇上的小混混用迷魂药偷去杀了煮来吃。他哭得稀里哗啦,恨不得提了菜刀去报仇雪恨。母亲说:"算了,算了,妈妈再给你养一条!"他制止了,他不想伤痛重复。

朱娅小心翼翼地问:"要不走过去,走到鱼行街尽头,看看卖彩票的铺子有没有开?"

阿丁摇摇头,依旧逗狗,狗伸出舌头使劲舔他的手心,痒痒的。他想当年小黄也是这样陪着他在床上跳来蹦去。他伸出两根手指直戳旺财眉心,没想到这一招惹恼了旺财,它刷地变脸,说时迟那时快,对着他咬上去,手臂上一小块肉被狗锋利的牙齿带下来,鲜血直流。

在场的人全都变了脸色,说:"赶快!赶快!要去打狂犬疫苗针!这狗来历不明,更是要当心。"

阿丁想,走霉运,一二不过三,霉运过了,就该化险为夷万事太平了!阿弥陀佛!

他想到月红,他想封门要整改了,真的要整改,我告诉了她,她却不相信。

十五

医生建议阿丁除了打狂犬疫苗针,还要注射血清蛋白,因为咬伤面积大,靠近中枢神经。花费要近两千元。阿丁说不用注射血清啦,没那么凑巧的事,死不了!

朱亚不容他分辩,直接去付费压着他上阵。

刚出医院门,他接到一个电话,喊他程先生,他愣了一下,说:"打错了吧?"

电话里是个女人,笑嘻嘻,说:"没错啊,程大哥,你真是贵人多忘事,我是月红啊。"

阿丁哦哦恍过神来,想起自己在月红面前自报家门叫程果的。他捂住手机轻声说:"有事吗?我这儿忙着呢。"

他担心朱亚胡乱猜测,朱亚在两米之外伸出手臂在招呼路边的出租车。朱亚说:"我直接去店里了,你妈不在反倒不方便了,你回家好好休息,别胡思乱想哈。"

阿丁点点头,朱亚是天下第一好老婆,清清爽爽,规规矩矩,胖一点又怎么了——

月红在电话里发嗲说:"哎哟,程哥,今朝天好,我也想出来走走,在这儿五年了我都没福气看看风景,你本地人比较熟悉,我就是想跟着你出去转一圈。"

哦,阿丁想月红的要求也不过分,于是答应了。出租车直接拐到封门。封门乌糟糟,卖青菜和卖肉的临时摊头在路两侧摆开来,汽车喇叭声混作一团。他好不容易接到月红,月红穿了一件红色连衣裙,这样的年纪穿红色需要勇气,还好,她能压住场。

一见阿丁,月红整个身子贴上去,压在阿丁腿上,他哦呦叫出声来。怎么了?血清是直接注射在双腿上,疼得阿丁龇牙咧嘴。现在月红这一趴,他整个脸都扭曲变形了。还好,还好。

他想带她去哪里好呢?翻了下微信朋友圈,有图片提醒他了,对,运河边的金兰桥。金兰桥是座一千多年前的拱桥,五孔的,唐代一个官员不忍与结拜兄弟分别,特地造桥纪念,取名金兰桥。古桥在"文革"时毁坏了三个孔。前不久,政府把运河风光带重新修整,让毁坏的古桥焕发出勃勃生机。不出门票看风景,这是最实惠的。

两人在桥上走,桥头一对石狮子挤眉弄眼一团喜气,母狮子环抱幼狮,雄狮踩绣球。因为风化的缘故幼狮的形状变得粗粝,月红非说是母狮环抱一条鱼。

芦苇萧萧,机帆船呜呜呜从运河里开过。

阿丁说:"月红,你还是回家早点和丈夫复婚吧!男人大都靠不住。"

月红眺望远方,张开了手臂,让风从腋下自由流淌。

她撇撇嘴说:"我男人是榆木疙瘩,最不会花花肠子了。"

阿丁说:"凡事没有绝对,既然你们因为拿房子办了假离婚,现在房子有了,可以复婚了。"

月红从包里掏出一个小东西,剥了直接要塞到阿丁嘴里,弄得阿丁有些手足无措,慌乱把嘴巴躲闪开,她又塞,原来是口香糖。芦苇拂到月红的胸口,月红半撩拨半疑惑地问:"程哥,你怎么突然关心起我的生活了?"

他不说话了,只听见运河水拍打堤岸发出噗噗声。月红靠过来,倚着他的肩膀,像对夫妻一样亲密,他下意识后退了下,大白天的,被人瞅见不好。月红不介意,仍亲亲热热靠拢过来。

她说:"程哥,你是个好人,你虽然是个大老板,但和别人不一样,这一阵子我已经感受到了——我想请你帮个忙。"

他心一紧,自己能帮啥忙?说俗一点自己屁股边上屎一圈来不及擦去。唉,先洗耳恭听再说。

月红说:"我想问你借点钱,把洗头房扩建,搞个三间门面房。"

他僵住了,双腿迈不开步伐,血清蛋白注射的威力很大。

十六

他在运河边的长椅上坐下。太阳照射在月季花圃上,很燥热。出了梅雨,就是盛夏,也就是三伏天。他感到胸闷,最近一直这样,莫非和父亲一样内脏之间藏着个小肿瘤?他吓得脸色也陡然暗沉很多。

月红摘了一朵月季,嘴唇嘟起来,说:"怎么啦?不愿意。"

他想说服她,回老家吧,待在这儿干吗,没有前景的,封门要整改了,别干这一行,回家和老公好好过日子吧。

可是他的嘴唇像涂了胶水,完全被粘住了,没有一点力气张开。他注视着运河,河面上浮着一层油腻腻的满是泡沫之类的东西。月红继续想亲热他,给他捏肩捶背,他脸色青了,伸手推过去,因为用力过猛,月红摔倒在地。

"你神经病哦!"月红变脸了,眼睛里能喷出火来。

"不帮就不帮,有必要这样吗?"月红掸去裙子上的灰尘,还在愤愤不平,"知人知面不知心,男人没一个好东西!"她因为气愤过了头反过来推搡他,她把他从长椅上揪起来,然后使出牛一样的犟脾气把他一直往前推。他没收住脚步,踉踉跄跄,芦苇就在他鼻尖拂过,运河水也在呜咽,扑通一声,他听见了自己落水的声音。

他根本游不动,挥舞着手,如同夜总会小姐在跳钢管舞,他拿着荧光棒挥舞着手。成千上万的人挥舞着手,涨潮一样蔚为壮观。小姐做出惊险动作,隐秘部位也唰地一下露相。尖叫声,重金属音乐声,DJ煽情的解说声混杂,此起彼伏。油腻的泡沫般的污水流进他的耳朵,他的嘴巴。他的头发湿津津的,仿佛是一个进入癫狂状态的舞者,发梢能甩出汗珠来,他继续挥舞……

他醒来的时候,在医院。

病情还挺严重,刚打完狂犬疫苗不能洗澡,他却在运河里实实足足泡了二十分钟。警察也介入了,有路人发现一个女人在运河边大呼小叫,而一个男人在泛着浑浊泡沫的污水中挥舞双手,于是赶紧拨了110。幸亏运河管理处的保安反应敏捷,也幸亏不是三九严寒天,两个保安把阿丁拖上岸的时候,他成了一条海豚,全身湿溜溜,而脑袋昏昏然。

朱亚赶到病房的时候,阿丁避免看她的眼神。他和月红之间真的是清清白白,但如何把前因后果讲透呢?一切剪不断理还乱。月红已经在警察面前做了笔录,要求交代和眼前这个男人什么关系,为什么把他推到河中——

"误会!"他挣扎着和警察说,"误会,真的,不用追究。"警察神情严肃要求月红出示身份证和暂住证。警察也要求他出示身份证,他张了张嘴,犹豫了半天从湿漉漉的衣服中掏出。他姓丁——不姓程,警察狐疑地瞅着他,这个谎言似乎极有力地印证了他就是嫖客。

"你摊上大事了——"他脑袋轰轰然,无数只马蜂围绕着他,比父亲过世办丧事当天还要混乱,他想到了父亲。可父亲帮不了他,父亲在另一个世界,在默默然瞅着他。警察面无表情说,出院后你就到警察局来,已经立案。

阿丁想,触霉头触到这地步,会不会否极泰来?父亲常说乐极生悲,但人生也可能会因祸得福。

他用余光瞅见朱亚胖乎乎的身影,她弯腰,捡起散落在地上的餐巾纸,她擦了下眼角,不说话。他嘴唇哆嗦了两下,真不知道从何说起,长长地叹息了下,憋出一句话:"老婆,你要是实在难受的话,咱就离婚吧——"

"离你个头啊!"朱亚屁股对着他,很倔很用力地回他五个字。

母亲跌跌晃晃也显了人影,期期艾艾说:"儿啊,娘让你受苦了,但是娘只晓得,女人快乐,真的是被男人的宝贝拴着走的。"

他不理睬她。她是个疯女人。

十七

阿丁躺在黑暗中,听见雨水滴答声,听见清晨汽车疾驶而过的声音。汽车声勾起了他的回忆,从江苏到四川到内蒙古到河南,中国的三分之一版图他都去过。他听到鸟雀的鸣叫声,还有短促的犬吠声,他听到了咳嗽声,这种咳嗽声来自客厅,来自那张薄薄的相片——他并没有恐惧,他想,是时候告知父亲了。

他窸窸窣窣,没有开灯,摸黑,跪在父亲遗像前。远处好像有一大片灌木丛,父亲就在树丛里。黑暗中,他还开着车,车前灯照亮了父亲,父亲的脸仿佛涂了一层橄榄油,头发直竖,他体会到了父亲肌肉的硬度,父亲的身体在做扭转——他莫名其妙想到一个雕塑——拉奥孔,是的,拉奥孔被毒蛇缠绕时候痛苦僵硬的表情。一大群陌生人漠然从父亲身旁掠过,他分明感受到了父亲的战栗和惶恐。

他说:"父亲——我来!我来什么呢?"他嗫嚅着,首先需要向父亲坦白内心的胆怯和懦弱,接着才能敞敞亮亮地抛开所有,重新开始——一如二十年前,他在泛着淤泥味道的河岸旁拼命奔跑,连滚带爬,从小镇奔波到乔平城一样。

他想对父亲说,再用二十年的时光,我回过头重活,不算太晚吧?

他的想法很清晰,鱼行街是乔平城的老街,居民多,人气旺,烟火气足,开一家苏式小酌餐饮店是没有问题的。民以食为天,好歹自己积累了几年餐饮行业的经验,终于可以派上用处。

早上刮脸,他发现下巴颏儿有一根根银色的胡髭。

当朱亚给他倒上一杯茶的时,他戴上了眼镜,沙发上有屁股压过的痕迹,朱亚说,月红来过。果然,一条长长的发丝粘在沙发上,他有些诧异不明白这两个女人会交流什么,而且那么轻声细语,他一点都不知道。

朱亚说:"她来道歉,也来道别,回四川老家。她和我再三强调,丁哥是个好人,虽然他用了假名字——"

阿丁默然,他想起她蒲团上落跪,双手合十,在佛龛前默默自语。他也想说,月红是个好女人,但还是把这话咽回肚里——走了好,回家和老公、儿子团聚,还有什么比这更好?

朱亚盯着光溜溜的椅子腿,半晌不说话了。

阿丁有点吃不透了,他想自始至终最应该的是他向她道歉。

她一整天都没有说什么了,去她的店铺忙活计。回家后又是一大堆的事情,做晚饭,辅导孩子,料理家务,她甚至都没有把目光停留在他身上。

"关掉灯。"就寝前,朱亚说。

"什么?"

"关掉灯。"

他伸出手去按床前的开关,房间里变得一片黑暗。他想朱亚是太累了需要歇息,明天他应该试着给她分担点什么。他听见她咽口水的声音,他想过不了多久她会打呼噜沉睡。暗黑中房间变得异常空荡荡,他翻了个身,准备入睡。

"梦里,你不要老叫那些女人名字,好不好?"朱亚说。

他愣住了,三秒钟后,他回答:"好!"

"半夜里,你也不要总去向父亲忏悔,好不好? 他老人家会原谅你的。"

他鼻子堵塞,瓮声瓮气回答:"好!"

"过一阵,去认你妈,接她回来好不好? 她养大你不容易。"

他翻过身,心脏因为挤压有些疼痛感,他抱住她热乎乎的背部,眼泪鼻涕一起流下了,吸溜了两下,喉咙口挤出一个字——"好"!

半夜里,他盯着黑暗中的一个点不放。这不是糟糕的感觉,也不是凄凉的开始。一种解压和释放,在随着时间流逝而向他袭来。他想起小时候小跑,浸透阳光的田埂上,脚底响起金色落叶翻卷的声音。

绣球花开

林子在南京,没有约谁晚饭。

一是怕喝酒伤身,胆囊最近一直发炎,二是人到中年实在要做减法了。

她只是胡乱走,沿着中山北路,忽然眼前出现一座城门,敦实厚重,仔细看城门上的字——"挹江门"。南京的城门有十三个,这个门是第一次撞见,据说是民国时增辟的城门,可惜没过多少年就被日本人炮轰了。

林子再往前走,看到了绣球公园的牌坊。绣球公园,这四个字读得耳熟,想啊想啊,竟回想起了三十年前的事。

她和同室的樱子、中秀去找南京航运学校的男生玩,地点就是绣球公园。粉蓝、纯白的绣球花,开得明媚淘气,一团团,一簇簇,樱子的红裙子撒开来,色彩搭配得令人叫绝。林子有丝羡慕,有丝嫉妒,最帅的男生姓秦,他一眼不眨地盯着樱子。林子和中秀回去了,樱子说她等一会回,结果一个晚上都没有回来。林子吓死了,她晓得樱子和姓秦的男生仍待在公园,万一这个男生起了歹意怎么办?清早林子又冲到绣球公园找了一圈,没瞧见一个人影,她真的吓死了,再三斟酌后向班主任汇报了这事。哪料到樱子的情况属于"夜不归宿",结果被学校撤去班长职务,并记过处分。樱子从此班级活动一概不参加,就连上次二十年幼师毕业庆典同学聚会也没有露面,好像人间蒸发了一般。

梧桐树叶开始干枯,飘下来掉在林子头发上。林子对南京城的感觉,最初是毛茸茸的,像春天梧桐树飞飞扬扬下来的毛絮。十七岁的林子,从农村出来,搭个绿皮火车哐当哐当到南京读书。南京真是盛大、沉重啊,让林子不知所措,火车站上有嘴唇涂得猩红的女人总要拉她到附近的旅馆,她傻愣愣倔强地站着,在肮脏的火车站等待一种虚无的东西。

黄昏,如期而至。南京的街面上汽车堵成一锅粥,林子慢慢踱步。她其实约过……一个小说家,在南京写得挺有名气,他原本答应得好好的,当林子在高铁上打盹向南京进发的时候,他发给她一条微信,说:"临时有事回村子了,你到我村子来吃饭,有住的。"

林子一愣,思来想去,一个女的,在村子上住委实不方便,就装作很轻松地说:"没事,你忙你的好了,我有人找,下次再聚。"

过了半个小时他回复林子,说:"好吧,今天回村子是有家具运过来,还有一桩官司。"

官司?林子不好细问。写小说的不容易啊——这年头,做什么都不景气,还不时被官司缠绕。

林子决定今天南京的夜晚不约谁了。

她任凭自己随意走,南京好像到处都在修路,推土机、挖掘机不知疲倦地工作着,"咔咔咔咔!""咔咔咔咔!",在昏暗的灯光下,这些声音惹得人心烦意乱。林子多么希望眼前出现宁谧雅致的亭台楼阁,让她喝杯茶,歇个脚。

走着走着,眼前赫然出现一座建筑物横截面,古老、沧桑,把林子震了一下,看不清上面的三个大字,她特意横穿马路过去,一辆出租车嗞地急刹车,紧接着窗口吐出一口痰。林子不和他计较,心里巴巴地要看那三个字到底是什么,走近了才发现是"海军部"——哦,江南水师学堂遗址,介绍末尾还有一行字,鲁迅曾在此肄业……

许是路灯的缘故,再加上尚未消失的天色,光线反射在江南水师学堂建筑面上是血牙红,和樱子舞动的红裙子一个色系。十七岁的鲁迅风尘仆仆,赶到南京,他走起路来虎虎生风,"走异路,逃异地,去寻求别样的人生",他一定是坐着乌篷船来的,在江南水师学堂,他改名为树人。他清白的脸庞,在梧桐树下显得很有轮廓。可是不到一年,他实在忍受不了那儿乌烟瘴气的校风,愤然肄业,走了,去了一个更广阔的世界。樱子没办法离开她所痛恨的学校,只能隐忍就试。林子想告诉樱子的是:"我怎么可能来陷害你?天地良心,我只是担心得要命,怕你被强奸,被人家要了你的贞操和生命——不说了,不说了,三十年前的事,说了你也不会相信了——"

风有些大。但气温还好,林子走了一圈,背心上出汗,她瞧见中山北路两侧的食府里满是人,男男女女,觥筹交错。喝酒,卡拉 OK,夜总会,应酬这些流程,林子基本也熟悉。各大城市差不多都这样。有段时间她几乎每个晚上都得应付,应付得心力交瘁。

她路过一所中学,校门关了。但有一个女孩子在校门口徘徊着,高挑的身材,眉眼里有种急切和无奈。林子不晓得为啥她一个人孤单单地落寞,高中女生,十七八岁的年龄,林子一下子又联想到了樱子。

樱子是南京人,林子毕业后一直没见过樱子。她记得樱子的酒窝很美,是宿舍里最早熟的女孩,水蜜桃一般散发出香味。林子心想樱子一定还在南京城居住。南京的秦淮河,南京的鸡鸣寺,南京的朝天宫,南京的莫愁湖,樱子在南京的一个角落过着柴米油盐的生活。话说回来,谁的生活离得开柴米油盐?

刚才有一群家长簇拥在校门口,焦虑地等待,这是林子熟悉的场景。唉,中国家长是一种表情——焦虑,中国式焦虑,从孩子上小学起一直焦虑到高中毕业,十二年的苦苦折磨。樱子可能也在人群里,她踮起脚尖张望,脸上起了大片的黄褐斑,腰间赘肉横生,压力使人发胖,孩子早恋,成绩下滑得厉害,她的丈夫或许是个小公务员,天天五加二黑加白忙街道社区里的破事。樱子把脸埋在围巾里,她的发梢充满了厌倦的气息。

家长们都散了。只剩那女孩,她穿着校服,齐耳短发,来回走动。

林子在梧桐树下没有离开。梧桐树,不,应该称呼悬铃木,在中国,一直被误称。误称就误称吧,反正这么多年来一直被误称。林子喜欢大夏天在梧桐树林荫道上和中秀散步。舍友中秀,是她最谈得来的,可是中秀在三十一岁的时候去世了,林子接到中秀的噩耗,半天没明白过来。红斑狼疮病。毕业后一直没有中秀的消息,哪想到,接到的电话里一个声音问她去不去奔丧,林子不住地点头。她说:"我一定要送中秀一程,人生太无常了。"她想到那时的南京,太热了,火炉一样,把人烤得汗唧唧的,她们穿着白背心,不停地摇折扇,宿舍里还没有电扇,林子把写诗的白纸折成飞机,中秀喜欢席慕蓉,她们趴在草席上轻声吟诵:

所有的结局都已写好/所有的泪水也都已启程/却忽然忘了/是么怎样的一个开始/在那个古老的/不再回来的夏日

现在的高中生,还喜欢席慕蓉的诗歌吗?或者说,席慕蓉是个过气的诗人吧?鲁迅是不是过气的作家呢?还好,陆陆续续,各个年级书里有一些篇目。现在的孩子几乎被鲁迅整死了,死记硬背他的《拿来主义》,考试时偏偏还是出错。鲁迅也总是一而再再而三地被误读,唉!

要明白十九岁的鲁迅对于功课并不温习,而每逢考试辄列前茅。转到江南陆师学堂附设矿路学堂后,课余时间鲁迅沉浸在译本小说中无法自拔,时或外出骑马。如此逍遥!

林子多么想和那来回走动的女孩聊聊,没有什么,成绩真的说明不了什么。失恋了吗?失恋也没多大的事,人生不就是从一次次失恋中摸爬滚打起来的?嗯嗯,被人误解了?这是很委屈,你可以和当事人解释啊,说清楚,面对面说清楚,否则一直郁积在心里多难受啊!

林子尤其想和樱子聊一聊青春的过往,樱子你不能这样武断,认为是我因羡慕嫉妒恨而出卖了你——不是的,事实上,我担心得要命,你知道吗?夜晚九点我和中秀冲到航运学校男生宿舍楼寻找你时,我被数百个穿着三角短裤的男生围堵,他们哄笑,荷尔蒙气息如海浪般奔涌而来,真像魔鬼啊!我被口水一样的恶心感淹没。虚弱、疲惫、无助冲击着我。我差点窒息眩晕在走廊上。航运学校是没有女生的,而我们幼师没有一个男生。那样的境遇,我好像是被剥光了衣裳,任凭猥亵,我被猥亵了上百次——懂吗?短短的几分钟,火山在喷发,飞机在坠毁,海啸席卷而来——那是我人生最屈辱的片刻!

我踉跄奔出男生宿舍楼,中秀在楼外等我,她应该不明白整幢楼的骚动,她问了我一声:"樱子在吗?"

"樱子不在。"

你可能在绣球公园,可能在长江边,可能在挹江门城墙上,也可能在中山北路街道上,谁知道呢?可你就是不在现场!那时谁也没有手机,没有任何联系方式,姓秦的男孩叫什么名字我都不清楚,我该到哪儿去找你呢？我栖栖惶惶，我说我要上厕所，我实在憋不住了，实际上是胃痉挛，由于恶心所致。航运学校夜晚黑漆漆，好不容易找到一个厕所，走进去，白瓷墙上写着污秽的语句。我咬牙忍着，忍着。

樱子，你不要以为世界上谁都欠你的！相反，你懂吗？你欠我——欠我一个说法，欠我一个公平，欠我给你还原这一切的机会！

女孩愕然张望着，望着林子，问："阿姨，你在和我说话吗？"

林子点头，说："你想听我讲一个故事吗？"

女孩摇摇头，露出狐疑的神色。

林子说："你读高二了吧？鲁迅在《朝花夕拾》里有一句引言：'一个人做到只剩了回忆的时候，生涯大概总要算是无聊了吧，但有时竟会连回忆也没有。'听说过没？"

女孩若有所思地点头。

林子不愿意讲那个故事了，她仔细打量女孩，女孩的嘴唇很薄，眉间锁愁。林子问她："你怎么还不回家？"

女孩不想说话了，可能不愿意搭理林子了。她转过背去，疾步走了会儿，蹲在学校门卫窗户下。有保安出来，女孩伸手直戳林子站着的方向。保安很严肃，朝林子走来。林子想，哎哎，多一事不如少一事，朝前走吧——

挹江门的城墙上，光影晃动，梧桐叶飒飒作响，没有他人。林子走了三百多米返回。

她想，回吧，回吧——

回到十七岁的幼师时代吗？

林子觉得樱子后来在说谎。当樱子的父亲铁青着脸站在学校德育处时，樱子声音很小，她说一直和男生在绣球公园看花聊天，竟不知不觉到了天黑,等俩人意识到该回学校时,公园的大铁门锁上了,只好在公园的长椅上将就了一夜。

扯吧,林子心里暗暗说,她明明早晨又去了趟公园找人的,没瞧见踪影,她只感觉——她跑得上气不接下气,跑得喉咙口都是血腥味,跑得一切破碎一切成灰了。

中秀沉稳坚持,说:"我们把樱子失踪的事情告诉学校吧!"

学校没有去深查核实细节,因为是女校,传出去总是吃亏的,所以教育了樱子一番,也没有全校通告。但林子和中秀知道樱子狠狠被伤着了。中秀过世了,前因后果只有林子一个人辨识得清了。三十年前的往事,像绣球花一样层层包裹。

这些往事,而今对于他人来说,早已无关紧要了。但林子知道,樱子绕不过这个梗,她一直在恨林子,在赌气。人到中年,如果一直没放下这些陈年往事,是很要命的事,它会郁积,会膨胀——当然,樱子可能早不屑一顾了,她活得好好的,逍遥自在,再也不愿意搭理破事破人,她早早地离开南京城,极可能出国了,就像鲁迅离开南京去了日本,漂洋过海不也是很好的一件事?

后来鲁迅暂离日本,被骗回绍兴结婚迎娶新娘。"这是母亲给我的一件礼物,我只能好好地供养它,爱情是我所不知道的。"关于这事件林子和中秀曾探讨过,中秀说鲁迅是早有预谋,不能说被骗,他只是顺从了母亲,而把朱安晾在一个角落整整一生,做得多决绝啊!林子说,鲁迅喜欢的女孩要有一点婴儿肥,要双眼皮大眼睛,要大学生,要文艺腔,像刘和珍、许广平、萧红啊——嘘,嘘!鲁迅是偶像级别的,岂是她们两个十几岁的女孩随便评价的?林子和中秀只能暗地里小声议论。

再后来,萧红死了。中秀也死了。她们都在三十一岁最美好的年华离开人世。这两个人没有直接的关联,但都和林子有关。林子喜欢萧红的文学才华,喜欢她的《生死场》,鲁迅曾高度评价过。可萧红和男人相处时实在是太委屈自己,林子为她抱屈,这么一个率真有感觉的人,怎么让自己落得如此窘迫?

中秀呢?中秀其实是很有个性很内向的人,林子记得有一个夜晚,她发现中秀在校园树下草坪抽着一根烟,烟头在夜色里忽明忽暗,犹如海上的指示灯。她不敢靠近,但她又确信,那是中秀。她战栗地大声地叫着中秀的名字,中秀迅速地把烟头掐灭,向她走来,抱着她。林子却无端地哭闹了,愤怒地指责,任性地喊叫,她说:"没有真正地在意我,你完全孤立了我!"

中秀的解释可能有很多种,但,没有一样是中听的,她们闹得不欢而散。很多个细节,林子记得,中秀教会她溜冰,手把手,重重地摔在一起。她们钻到烟雾缭绕的录像厅看片子,还和非洲小黑人饶舌。在蚊帐里林子看着中秀换胸罩,她的皮肤白得有点耀眼,乳房很小,好像一直没发育。她自卑而自傲地甩着头发,棉布衬衫里有股奥妙洗衣粉的清香。林子喜欢把头靠在她的背上,贪恋地闻着这股清香。

十四年后,殡仪馆里的中秀那副眼镜依旧架在鼻梁上,嘴巴抿着,还是当初那个神态,在偷笑着。只是比读幼师的时候胖多了,吃了药物激素的缘故。中秀脸上红润润的,若不是那层玻璃隔着,林子想她们俩肯定会激动地拥抱,然后很夸张地跳啊,笑啊!

死亡是多么轻逸的事。

灵堂里号啕一片。林子被抛在哭泣的海洋里。她看到中秀的孩子,五岁,戴着白帽子,五官像极了中秀。他问他的爸爸:"妈妈明天会回来吗?"他爸摇摇头。他又问:"那明天的明天呢?"中秀瘦小的丈夫神情木然。

——樱子你得好好的,好好地——活着！不能有一点闪失,我得把三十年前的事和你一五一十说清楚,这他妈太重要了!

林子被城墙边的一块石头绊了下,重心不稳,差点冲到马路上,

齐耳短发女孩恰巧走过,旁边多了一位中年男性,应该是她父亲。父亲秃着头抽着烟,沉默不语。女孩也瞅见了林子,讪讪的,绕身而过。

风,渐渐停息了。三十年前的绣球花,开得多好啊,千朵万朵压枝低。有的蓝,有的绿,有的粉红,有的洁白,还有的是渐变色,像她们在幼师绘制的水粉画,造型独特,想象力无穷。林子是个乡下姑娘,第一次见到场面浩大的绣球公园,快乐得心都荡漾起来。四十岁的林子离开体制后在日本很多寺院见到过绣球花,她已经波澜不惊了。这些年,她在社会很多行业飘荡,去《晨报》当过记者,半夜采访牛哄哄的歌星,也去过广告公司策划活动,最后一把火烧掉了所有资料。高速公路上连环撞车,微直播修女出境,她打着哈欠——记录着,却茫然不知记录的意义。

她忽然想起寺庙里朋友对她说起过,绣球花,好看,但不要太接近。

为啥?

因为有毒。朋友慢条斯理地解释,绣球花整株有毒,尤其是茎叶。它产生的毒素可以使人痉挛、呕吐、恶心——

这一段话留在林子脑海中很长一段时间,不久又忘了,事情太多,应接不暇。如今她惆怅地在中山北路梧桐树下喟叹,一如十七岁刚来到南京,被夜色中浓重的虚无感层层包裹。因为走得时间过长,她的两腿开始酸疼,肚子也在咕咕发出抗议之声。

去做最幸福的人

一

没有风。没有任何一丝诡异的气息。阳光正好。树木的光影也很俊朗。耿土元穿着拖鞋,光着脚指头,坐在竹椅上微眯着眼。蝉在鸣叫。一声一声,间隔的时间不长不短。当一切静止的味道都将被机械的蝉声牵拉到另一个世界时,耿土元突然睁开了眼睛,他看见死亡正在穿街而过。

兰娣不进食已经三天了。她枯望着墙顶,脸像一张灰铅色的卡纸。

耿土元心里乱得很,他明白,就在这两天了。他每一分每一秒钟都在担心,去河岸洗个菜,也是手忙脚乱的,青菜帮子漂得一河滩,他没头没脑地跑回来,像只无头苍蝇,又不知道往哪个方向飞。

大姨子是个嘴唇皮特别厚的女人,她住了三天,也有点不耐烦了。大家都在等那个关键的时刻,但越是等,就越心焦。它却偏偏不降临,好像近在眼前,又似乎遥遥无期。大姨子说:"我家的老吕胃不好,这几天没有人给他做热汤热饭,老毛病肯定又犯了。"她转过屁股,又咕哝了一句,"小孙子丢给亲家母,时间忒长要轧矛盾了。"

耿土元攥了一手鼻涕,揩在鞋跟上,自言自语:"我又没请你们待在这儿,要走走好了!"两个舅子在厨房喧哗着,他们在讨论丧饭如何安排,因为来的大多是兰娣面上的亲戚,两个舅子一致认为菜、酒水、香烟都不能太蹩脚。

耿土元被他们吵得晕头转向,毛毛躁躁,真想把他们全部撵走,然后,独自陪兰娣,静静过上一两天。他突然站起来,翻箱倒柜,找照片。抽屉里很乱,药片、风油精、扇子、短裤,乱七八糟堆在一起。兰娣在床上整整躺了两年,他也跟着忙乱了两年,服侍她吃喝拉撒,其他的事只能抛在脑后了。

耿土元的意志很坚定,那张照片,他一定要找到,哪怕掘地三尺也要找到!照片是兰娣三十五岁时拍的,她梳着油光光的粗辫子,眼睛笑得很花气,和身上的夹花棉袄很相配。耿土元只要一看见那照片,内心就情不自禁暖了一下。

果然,在抽屉的底层,他翻到了,黄渍渍的,已经染有霉斑,兰娣笑得还是那样花俏,跟现在一比,是天上地下。耿土元歪过头,打量床上的兰娣,她被毛病蚕食得只剩一张皮了,她看见他在翻照片,眼睛眨了两下。耿土元带点麻木,带点伤情,用征求的口吻问:"老太婆,就拿这张照片好不好?"

兰娣没说话。耿土元自说自话:"那就定了,去放大,挂在堂前,人人都看见你,漂漂亮亮的样子,多好啊!"

大女儿耿娟踏进房间,耿土元就这样吩咐了。耿娟说:"不行,这种场合要正面照。"耿土元悲戚起来,耿娟想了想说:"不要紧,我给你单独放大好了。"耿土元听见兰娣在咳嗽,其实她已经咳不动了,牵一发而动全身,面部的皱褶堆积在一起,痛苦至极。耿土元很想知道她在想什么,一个人面对自己的死亡,是不是觉得一切都是空的?还是充满着无限的痛苦心酸?

耿土元凑近她嘴巴,她呼出的口气充满了污浊味,她张合了几下,还是什么也没说。

小女儿耿华又回上海去了,老板在催业务单子,她临走时说:"妈有什么事千万记得打我电话。"

你妈还能有什么事?不就是等个死吗?耿土元冲她翻了几个白眼,气得七窍生烟。这个耿华,从小就自私,供她吃饭、读书,现在,拍拍翅膀,飞得无影无踪!亲娘马上要闭眼了,她还只顾忙自己的事情,钱是赚不完的,可娘只有一个……

耿土元心很寒,现在兰娣还没死,在这个世界上,好歹他和她还是捆绑在一起,有形无形,他还看得见她,跟她说两句话,她也会眨眨眼睛,表示她听着呢。一旦她真不见了,那落下的只有无边的黑暗与虚空了,他该怎么办?

果然,过了三天,兰娣落气了。耿华连夜打的从上海赶回来,拖长声调,喊了十几遍妈。人都死了,还有什么用呢?耿土元真想痛痛快快数落她一番,什么时候变得这么虚伪?不该走的时候走,现在哭得上气不接下气,顶个屁用!

丧饭、后事因为有准备,办理得妥妥帖帖,耿娟是个操持场面的能手,安排井井有条。耿土元神情木木的,没有大恸大哀了。骨灰盒是女婿捧在手上,耿土元又不好戴白帽子,只系了条白腰带,与一般吊唁的亲戚并没什么两样。

风一吹,白腰带飘起来,总挂到脸上,像老太婆的手,虚虚弱弱地摸他一下。

二

曲终,人散。空落落的房间,只剩了耿土元孤身一个老头子。

楼上热闹得很。兰娣活着时,他们就把楼上三个房间租给了几户打工的外地人,一个月三四百元收入,也好抵点药费。那些男男女女倒是快活,大声说笑,炒菜做饭,烟熏火燎,还唱歌,夜里还折腾,而且折腾得很强劲。耿土元住在他们楼下,听得一清二楚。

耿土元刚满六十,身坯却结实得仍像头牛,村里的小伙子跟他扳手劲,没有一个赛过他的。远远看去,他皮肤黝黑,身材魁梧,头发只有三分之一见白,走起路来脚步落地有声。没有人相信他已经跨入六十岁的行列了。

所以一听到楼上的风吹草动,耿土元的神经就莫名其妙紧张起来。年轻时,他很欢喜那种事,还差点犯错误。兰娣病倒后,他忙着照顾,煎药、烧饭、倒马桶、洗衣服,夜里分床而卧,倒也渐渐淡了。可淡了不等于完全消失了。尤其是这夜深人静时,他看着照片上兰娣花气的眼睛,心里像钻进了一条毛毛虫,难受极了。

关于耿土元的养老问题,几个至亲和女儿郑重其事地讨论过。耿土元只恨养了两个女儿,都是泼出去的水。耿娟和公婆住在一起,耿土元如果住过去,肯定后患无穷。耿华在大上海,白天把他老头子孤零零一个关在鸽笼里,不憋死才怪呢! 所以一谈论到这事,他双手摇得像拨浪鼓。

他打算留在家里,前提是两个女儿帮他把养老金交好。有了养老金,就像城里的退休工人一样,走到哪里都不怕,这就叫,铜钿眼里出政权,胸脯也可以挺得特别起。哪像有些老人,辛苦了一辈子,结果被子女逼干油水,反过来看子女眼色,哎呀呀,那滋味,跟街上的叫花子差不多。

现在,他耿土元每月有固定收入买买香烟、吃吃老酒,吃穿不愁,倒有点像活神仙了。他有一帮老哥们,赤卵弟兄,五六十年的交情,一起开船、开拖拉机、打牌、谈论女人、盖房、喝酒,要有多开心就有多开心!这次兰娣入葬,老弟兄们都来出丧礼费了,比几个亲戚出得还多。他们拍他的肩,表情含混复杂,有的替老耿难过,也有的说老耿终于脱离苦海了,是啊!那两年的日子,回头望望,真叫苦啊!

那夜,耿土元和老弟兄们喝得酩酊大醉,一脚高一脚低,回家。他死命地拍门,口里大声喊着兰娣的名字:"兰娣!兰娣!"恍惚中,兰娣笑盈盈的,开门,接应他,泡茶,让他醒酒。他手劲大得很,一下把兰娣胳肢捏在自己臂弯里,手脚没有轻重,兰娣疼得嘘声一片,但温柔极了,服侍他洗头洗脚,直到他安然睡在床上。

夜色重,寒气逼人,耿土元喉咙口烧焦一般炙热。他咚咚咚狠命擂着,兰娣没有来开门。他重重一拳下去,门被他敲出了一个窟窿,手也扎伤了,血渗出来,疼痛让他一下子清醒了。黑漆漆的房间,并没有人上来问声寒暖,兰娣的遗照,甜蜜地、花气地,立在墙壁上笑着。耿土元一屁股坐在地上,哀哀地号哭起来。

中午,耿土元一人喝闷酒的时候,住在楼上的小肖过来坐了片刻。小肖是湖南人,三十五六岁,长脚,嘴唇上参差不齐留着几根髭须。小肖拍拍老耿的肩,意味深长地感慨,说着说着,他把一个女人模糊的形象推到了耿土元眼前。

耿土元起初并不在意,白酒火辣辣的,一口一口蹿入他胸腔,燃烧他的大脑,把孤独的滋味狠狠洒到他心田,昨夜的凄凉感又袭上心头,他抓起酒瓶,拼命给自己灌酒。

"那女人,跟我是老乡,嫁了两个老公,都不如意。老家又是穷地方,她不愿意回去,只想在江苏好好找个老实的男人过日子。"

小肖似乎有备而来,步步为营,小肖说:"可能年纪轻了点,才四十三岁,但女人的看相总显老的,皮色倒雪白,在纺织厂上夜班。"

女人,皮肤雪白,才四十三岁。几个词语,像一簇火花,噼噼啪啪在耿土元的脑海里闪现。他晕晕然,没有一口答应,也没有彻底回绝。

小肖又真心实意地补充,说:"人总要为自己考虑。你看看你两个女儿,绕着自己男人转,谁会想到你这个老头子?"

耿土元眼角处沁出了两坨眼屎,他不想被小肖彻底看穿心思,含糊其词,说:"有机会就看一下。"

小肖拍拍屁股,走了。耿土元感觉憋得厉害,揪了张报纸,从后门出去,到茅坑拉屎。兰娣走了,他也干脆得很,不用刷马桶了,他大男人一个,解决起来总是方便的。太阳毒辣辣的,他摊开报纸,迷茫一片地看起来。远处,小媳妇王淑娇拎着马桶过来,看他翘着屁股蹲在茅坑上,害羞地一个急转身,躲在树林里避让。

耿土元也注意到了王淑娇,突然,喉咙口发出了几声干干的笑。那四十三岁的女人,皮肤雪白,很强烈地跳进了他的意识里,鲜活起来,生动起来,唤醒了他作为男人的某种欲望。他望着火球一样的太阳,很畅快地,将报纸揉成一团,擦净屁股,虎虎生风,去找小肖了。

三

这次见面,安排得很私密。在一家小饭馆里,花色窗帘拉得严严实实,两只苍蝇嗡嗡嗡绕着菜碟不停地兜圈子。女人坐在耿土元的对面。皮肤是白,但属于苍白,没有血色的白。人,瘦,显得一双眼睛很大。到底是做辛苦活的,又不懂得保养,女人脸上的皱纹细细密密一层,和耿土元坐在一起,并不显得突兀。

女人名字叫李桂芹。

耿土元手指头笃笃笃敲着桌子,完全是无意识地。他居然操起了普通话,很别扭,但勉勉强强,基本上双方能听懂。小肖是个滑头,说出去买包烟,一个小时也不见回来,看来是故意将空间腾了出来。

一开始,耿土元挺尴尬,兰娣才死了两个月,他就偷偷出来看女人,于情于理,都说不过去。而且从年龄上看,他当她的父亲也差不多。大女儿耿娟比这个李桂芹只小七岁,被她知道了,不晓得会闹成个啥样。

耿土元小心翼翼地问:"你以后想长期留在江苏啦?"

李桂芹并不避讳,摊开两只手,一五一十,将自己的婚姻史全都告诉了耿土元。她的普通话夹着浓重的口音,牙齿蜡黄,口齿里还有股大蒜味道。她像是在诉说别人的梦,恍惚而不真实,面色里流淌着伤感。

耿土元听得很吃力,他支起耳朵架子,全神贯注,生怕一不小心就错漏了许多重要信息。

李桂芹的第一个男人,是小客栈老板。小两口在老家山坳里开出第一家客栈,南来北往,客人像山前小溪里流淌的水,源源不断。于是男人自作主张,请了个小服务员,说做些浆洗缝补铺床之类的活。李桂芹就不大乐意,这些活她都能包揽下来,何必再出份工资养活一个人呢?她看小服务员眉眼细细的,一说话两个酒窝就往外旋,把客人勾得一愣一愣。她下意识里就有种防贼的感觉,但还是没防住,自己男人也被这小婊子弄得神魂颠倒。小婊子比她小十岁,粉嫩掐尖的当儿,男人看着哈喇子就往外淌。

李桂芹的第二个男人——耿土元欠了欠身子,示意李桂芹稍微停顿一下,他喉咙口焦毛得很,需要抽根烟。他顺便换了个姿势。他听得有点惊心动魄,这小女人,经历不浅。

李桂芹抿住了嘴,不说话了,像在卖关子。耿土元抽起烟来像开拖拉机,云雾缭绕。他低下声催促道:"说呢!"他对眼前这个女人充满了好奇。

她像蚊子一样问:"你觉得小肖怎样?"

耿土元压根儿没思考,回答:"不错,是个热心人。"

李桂芹苦笑,说:"他是我第二个男人。"

耿土元只觉脑子里有一捆麻绳,打了无数个结,乱得很。他看见李桂芹将手掌翻过来,眼神盯着掌心密密麻麻数不清的纹路,忧伤而无奈,然后,继续诉说。

李桂芹说:"我有什么办法呢?一个人拖着十来岁的小孩,总要过日子。小肖虽然穷,人却好,脾气好,经常到我家来安慰我。我比他年纪大,他并不嫌弃。我们领了证,也想养个小孩,可偏偏我的子宫出了问题。"

耿土元还没转过弯,如同拖拉机在三岔口,一时不知道往哪个方向拐,刹车手忙脚乱踩下去,扑通一声,连人带车翻了过去。

李桂芹的眼泪出来了,一汪,很清澈,滴滴答答,掉在菜碟里。她说:"我给他养不了小孩,待在一起也没意思了。我也搞不清楚,我上辈子是作了什么孽,什么都让我一个人扛。"

她抽抽噎噎,鼻涕也跟着涌出来,趴在桌上,肩膀起伏着,满腹的辛酸厚厚一层,铺天盖地向耿土元压过来。耿土元是喜欢心疼女人的角色,他那只手悬在半空,犹豫挣扎了半晌,不知道该不该搭上去劝慰她一下。她还在哭,苍白的脸埋在手掌里,显得很小。耿土元下定决心,放下去了。他碰着她瘦弱的肩胛骨,她的皮肤很烫,胳膊上细薄的一层肉下垂着,他顺势摸下去,感觉到了女性特有的柔软。

他感觉自己裤裆里的东西起了一点反应,把自己吓了一跳,手赶紧缩回来。有点不像话,第一次跟陌生女人见面,就冒失成这个样子。但这个女人,似乎是有意要委身于她,并不计较,开门见山地说:"现在,我也没有其他想法,只想找一个男人,真正对我好,再不要东奔西跑,安安稳稳留在江苏过日子。"

李桂芹到水龙头边洗净了脸,再坐下时,两人的思路都很清晰,仿佛榫头稳稳落在木凳的缝隙里。他们都有了拨云见日的欣喜。尤其是耿土元,很痛快,他开了一瓶泗洪特酿,有滋有味地喝起来。有了女人,就有了生活的味道,哪像前一阵子?喝的都是闷酒,又苦又辣,喝到最后只想大哭一场。

喝着,喝着,耿土元思维活跃起来。他跟李桂芹大讲历史名人。对于这些人物,他如数家珍。大人物的名字在他嘴巴里跳来跳去,他也变得恢宏大气了,有着一挥手而江山改的豪迈。李桂芹转身成了虔诚的听众,不停为他斟酒、夹菜。她的手也会偶尔不小心落在耿土元的手心里,他用力捏一下,她就笑一下。

夏风很爽,一吹,将两人的迷惘顷刻间吹得干干净净。

四

小飞虫很多,盘旋在灯泡下,嘤嘤嗡嗡,像在商量什么事情。耿土元私藏了内心的秘密,猫着腰,从柴垛旁擦过。他家楼上照旧热闹得很,谁把音响开得很大,一个男人嗲声嗲气在唱着《爱拼才会赢》。小肖已洗完澡,趴在阳台上乘凉,后背上流淌着水珠。他看见耿土元,硬生生一个招呼打上去:"老耿!"耿土元躲闪不及,支吾应了声,掏了根烟出来。他有点别扭,更有点神气,他妈的,原本你的女人要被我享用了!

踏进家门,兰娣在墙上,笑眯眯看着老耿。他打了个寒战,忽然有了对她不起的歉意。兰娣一直是善解人意的,她会理解他耿土元内心的荒凉。这一点他深信不疑,兰娣是好人,最大的优点就是心善,肯理解和相信别人。

二十年前,他钻到隔壁人家的柴草垛里,透过一个小小的窗口,张望着。里面是一个女人的背影,全裸着,在哗哗哗地洗澡。

有人在喊,也有人抄着农具劈面赶到他家。兰娣的脸瞬时像秋风中的落叶,不断下落、下落。她尴尬地给他开门,又似乎无法责备,她默默地用手捂自己的脸。他从前屋窜到后屋,实在无路可逃了,他侧身跳进了屋后的一条小河,死活不肯上岸。兰娣对来人一遍一遍地解释:"你们看错眼了。"

半夜,他湿淋淋地从水里钻出,一上岸,就被兰娣厚厚的棉衣裹住了。他喉咙口呜咽一声,急促逃窜回家,热水澡也准备好了,跟往日一样。他焐在热乎乎的被子里,百感交集。兰娣把自己剥得干干净净,全面摊开,声泪俱下,问:"我比别的女人少什么?你到现在还没看够?"

他说不出,他向兰娣发誓,眼睛再往那些地方斜,就把眼睛戳瞎。

现在,情形更不一样了。他不是个忘恩负义的人,他牵记着兰娣,但兰娣在冥界,他一个人孤单心慌得不晓得生活的滋味了。他再要个女人,是天经地义的事,兰娣想来是不会动气的。

小肖笑得十分微妙,站在耿土元对面,他像统率全局的将军,笑容里露着几分狡猾和流气。耿土元突然发现他其实是个很难对付的人,他是自己的房客,他又主动将前妻介绍给老耿,他葫芦里卖的到底是春药还是迷魂药?

小肖压低声音说:"她不错的……"

小肖又很通人情世故,他告诫耿土元:"现在,你还不能跟她接触太紧密,你老婆还没过三个月的祭日呢!"

耿土元想起他上个月的房租还没给,就故意咳嗽,放大音量问:"你打算什么时候交房租呢?"

好像这句话伤了和气,小肖脸上有点挂不住,悻悻地说:"月底厂里发工资给你就是了,急什么急?都老租客了!"

耿土元漫不经心地递给他烟,掏掏耳朵,转身侍弄院子前种的一排大蒜。大蒜长得粗粗壮壮,跟他一样,亟待着春风细雨的滋润。

住在前宅的秦二妹端了一碗玉米,递过来给耿土元吃。耿土元象征性地拿了一个。秦二妹胖胖的,跑急了就直喘粗气,自从兰娣死后,她来得很勤,隔壁乡邻,相互照应,也很正常。秦二妹是王淑娇的婆婆,前两天王淑娇搓麻将,输了钱,又和男人吵架,顺便把婆婆骂得狗血喷头。

秦二妹心里憋屈,差点在耿土元前落眼泪,她用衣角揩揩脸,一屁股坐在板凳上,说:"老头子死了那么多年,我一人吃心吃苦,把他拖养大,哪想到讨个媳妇能拆天!早晓得,我随便找个老头子嫁了,也好有人帮我说说话!"

耿土元眼梢扬起来,他不知道秦二妹说这话是有心还是无意。秦二妹胸前鼓鼓囊囊一大块,可惜,像捆在粽叶里的肉粽子,白花花,肥得激不起他任何一丝其他想法。他将玉米粗枝大叶啃了两口,就丢在垃圾桶里。

耿土元斜睨着,立在墙角,细想,这天上不可能掉馅饼下来的,秦二妹这样哭哭啼啼,自有她的小算盘!

谁说不是呢?秦二妹儿子没有好行当,摩托车修了半年就关铺子了。王淑娇也不是省油的灯,是个喜欢吃吃喝喝搓搓麻将的女人,不到半年,就把家里的积蓄啃光了。

秦二妹当然感觉到了耿土元的异样,她只是装作没看见。她还在抹着眼泪,突然,她瞟到耿土元的汗衫上有个大洞,她坚决地说:"老耿,你把衣服脱下来!"

老耿吓一跳,心想,这老太婆疯了,我脱了难道她也跟着脱下来?这像什么话!

老耿十分坚决地摆摆手。老耿的小腿肚上甩满了泥点子,那是因为刚刚和李桂芹分手后,他心情特别爽快,沿着小路疾步前行,噌噌噌,如同关羽单刀赴会,高亢、铿锵,充满了节奏感。

秦二妹的手指头在耿土元眼前晃了两下,她身上散发着一股鸡屎的味道,她提醒他说:"老耿,你的魂飞了。"

耿土元回过神来,索然无味,他伸了个懒腰,困意顿时爬上他头发尖。

五

在小肖的指引下,深夜十二点,耿土元等在了元浩纺织厂的厂门口。女工像潮水拥出来，唯独不见李桂芹。耿土元缩在角落处，又不好明目张胆地等，那味道像做贼，很不畅。到后来，女工稀稀疏疏几个，全是不认识的面孔，耿土元满腔的热情也被这夜色一点一点揿灭。他转身想走的时候，只听一声"呀！"，李桂芹从天而降，立在他视野中央。

李桂芹一笑，耿土元定心了。他推着一辆老式长征自行车，稳稳当当骑上去，然后示意李桂芹跳上来乘后座。她自然是明白人，悄无声息，像叶子一样落下来。耿土元只感觉女人的一双手环着他阔实的后背，他飞速踩踏着，一不小心，脱链了。

他停下来，笃笃定定装链条。他希望时间拉得越长越好。

李桂芹和另外两个女工合住在十平方米左右的房间里，耿土元不便进去，就在门外匆匆告别。临走时，耿土元的喉结起伏了几下，其实，他整晚都在挣扎，想亲她一口，但六十岁的老头，总不能像小伙子一样孟浪，他啧啧嘴，为自己的阴谋未能得逞而感到遗憾。但他已经考虑好了下一步——去买一辆电动车，这样接送她来去自如；再问耿华讨个二手手机，给李桂芹，联系就方便了；最后一步，干脆让李桂芹搬到自家，睡到他家的雕花片子床上，服服帖帖，他想怎么折腾就怎么折腾，像楼上的那些外地人。想到这里，耿土元全身涌过一种久违的情欲，麻酥酥的。

耿土元躺在凉席上，吊扇吱扭吱扭转着，他两眼随着吊扇一起旋转，久久不能入睡。他已经想得很充分了，李桂芹在两次婚姻中饱受失败和辛酸，是个可怜柔弱的女人，现在，他要张开他有力的翅膀，来呵护她体恤她，让她晓得，原来这世上，还有——爱！让她切切实实感受到，跟了他耿土元，有房住，有吃有喝，有男人疼，幸福的日历将一页一页翻开。而他，也将重温生活应该有的激情，他才六十岁，健壮，有力，有幻想,也有性的冲动与功能。

过两天,就是兰娣三个月的祭日。大姨子、秦二妹围坐在一起,左右手上下翻动,不停地折叠锡箔元宝。她们嘴上也不闲着,叽叽咕咕,神色暧昧。耿土元浑身不自在。

秦二妹眼睛眯笑成一条缝。她俩何时成了一条战壕里的人?姐姐妹妹叫得那么亲热!元宝在她们手上变成了一艘艘欢快的小舟,她们也成了掌舵的人,自在、轻盈而主动。她们压根儿忘记了忧伤,忘记了祭祀这种特殊的气氛。

耿土元看出点眉目来了,他气呼呼地向前进香,手一重,香折断了,兰娣的照片就在他鼻尖底下。他对兰娣说,:"呸!她秦二妹也想做白日梦,来替代你兰娣的位置,哼,不先撒泡尿照照镜子!"

兰娣以前也评说过秦二妹的胖,那胖是胖得有点离谱,屁股像铜盆,两只大奶子,一走路就左右晃动,胸脯上的赘肉厚厚沓沓,横躺下来可以变成麻将桌,让四双手上下翻动砌长城是绰绰有余。

耿土元在嫌弃秦二妹的当儿,自然联想到了李桂芹。女人与女人之间是有区别的,虽说上了年纪,但女人的韵味不能失。二十年前那次,他不经意从柴垛旁穿过,恰巧从一块玻璃里瞄见女人洗澡的背影,女人的身材好得像水波,一漾一漾,蛰得他睁不开眼睛。他的心跳到嗓子口,脚步不由自主往前移,想凑近点看个仔细,却不晓得踩到了放在露天的洋面盆,哐当一声,女人惊呼起来,他就莫名其妙被人一路追赶。

他一直心有余悸,但只要回想那个细节,就神思恍惚。那个女人,并不是本村的媳妇,可能是谁家的亲戚,恰巧那夜在耿家村住了下来。他有点念念不忘,私下里一个人睁着眼睛望着天花板瞎想。

门虚掩着,蜡烛火一跃一跃,祭台上了放满了全鸡全鸭。耿土元想,兰娣面对这些全荤宴,要打恶心了。大姨子突然提出来,说过两天要去替兰娣关亡,说东桥头的瞎眼巧婆,简直就是活神仙,已亡人在阴间的经历和感触,她全晓得。据说她作法的时候,披头散发,口吐白沫,三五分钟后,已亡人的灵魂附在她身上,那说话的腔调,眉眼里传达的味道、动作,简直是一模一样,让你不信也得信!

哼!耿土元听到那儿,忍不住从鼻子里喷了一捧灰出来,嚼舌头!他最不看惯的就是这些老太婆聚在一起装神弄鬼。人死都死了,还什么阴间地狱?大姨子压低嗓门,故作神秘,说:"已亡人当然最牵记的是未亡人!"

很明显,这个未亡人就是耿土元,大姨子说着把眼神弹过来。耿土元没理会,但受了点惊吓,万一这个关亡真有点灵验,那她们不都全晓得李桂芹啦?晓得这个离过两次婚的外地女人,在短短的一个月,在他耿土元心里深深扎下了根?

耿土元心绪烦躁,闷头走到院前树荫底下抽烟。房客下班回来,自行车丁零零掀得他更加心烦意乱。耿土元摆摆手,像挥只苍蝇一样,内心充满了忧伤和无奈。

六

清晨,麻雀在枝上闹腾的时候,耿娟风风火火来敲父亲的门。

"咚咚咚!"敲得很急,很重。但耿土元没有马上起身,他懒洋洋地靠着床吸了根烟。敲门声更重了,好像带着怨气。他听得出,还是不想起身。过了很长时间,他才摇晃着身子出来开门,头发蓬乱,眼睫毛上沾满了眼屎。他见耿娟虎着脸,也明白了几分。他并不说话,再躺到床上,靠着枕头,又弹出一根香烟,自顾自抽起来。

房间里有股霉味,被头褥子横七竖八,桌子上残留着隔夜饭菜,好像已经馊了,几只苍蝇盘旋着。空气很浑浊,耿娟打开窗,到了嘴边的话咽了回去。

耿娟确实生气,刚才敲了半天门,老头子也不理睬,她还以为他和那个女人鬼混在一起,一夜都没回呢!

昨天夜里搓麻将,王淑娇牌德不好,明明一只东风扔出去了,眼看耿娟要推牌喊"和"的时候,又出尔反尔,要捞进来。耿娟按了下太阳穴,慢条斯理地说:"哪能见异思迁呢?"

成语用得很文绉绉,牌局上说两句也很正常。偏偏王淑娇咬住了这句话,不放,她扑哧笑出声来,说:"耿娟,这四个字应该说你父亲才对,老婆才死了一个月,就和别的女人勾搭上了,半夜三更等在人家厂门外,做护花使者呢!"

王淑娇说得有理有据,不像在开玩笑。跟耿娟要好的小姐妹也暧昧地附和:"看不出,原来你父亲风流得很呢!"耿娟脸上红一阵,白一阵,她把眼前的牌狠狠一推,掉转屁股,气鼓鼓走了。

好像大家都知道这件事情!只有她蒙在鼓里。

其实耿娟一直很担心这老头子,他固执、任性,做什么事像个小孩子,根本不用脑子思考,也不为小辈考虑。她当然也明白父亲在那种事情上的癖好,因此手中老像拴着根绳子,时不时提醒母亲系紧他。现在好了,母亲死了,他无拘无束,比出笼的鸟还要快活。

耿娟横竖想好了,要劈头盖脸骂父亲一通,母亲尸骨未寒,他怎么能这样胡来!可是,当她看见耿土元十分颓废地枯坐在床沿上抽烟的架势时,她的心软了。

她挽起袖管,开始拾掇房间,忙乎了一个小时,整个儿亮堂起来。耿土元默默地看着女儿,他们的视线里有种对抗和承受,像拉锯战一样,迂回曲折,不分胜负。

"耿华有电话吗?"她问。

"没有。"

"冰箱里还有肉吗?"

"没有。"

"你要不要到姑姑家住一阵?昨晚她还打电话问起你。"

耿土元定了定神,吐出最后一口烟,他把头埋在交叉的胳膊里,哑着喉咙说:"不去。她有她该忙的事,我去了,反而成多余的人。"

多余的人。耿娟愣了一下,什么时候,父亲变得这么敏感?她看见几片树叶飘落在窗台上,一只麻雀停歇在那里,东啄啄西跳跳。在大自然里,什么都不会显得多余,好像与生俱来就是这样一幅情景,和谐,富有生机。人呢?人怎么会这样悲哀,会嫌自己是个多余的人?

耿娟不说话了。

关于那件事,谁都没有提起。

耿娟抬脚出家门的时候,天色阴沉沉的,快要下雨了,她一路小跑,边跑边深深叹了口气,父亲的日子还长着呢!他的确需要一个女人来打理,可关键是,要寻找一个合适的女人,怎么能随心所欲地拉一个外地女人呢?这是件大事情,万万不可草率行事呀!

她决定给耿华打个电话。

七

耿娟并不提那个女人,是不是表示她默认了呢?

耿土元赖在床上,反复揣摩了很久。她不可能不知道。村上很多人已经明着开他的玩笑,他装傻。他担心的是,怎样过女儿这一关?得讲究些策略,要迂回曲折。他一向觉得自己是笨嘴拙舌的人,可刚才,他隐约感觉到,耿娟在让步。是的,她在让步。

想到这里,耿土元从床上一跃而起。

他将自行车踩踏得更加有节奏感了。锵锵锵锵,在一番旋律铺垫下,他竟然朗声唱起了蒋大为的代表作,"在那桃花盛开的地方,有我美丽的家乡……",他的嗓音沙哑干枯,但这并不影响他对生活的憧憬。小河水哗啦啦流着,鸭子成双结对嬉戏着,耿土元兴冲冲的,龙头一个拐弯,直向李桂芹宿舍方向驶去。

恰巧是休息日,另外两个女工外出了,只剩李桂芹。她洗刷着一堆衣服鞋子。一双男人球鞋,四十三码,宽宽阔阔,耿土元看着狐疑,她自豪地解释:"我儿子的。"

"儿子在一家企业打工,好歹也是坐在办公室里,打打电脑。"她还在絮叨,耿土元看着她的嘴唇,觉得很像雨后的桃花,娇嫩而湿润。他情不自禁,站起来,来摸她的嘴唇。

她垂下眼皮,并没有躲避。相反,她做出了回应,嘴唇在他手上来回噏着——甚至可以说是在亲吻。她的脸一直涨得通红。

耿土元身体里那条充满欲望的蛇终于爬出来了。他急转身,一把抱住了她。于是,在那张狭窄的单人床上,他完成了念想很久的事。

很爽。似乎有几年的光景没有这样爽过了。耿土元赖着,都不想起床穿裤衩。李桂芹麻利地梳洗干净后,给他端茶倒水。他容光焕发起来,好像刚刚服了一颗仙丹。窗外,有几片淡淡的白云,若有似无,一点一点向前移动,如果不仔细看,一点瞧不出它在南移。耿土元觉得,他好像还是那个四十年前有着一身蛮力的小伙子,挑起河泥健步如飞,肱二头肌一隆一隆,在日光下冒出的一滴滴汗珠很像柴油。

不过,耿土元对刚才的事还有一些不尽兴之意,他感觉太快了!快得不可思议!就像一列火车呜呜穿过一个黑漆漆的山洞,还没有完全体验,火车头已经又显露在白花花的天光之下。

耿土元喝了一口李桂芹给他泡的浓茶,脚指头动了动。

他问:"你就心甘情愿跟我老头子了?"

李桂芹不正面回答,问:"你哪儿老了?"

耿土元听了这话很舒服,越发觉得雄赳赳气昂昂了。他内心喷出了一股绵柔之情,他想他是真的喜欢这个李桂芹,做家务麻利、干净,说话体贴,也不多余,更重要的是,她把他人生的激情焕发出来了。每一片树叶,每一朵云彩,落在他眼里,是多么富有新鲜色彩啊!

他凑在她耳朵旁说悄悄话,意思是,再熬两个月,索性让她搬到他那边去住,彼此也有个照应。

哪想到她嘴一噘,说:"我不去,名不正言不顺。"

这一噘,带着点骨气和可爱,耿土元更加喜欢了,说:"好好,咱们去领结婚证!"

话一跳出口,耿土元自己也怦然心动了。仿佛经过漫漫长夜的煎熬后,人生的另一扇大门即将向他开启。他一骨碌从床上爬起来,继续抽烟,他要把家里好好装修一下,不仅要铺瓷砖,安装抽水马桶,还要装上空调,再弄个太阳能热水器!像城里人一样,一冷一热再也不用去怕它!他和李桂芹,也可以光着膀子,舒舒服服躺在在房间里逍遥!

耿土元回到自家院子里,看见租住他猪房的老丁一家人在吃西红柿面条。呼哧呼哧,吃得热火朝天。

老耿有点惭愧,这房屋以前确实用来养猪的,墙上还存留着猪拱过的痕迹,仔细一嗅,还有股猪的尿骚味隐隐飘来。但老丁非要租,房租费便宜,一个月才三十元,他把两张木长凳一架,木板一搭、褥子一铺,床就好了,一个家就像样了,四口人都睡在那上面,横七竖八。

小肖赤着膊,趿着拖鞋,走过来,一路高声大气,说:"哟,老耿回来了!"耿土元只觉他身材单薄,肋骨一根一根,看得清清楚楚,不禁有种战胜者的笑容浮上来。小肖手里捏着几张烂灰灰的十元钱纸币,递给耿土元。

耿土元一数:"怎么才六十元?"小肖住的房间是楼上,通风,采光好,八十元一个月的房租还算便宜他了!

小肖眼睛挤挤,好像有种难言之隐。他们一前一后,来到屋后边,站到一棵树底下,撒尿。耿土元瞟了一眼,小肖那玩意儿,好像很不景气,蔫唧唧的,射程一点也不远。算啦!耿土元吐了口浓痰,对于本应属于他的二十元钱没有细加追讨。

小肖说:"一个女人为我怀孕了,再过两个月就要生孩子,我要回湖南去一趟。"耿土元听着很新鲜,说:"小肖,你总算有自己的种了。"

小肖突然一个急转弯,连裤裆上的拉链还没拉好,哭丧着脸,说:"耿大哥,我开心是开心,可回去什么都要开销,厂子里的钱才发那么一点,我连坐火车的路费都掏不出来。"

"所以……"小肖的话在喉咙口哽了两下,还是下决心说出口,"我想,问你耿大哥借点钱,三百元,行不行?"

耿土元没有吱声,内心却波涛起伏,暗想,你小子是放小鱼钓大鱼呢!

小肖继续愁眉苦脸,叹他的苦经,说着说着,他蹲下来,越发显得瘦骨嶙峋,蜷缩在树底下,如同秋天的一片叶子,土灰色,憔悴着。耿土元想,好歹,他和另外一个女人有了孩子,而且要回湖南,那就意味着和他前妻李桂芹不会再纠缠不清,倒也很爽气。三百元钱算什么?就算打水漂,也值得了。

想到这里,他拍拍小肖的肩说:"起来!男人做事情,要顶天立地,要扛得起放得下,那路费包在我身上了。"

八

天边黑沉沉一片,仿佛郁积了很多心事。空气闷热得很,蜻蜓飞得极低,在耿土元的胸脯上擦来擦去。耿华来了个电话,说星期天她回家。上星期,耿土元开口向耿华讨了只二手手机,她也快人快语,已经通过邮政汇到老耿手上,现在正被李桂芹用着呢!

耿土元说:"没啥事,你还是安心做好你的事,多赚钱,也好给你老爹汇点香烟钱。"耿华口齿伶俐,说一定要回来,要给娘上炷清香,磕个头。耿土元也就不吱声了。

阵雨还没完全落下来,两辆摩托车呼啸着,冲到耿土元的院子里,是两个舅子,后面载着厚嘴唇大姨。他们神情严肃,有点来势汹汹的味道。耿土元木讷着,上前招呼,发烟,大舅子没接,径直向里屋走去,立在兰娣的遗照下。不消半分钟,大姨子拉开响亮的嗓子,哭号起来:"我苦命的妹子啊……"

耿土元想,这几天并不需要特别的祭拜,他们过来,事出有因。他静静地站着,默默看着墙上的兰娣,心里有点发虚。

果然,大舅子开门见山,一点也没有谦敬的意思,他直呼耿土元的名字,说:"我二姐尸骨未寒,你倒逍遥快活,勾搭上了其他的女人。"

大姨子哭哭啼啼,鼻涕眼泪混杂在一起,说:"我妹子一辈子没吃到你好饭,活着时,就受你的冤枉气,你到处瞎搞,女人一个又一个,我妹子得宫颈癌,大半是你作的孽!"

到处瞎搞女人?耿土元吃了一惊,天地良心!兰娣活着时,他就她一个女人,因此他也常被那帮老弟兄嘲笑说,有贼心没贼胆!那次他偷看到洗澡的女人顺溜滴滑的身体后,渴得一连几夜都没睡好,但也仅仅是脑子里胡思乱想罢了,还遭遇了一场惊吓,裹在被子里,浑身像打摆子一样直发颤。

大姨子的厚嘴唇翻翘着,她还在控诉:"那天我们去关亡,兰娣就抱着我,说,姐儿啊,我在阴曹地府,是万箭穿心哪!那个贼女人,比我的女儿才大七岁哪,这不是搅得我家要乱伦吗?!她要骗光我家的钱,抢去我的房子,到时连我的女儿要给我烧碗羹饭都没个地方了!"

耿土元吓得惊退到墙角,半晌,说不出话来。平时,他最反对巫婆迷信一类的东西,现在,他暗自吃惊,她们凭借什么本事把世事洞察得这么一清二楚?

屋外院子里,不知什么时候,竟站满了人,张头探脑,一个个伸长了脖子,连楼上租住的外地人也拥下来。一瞬间,耿土元成了千夫可指的对象,唾沫星子如夏天的一场暴雨,噼噼啪啪不分青红皂白劈面打来。

两个舅子很强悍地坐在八仙桌旁,脸色赤紫,倒显得兰娣的死因是个疑点了,他们砸锅卖铁,也要替他们死去的二姐追讨个说法了。尤其是大舅子,一拳头敲下去,震得桌上的瓷杯子跳了两下。

大姨子还在哭,撕心裂肺,比出殡那天哭得还要厉害。

耿土元只觉眼皮重得很,如同孙悟空当年被如来佛压在五行山下百般无奈。他活了六十岁的年纪,竟随着大姨子的几声哭诉,所有的历史全部改写!

大姨子已彻底否定了他是个人的想法,她说:"畜生,当初我妈是瞎了眼,才把我妹儿嫁给你!"

屋子里的气氛紧张、高亢,大有琵琶声越弹越高,趋向断弦的味道。耿土元一句话也说不出。他悲愤地望着兰娣的照片,他倒想让兰娣开开口,来证明一下他耿土元到底对她怎么样!

可惜,兰娣笑得很花气,抿着嘴,故意不说。

幸亏耿娟赶到了,说尽好话,才让几个长辈暂时压下心中的怒气。

耿土元绕道隔河的自留地上,他看见青菜碧绿鲜嫩,韭菜旺盛蓬勃,他蹲下来,粗糙的手指摸在菜叶上,几滴眼泪随即滚落。兰娣走了,没有谁能证明他是怎样的人了!这些蔬菜,吃了一茬又一茬,兰娣有气力时,是她在侍弄,兰娣病了躺倒在床上后,换成他来浇水施肥了。它们看得清清楚楚,他耿土元有怎样的一颗心,这颗心旁边安置的又是怎样一副胆?

月色也显得有股清寒,河水在月光下一跃一跃,有种说不清道不明的迷蒙。许久,耿土元听见女儿耿娟在喊他,那喊声,一长一短:"爸——爸!"焦急而担心。他委屈得像小孩子,一时间眼泪水簌簌落落。

房子很暗。黑魆魆的,踢翻了长凳,碰到了茶杯,只有一屋子人的气息,人都走光了,但味道还在,耿土元的心紧缩了几下,感到抽搐后的疼痛。他妈的,老子活了一把年纪,要他们来管?他们有什么好老卵的?他突然有了种反击的快感,把压在舌头底下的唾沫喷射出来,狠狠地吐在刚才两个舅子坐过的长凳上。

什么鸟人？也配来说我？耿土元越想越生气，想到刚才大舅子盛气凌人、不可一世的腔调，简直把自己当成铁面包公了！耿土元一脚踹过气，把长凳踢得老远。他算什么好鸟呀！常年在外跑采购，一到一个地方就干姐姐、干妹妹认个没完，还带回家，一点也没有羞耻感，大舅子老婆也是睁只眼闭只眼，能怎样呢？得过且过。现在倒是他嚣张了！这让耿土元窝火得几乎想把房子都掀了！

　　耿娟看他一眼，眼神锐利，他的话就止了。这个家，他只服耿娟。当初兰娣查出得癌症毛病时，他吓得六神无主，瘫坐下来，眼巴巴瞅着耿娟。耿娟是小学老师，说话铿锵有力，做事有条不紊，耿土元依赖这个女儿，似乎也有点惧怕她。

　　耿娟蹲坐在灶锅前，烧热水，柴火在灶膛噼啪噼啪地响，她还是不提那事。

　　她站起身揭开锅盖时，一缕头发从额角飘落下来，她的身体呈弧形状，腰部发圆，也有中年发福的趋向了。

　　她只比李桂芹小七岁。耿土元忽然意识到事实中存在的尴尬了。但他很会自我消化，女儿是女儿，女人是女人，两码事，小锅里的水不会长脚跳到大锅里的。

　　耿娟冲好了洗澡水，耿土元晕晕沉沉，一脚踏进去洗澡，末了，才发现替换的短裤没拿，又不好光着身子出来，他沙哑着嗓门，喊耿娟。耿娟推门，又不便正面递给父亲短裤，只见那短裤从上方盘旋而来，如同飞碟，可惜耿土元两手没有抓住，落空了，掉在澡盆里，又成了湿漉漉的一条。

　　他发恨，恨那短裤居然也跟他作对，他一定要娶一个能亲手递给他短裤的女人！

九

小肖还没回湖南,不过快了。那头的女人还有一个月就要临盆,小肖一想到他的亲生骨肉快要从娘肚皮里钻出来,就忍不住要振臂高呼。喝酒!他提议喝酒,要痛痛快快、高高兴兴喝一场!没想到,耿土元很爽气地答应了,这就意味着皮夹子是他老耿来掏,恰巧,老丁做工回来,被老耿揪住了,三人转身就往镇里的小饭馆走。

几杯酒下肚,耿土元心飘忽忽的,饭馆里老板娘来敬酒时,故作风骚,一只手十分绵软地搭在他手背上,他扑扑扑紧跳了几下。他倒想的不是老板娘,而是李桂芹,他觉得,他对她忠贞起来了,外界环境越是凶险,他越要忠贞不渝,来捍卫他和她之间的感情——如果这也算得上是爱情。

他脸红了,为自己的动情。

耿土元想,我是真心要和李桂芹过日子的,回去无论如何要打开天窗说亮话了。

锵锵锵锵!锵锵锵!十一点钟,门被撞开了,三个男人步履踉跄,推推搡搡,满脸酒气。他们三人喝了五瓶泗洪特酿,居然一个也没趴下,那味道,真叫爽啊!

一路上,耿土元唱京剧:"穿林海——过雪原——气冲霄汉——哈——哈——哈——哈!"耿土元尽情地吸着松树那令人陶醉的清香。人,应该是自由的!他有权选择自己的生活。六十岁又怎么了?也许对别人来说,六十早该知天命,得老老实实听从命运的安排啦!他不是这样认为的,他的新生活,才刚刚开始,没有谁能够粗暴地干涉!他是人,是个健康存在的男人！虽然不会像年轻人那样激情,但起码,他需要感情,需要温度、需要气息。否则,他就会像是蜘蛛网上了那苍蝇的空壳,一碰就碎,比糠皮还轻,任何时刻都会随风而去。

两个女儿,正坐在客厅等他。耿华什么时候回来的？他自然很高兴,嘴唇牵了牵,但很快,他觉察到了她们脸上的不悦。耿娟眉毛拧成了疙瘩,一副清汤寡水的样子。耿华拉了个钢丝型头发,双手交叉抱在胸前。

小肖打了个饱嗝,上楼睡觉去了,老丁也屁股一转,回他的住房了。耿土元喉咙口似乎有火烧得焦毛味,他手脚用力划了几下,指指喉咙,意思要喝水。耿娟想了想,递给他一个大茶缸。

等他喝净水,落座,谈话开始了,气氛有点沉闷。

耿娟开门见山,问:"你们是怎样认识的？她怎样的状况？"

耿土元一五一十,没有偷工减料,也没有添油加醋,怀着对生活的热爱,他叙述得很深情,当提到李桂芹这个名字时,他的嗓音带着甜蜜的节奏感,李——桂——芹,舌尖抵着牙齿,轻快得很。

"就这样。"耿土元摊开两手,看着两个女儿惊愕的表情时,他竟有种从生活底层中跳跃出来的快意。对,跳跃！就像鱼儿挣扎着跃出水面时凌空的那个动作。

耿华推了推架在鼻梁上的眼镜说:"她？四十几岁的女人,离过两次婚,心思密着呢！她会心甘情愿跟你这个老头子？鬼才相信！还不是看上你的房子和养老金？"

耿土元说:"这你就错了,我们决定过了年就去领结婚证。"

耿娟站起来,倒了些水,慢条斯理说道:"爹,你找女人,我们并不反对,有个老来伴,你的生活也充实,我们做子女的也放心。问题是要找个知根知底、年龄相仿的人。你看,我们对那个女人的背景一无所知,离过两次婚,介绍人竟是她的前夫,还住在你家的楼上,这不让人笑掉大牙吗?到时他们神不知鬼不觉把你的东西席卷而空,你还不清楚呢!依我看——索性爽爽气气找个本地阿姨,有个照顾,能过日子,不就行了!"

耿华尖着嗓门,附和着:"是啊,就像隔壁秦二妹,就挺不错的!"

她?秦二妹?耿土元习惯性地从鼻子喷出了一捧灰,浑身的鸡屎味,让他和这样的老太婆过日子,生活中还有什么情趣?

耿土元干笑着,问耿华:"你开什么玩笑呢?那老太婆尖酸又刻薄,处处打着小算盘,她进门,才是一场祸害!"

耿娟又给耿土元列举了另外几个人选,杏花村、莲望村、夏家桥、赵石基,方圆十里四五个村丧偶的老太婆名字全都报上来。耿土元侧着身,一边用棉签掏着耳屎,然后,将耳屎吹得远远的,慢吞吞说:"这些人我一个都不中意。"

耿娟恼火了,声音提高了八度,很不客气地质问起来:"你就中意李桂芹吗?你搞过她了?这样一根筋!"

耿土元的脚指头往后缩了一下。

耿娟忽然也被自己的问话惊吓住了。万一父亲真的碰了那女人,她以此为把柄来要挟,那事情还真没完没了!这些外地人,谁知道会闹出怎样的荒唐事!

耿娟狐疑的眼神再次落到耿土元脸上,耿土元沉默着。他的沉默就像一只地鳖虫,软弱、自私、但又任性、偏执。当年是母亲兰娣屈忍着,为他遮住了种种难以启齿的丑事。想不到,母亲过世了,他脾性未改,依然胡闹着,丝毫不为她们做女儿的考虑。

耿娟看看黄渍渍的墙,母亲在笑,她却想哭了,父亲怎么这么快就把母亲遗忘了呢?还尽给她出难题。

昨晚,她就受了一肚皮的冤枉气,丈夫孙俊回来吃饭,唬着个脸,筷子扔到汤碗里。他反问耿娟:"你父亲到底什么意思?我好歹也是个科长,走出去有头有脸,现在要被他这种丑事耻笑?"

耿娟一口饭噎在喉咙口,吞也不是,吐也不是,脸呛成猪肝色。她没想到,丈夫也被牵连到父亲的风流韵事里了。孙俊原本就对她娘家的人不冷不热,现在更不用说了,眼梢提得老高,一脸的鄙视。

耿娟越想越伤心,呜咽了几声,竟像开闸的水,一泻千里,再也收不住了。

耿华说:"爸,做人不能太自私了,你该替我们想想,总不能——在我们脸上抹黑吧!"

抹黑?我在你们脸上抹黑?耿土元瞪大眼睛往外瞧,就像一只尖嘴鸟被套在鸟袋里。屋里的窗子都关着,有一股许久未散的烟味。

耿华还没消气,又使劲甩出了几张花花绿绿的碟片。耿土元一看,傻眼了,他向楼上小伙子借的毛片,藏在抽屉里,怎么被她俩搜到了?

毛片封面上的几个女人,脱光了衣服,正冲他挤眉弄眼。

十

河面上笼着一层薄雾,耿土元深深吸了一口气,十分酣畅。他骑着电动车,电动车如小驴子,有种欢快的劲儿,这辆车,花了他一千多元钱,他喜欢拧到最快的速度,疾驰,李桂芹就把他的腰抱得紧紧的,他是故意惊吓她,又独独享受起她被惊吓以后的可怜相。

其实,他对李桂芹最满意的地方,就是她从来没问他要过一分钱。钱这东西,谁不敏感?他也不是糊涂人。现在方圆十里,哪个不说李桂芹是冲着他这点钱,才和他老头子过日脚?她的儿子,二十多岁,还未成家,要想在这江南一带落户,没有房子等于是做梦!

在他眼里,李桂芹朴素而优雅,她绝口不提钱字,好像手上有块抹布,会把那种铜钱味道揩得干干净净。她越是这样,他就越欢喜。她的朴素里含着尊严,他要让她把尊严长久地保存。他在枕头上翻来覆去想,枕头也被他头发擦出了一股油哈味,他听见蛙声高低错乱,不知道在吵闹些什么,他想,这世界上的人都不知道我究竟要些什么?兰娣可能明白,但她走了。那么,谁还有权利来支配我呢?我是我自己的。

蒿草丛中飞出许多蛾子,簇拥着,挤在他的眼前,晃个不停,他觉得这些蛾子像极了他身边的人,指指戳戳,成天在胡说八道,他对他们充满了嫌恶,呸!本地人,本地人!他才不要再找本地人当老婆呢!本地人心肠最恶,他们喷出来的口水都是有毒的。

女儿呢?那的的确确是泼出去的水,靠得着什么呢?那夜,他喝多了酒,望着黑沉沉的天,悲从中来,拨耿娟手机,关机,肯定在麻将桌上,怕人打搅。拨耿华电话,忙音,根本就没人接。他靠在杨树根上,呕吐了几次,心想,我要是跌到河里淹死了,也没人晓得,可能要等到三天以后尸体浮起来才会被人发现。风,挺冷,刮在他脖子上,凉飕飕的。天上还残留着几颗星星,似乎也在哀叹他的可怜,他想,人活着,真是孤独啊!

最后,他是拨通了李桂芹的电话。李桂芹夜班回来,摸黑赶到他待着的杨树根前,她瘦弱的肩胛骨撑起他阔实的后背,有点站立不稳。他伏在上面,开始呜咽,他觉得自己活了一把年纪,到头来却像只没人要的狗,蜷缩在荒野里,而她是个好心人,收留了他,给他饭吃,喂他水喝。他双手紧紧攥住了她的胳膊,生怕她一不留神,会突然丢下他。

这些话,他懒得跟女儿讲了,她们太忙,哪有闲工夫听他扯这些。可能也不会相信。人又何尝不是一只狗呢? 转来转去,无非想找一个温暖的狗窝?

耿土元的电动车绕了一个多小时,才到李桂芹的宿舍,不过她人并不在,同屋的人说她去长途车站送人了。送人? 耿土元第一个反应是她去送小肖了! 醋意顿时像条虫子爬到他眉心,吱嘎一声,电动车向前窜出百米远。

果然,两个人在车站默立着,耿土元躲在墙角后,暗中观察。李桂芹从随身携带的布包里掏出几件婴儿服和一双虎头鞋,递给小肖,说:"你要做父亲了,我替你高兴,没啥送你,这些是我亲手做的,想来你也不会嫌弃。"

小肖斜立着,像株被风吹歪了的高粱,他抹了抹脸,脸有点红,说:"老耿是个好人,你和他在一起,应该能享到福了。"

李桂芹看了他一眼,认认真真说:"那我更要谢你了!"

小肖有些慌乱,连声说:"同乡,同乡,那么客气干吗?!"

耿土元脚底有点发软,心想,我的妈呀! 幸亏没说夫妻,如果说了夫妻,他耿土元又算哪根葱呢?

李桂芹又掏出两条烟给小肖,说:"这烟麻烦你给我父亲,只是——你千万别跟他提老耿的年龄,老耿是大我很多,但人好,我就贪他这点。人活着,怎样才能算满足呢?"

耿土元平时有点耳背,偏偏李桂芹这几句话滴水不漏淌进他耳朵里,听得他鼻子有点酸酸的。

十一

天色完全黑了,鸭子还在池塘里,呱呱呱欢畅着。

耿娟给丈夫放好洗澡水,拿好浴衣,一回头,孙俊的手机响了。孙俊说:"所里有活动,我出去一下。"

耿娟点点头,近乎麻木。

时间,真是最好的魔法师,它抚平了人间的忧伤,也淡忘了曾经发生的一切。这一点,耿娟是最有体会的,当时母亲落气时,她眼睁睁看着父亲耿土元向后倒去,那种悲伤,怎么可能是装出来的呢?几十年的夫妻情,十指连心。现在呢?她最怕人家问起她父亲。他倒像周伯通,越老越没记性,越老越糊涂得出了格。

孙俊似乎也因为这件事,看经了她几分,说话时鼻子里喷气,说:"感情?感情值几钿?"中午,酒桌上恰好说到耿土元,有人就指着孙俊的鼻尖说:"你老丈人挺赶时尚,也属新新人类,真是旧的不去新的哪来?难怪你……"孙俊恼火了,站起来,二话没说,一杯啤酒迎面泼过去,把说话的那人泼得一愣一愣,幸亏旁边的人反应快,劝住了。

孙俊是心高气傲的人,哪受得了一帮鸟人作践自己,因此把火全撒在了耿娟身上。耿娟想,眼不见为净,索性像耿华一样,在上海不闻不问倒也罢了,但她偏偏挨着耿家村住着,方圆十里,哪个不是熟面孔?谁家出了点桃色事件,还不像猴子出把戏一样,要被闲人看个究竟。

上梁不正下梁歪。父亲再胡闹下去,孙俊也就更有资本嘲笑她、羞辱她,然后,光明正大去泡小蜜。那她的家庭岂不是也毁了?

树叶一片一片,开始飘落,落到河里,落到去耿家村的路上。这些叶子黄黄绿绿,根本禁不起一夜风的猛吹。耿娟一起床就感觉头昏恶心,昨夜麻将搓到凌晨两点才收工,讲好十二点结束的,王淑娇不肯,她输得多,一心想翻本,其他人也只好陪下去。耿娟有点心神不定,边搓边猜,她和孙俊会谁先到家呢?结果,还是她先到家了。黑漆漆的房间,摸着门把锁,心也有点寒。孙俊手机关机。最近他的活动越来越频繁,小小一个科长,哪有那么多应酬?前一阵子,耿娟还旁敲侧击,企图用温柔的言语来跟孙俊沟通一下。夫妻之间,沟通最重要了,如果两人仅仅是睡在一张床上,吃在一个锅里,彼此不闻不问,那跟一般人相处又有什么区别呢?

可惜,孙俊只安静了一个晚上,他们的身体暖在一起,像两只氢气球。两人都明显发福了,人到中年,没有了冲劲,只是能歇就歇,何必去拼命呢?孙俊懒洋洋地抚摸着耿娟的胸脯,也没有做那种事的念头。结果,屁股对屁股,睡着了。第二第三天,孙俊生活一切照旧,说与不说,好像一个样,耿娟心里苦苦的,涩涩的,老公毕竟不是学生,可以一把耳朵揪住,让他好好反省反省。

耿娟憋住了,不想让自己叹气,女人多叹气,皱纹也会多生几条。她踩在树叶上,听见窸窸窣窣的响声,这声音细密得很,但让人警觉,耿娟停下来,弯腰捡起一片,掉了两滴眼泪。耿娟想母亲活着的时候,她要忙里抽空,硬是挤出时间,回家给母亲擦身、梳头、喂饭。那时真叫累啊!夜晚两条腿搁在被褥上,都能感觉出骨头里发出的嗡嗡嗡的声音。父亲在厨房里煎药,中药的味道溢出来,闻到最后也习惯了,觉得中药里有股淡淡的香味。母亲看着她,吃力地微笑着,笑容里带着满足。耿娟并不指责妹妹耿华,她是长女,多服侍一下双亲也心甘情愿。所以,那时的日子虽累,却很充实。

现在呢？母亲走了，连同她的生活也空虚了。怎么会这样？耿娟吸了下鼻子，觉得有点不可思议，耿华忙着赚钱，父亲迷恋上了外地女人，孙俊热衷于喝酒唱歌，她却犯起了麻将瘾。这，很不好，她也知道，但身不由己，她能怎样呢？难道把自己关在屋里成天胡思乱想？

十二

江南的秋天和夏天连接得那么紧密，就在一片模糊不清的季节里，耿土元穿上了长袖线衣。线衣是李桂芹一针一针织出来的，也不知道她什么时候织出来的。她下班回到宿舍，她还有一大堆活儿，伏着背，锁着眉，在二十瓦灯泡下一针上一针下做外贸加工活，一直要做到深夜十二点。耿土元替她算过了，一个袖口加工才三毛钱，一晚上撑死了加工二十个袖口，才六元钱，何苦来哉！

她不是这样算的，眼神总是笑眯眯，说："聚少成多嘛！"

房东来收一个季度的房费了，算一算，也要四百五，等于她每个晚上的辛苦活全白做了。耿土元抓住了机会，拼命游说她住到他家去，何必花这个冤枉钱呢？他家的房子空着也是空着，为什么不利用起来呢？二来也省得他每晚摸黑赶路，到底年纪大了，有时一脚跨过去，真怕踩到河泥塘里，从此再也爬不上来了。

李桂芹犹豫了一阵，她那时的表情，特别像春天到处飞舞的柳絮，有点怅然若失。耿土元唤了她好几声，她才慢悠悠掉转过头，说："好吧。"

就在那天晚上，耿土元见到了她儿子，挺正气的一个小伙子，眉清目秀，一米八的个头，他喊耿土元伯伯，耿土元胸口被堵了一下，黯然神伤,心想,我要是也有一个身强力壮的儿子,就不会这样孤单了!

小伙子叫陈立,中专毕业,在一家乡镇企业办公室管理电脑。

别看陈立胡须还没长硬,做起事来却老成持重,有板有眼,他发了根烟给耿土元,下意识带着耿土元来到巷子口,开始了男人之间的对话。

陈立说:"我妈这半辈子过得太辛苦了!现在,我尊重她的选择,她待人善良,也希望对方能诚心诚意对她。"

耿土元连连点头,说:"那是,那是。"

陈立又说:"这次,你请她住到你家去,她考虑了好久,她也不想被人看作是随随便便的人。"

耿土元也是个聪明人,哪会等到陈立点穿呢,他迫不及待接口说下去:"你放心,过年我就将你妈户口迁过来。"

李桂芹搬到耿家村,也算是乔迁之喜,陈立掏出一百元钱,要热闹一下。他们来到小饭馆,老板娘倚在门口,胸脯挺得像刚出笼的馒头,散发着阵阵热气。陈立用手机打了电话,不一会儿,过来一个男人,五十开外,暴牙,酒糟鼻,皮带歪歪斜斜束在毛衣外头,一双皮鞋沾满了泥巴,袜子各不一样。

李桂芹并不惊讶,站起身,提壶倒茶。

陈立的普通话说得比李桂芹标准多了,他做了个手势,介绍道:"我父亲,陈国强。"

耿土元的大脑瞬间出现了短路现象,他呆呆立了片刻,陈立的父亲?那也就是李桂芹第一个前夫了?怎么这些前夫都生活在她的周围呢?好像关系也都还不错,彼此之间并不像苦大仇深的样子。

四个人坐下来吃饭,一人一位。风骚的老板娘还不忘记来敬敬酒,这让耿土元有了一种外援的力量。因为陈立开口一个爸,闭口一个妈,显然他们是一家子,他耿土元搁在中间整个一傻帽。耿土元筷子哗啦滑到地上,老板娘帮他捡起来,捡的时候暗中拧了一下他的大腿,然后撩起衣裙擦了一下筷子,递给耿土元。

耿土元惊醒了,他调整呼吸,喝酒!他要喝倒陈国强,喝翻陈国强!这叫气势上压人!他给陈国强斟上满满一碗黄酒,说:"干杯!"陈国强酒糟鼻上几根外翘的鼻毛动了动,他面露难色,说:"随意吧!"

"男人怎么能随意呢?"耿土元沙哑着喉咙说。

李桂芹顺势坐到耿土元边上,揿住他的碗,说:"你也不要干,你以为你是小伙子?身体要紧。"

陈立赶紧打圆场,说:"对,对,身体要紧,喝得痛快就行,都不要强求。"

气氛缓和下来,李桂芹也不坐回去了,她就待在耿土元身边,夹菜、添酒,有时手还要搭在耿土元肩上,摇两下,耿土元觉得她是故意做给陈国强看的。看来,当年山村里的客栈小老板,生活得也并不如意啊!他跟小服务员结婚后生了两个娃,日子就开始走下坡路,不得已也到江苏来打工。他们那个村上的人几乎都出来了,窝在山村干吗?等着喝西北风?水往低处流,人往高处走,在江苏赚上一年,回老家至少可以花上三年!

喝酒喝到正事上了。陈国强也摆出了男人味道,借着酒胆,粗声大气,说:"老耿,我陈国强福气没你好,硬是让桂芹从我身边跑了,现在我把她交到你手上,你——今年底——一定要和她去领结婚证!不能糊里糊涂!"

陈国强叉着腰,十分粗壮,似乎他代表着正义,说起话来也是那么义正词严。李桂芹低眉顺眼。眼前的状况,很让耿土元感慨,女人的命运啊,正如一片叶子,在湍急的水流里漂来漂去,却不知道归宿到底在哪儿!

耿土元把陈国强的酒气当成了豪气,只觉热血沸腾,他也拍胸脯,口齿含糊,说:"放心!我耿土元答应的事决不会当屁一样空放!"

回去的路上,李桂芹有些吞吞吐吐,哽了半天还是说出来了,她说:"老耿,今天喝酒,你千万别以为陈国强是我叫过来的,是陈立。到底是骨肉亲,这娃惦记着父亲也很正常,做人哪,哪能都那么绝情呢?过去他是太狠心了,但人的心到底不是石头做的,它也会一点点一点点发生变化。"

耿土元若有所思,伸出手臂将李桂芹挽得更紧了。路过耿娟的房子,耿土元抬头看了看,耿娟的屋里亮着灯,人影映在窗帘上有点发虚。耿土元看着女儿的身影,竟觉一会儿寒,一会儿暖。他的眉毛耷拉下来,显得心事重重,脚步也飘忽不定了。

十三

离耿家村不远的夏家桥竟发生了一件凶杀案!外地人租住本地人房子,两家的小孩发生了争执,租客竟活活将东家小孩闷死,甩在粪坑里。

这血腥事件太残酷了!它让耿家村的老百姓也坐卧不宁,议论纷纷。跟这帮外地人有什么道理可言?他们根本就是法盲,愚昧无知到了极点!村民们开始犹豫了,考虑要不要再将房子租给他们。

临晨四点多,耿娟还没睡着。失眠,像一只可恶的怪兽追咬着她,吓得她浑身冒虚汗。原因很多,关键还是那件凶杀案,她听得毛骨悚然——她的生活中也被很多不相识的人介入,他们像空气中的尘埃,无声无息,但有极强的爆发力,一不小心,就会把她的世界破坏得不堪设想。

她越想越怕,咚的一声从床上跳起。不行!她得去找父亲,她不能眼睁睁看着父亲荒唐下去!

推开耿土元的房门时,她并没有料到房间里正发生着故事。她一脚踏进去,就惊呼着退了出来,脸红得像熟柿子。耿娟逃出耿家村,狂乱的心跳才渐渐地平稳了一点。她觉得她对事态的变化越来把握不住了,好像谁都很快慰,他们风流快活,逍遥自在。唯独她,惊惧、伤感而愤怒着。

整整半个月,父女俩没有对话。

耿娟吃不香、睡不稳,天天做噩梦。

耿娟不停地打寒战,她儿子上初中,上学放学都是一个人骑车,如果耿土元有什么事处理不当,那不都报应在她儿子身上?她惊吓得脸色苍白,大口喘气。看来,父亲与那女人是纠缠不清了,她真不愿回想那画面。但人就是怪,越想逃避,它就越像条蛇要往你的心上钻,而且要咬个大大的窟窿,让你哭,让你难受!那天,推门进去,父亲裸着上身,女人留给她的也是光溜溜的背影,然后是刺眼的白。耿娟匆忙收回自己的眼睛,转眼又瞥到地上凌乱的衣服,她的心被重重刺痛!

疯了。真是疯了!

耿娟去河滩边洗衣服,秦二妹蹲在她边上择菜。

秦二妹故意将嗓门压得很低很低,耿娟最讨厌这样的做法了,故作神秘,她很不想搭理。但秦二妹硬要凑过来,还凑到她的耳根边,一字一顿地说:"你阿晓得,你父亲和那女人的前两个男人都吃过饭喝过酒,亲热得很哪!小心,他们一帮人就是一个团伙,你父亲是耍不过他们的,到时,吃亏受害的是你们小辈啊!"

耿娟沾了一手肥皂泡,泡泡在阳光下闪耀着七彩的光芒,她吹了一吹,说:"当心,今晚有暴雨,记得要把门窗关好。"

果然,晚上的暴雨劈头盖脸打下来,一下就是三个小时,耿家村小池塘里的水涨起来,漂满了枯枝烂叶。闪电轰隆一响,恰恰把耿娟家的电视机给打坏了。一缕白烟,噌地溢满了房间,焦煳味冲进了耿娟的鼻孔。她神经质地尖叫起来。

征兆!不吉之兆!她忽然对此深信不疑。

早晨,她快快赶到父亲庭院,那女人蹲在墙角刷牙,一嘴的泡沫,她知道耿娟的身份,慌忙立起来想招呼。耿娟勉强笑了一下,就闪进房屋。耿土元还没起床,靠在床栏上抽烟,房间里烟雾腾腾。耿娟反手把门上了锁,她说:"爹,你就准备和她过日子了?"

耿土元眼睛鲜亮亮。这几天他也在反复考虑,怎样和耿娟把话题挑明呢?他明白女儿的担心,问题的根源是女儿还不清楚李桂芹是怎样一个人。所以,他要竭尽全力把李桂芹的好处说出来。

他并不性急,慢悠悠抽着烟,这几个月他的感触太深了!李桂芹的脾性跟兰娣一样温柔,没有火气,做什么事都是为别人考虑,自己吃点亏都不要紧,这样的女人,就是水,滑滑嫩嫩,他和她在一起,也年轻了一大截。李桂芹的双手是闲不住的,把厨房收拾得一尘不染,卧室里更有股温暖的滋味,他耿土元老了,最渴望的就是这家的气息。夜晚,李桂芹温一壶黄酒,他喝一口酒,看一眼在旁做加工活的李桂芹,心里就暖一下,他真想跟耿娟耿华说:"女儿啊!李桂芹说不定就是你妈安排她到我身边来的,你们可千万不要怠慢她啊!"

耿土元打定了主意,这年一过,他要陪她去趟老家,回来就领证结婚。

现在耿娟就在眼前,问的正是他所想的,他不紧不慢,让心里话一句句流淌出来,说到深情处,眼泪也掉下来。

耿娟不说话,牙齿咬得紧紧的。

许久,她说:"你干吗一定要领证呢?这样凑合着过过,不就得了?"

耿土元瞪大了眼睛,说:"那不是非法同居?亏你还是个老师,一点法律意识都没有!"

耿娟生气了,冷笑说:"你有泫律意识?你有没有想过《婚姻法》里的具体内容!"

耿土元张嘴结舌,一下子愣住了,这些细节他到没有考虑过,看看耿娟那副自命清高的样子,他就夹气,刚才一番情真意切的话非但打动不了她,还拿什么法律条文来唬他,哼!有什么了不起的,明天他就到镇上律师事务所去打探个清楚。

末了,耿娟蛮横地追添了一句:"不经过我和耿华同意,你和她结婚,休想!"

"你!"耿土元气得把手边的茶杯扔出去,哐当一声,惊吓到了门外的李桂芹。她来敲门,耿娟不容分说,推开她,风一样疾步往回走。耿娟的眼里蓄满了泪水,她也想哭!狠狠哭一场!

十四

耿土元双目紧闭,这是夜间最黑暗的时刻,他猛抽一口烟,吸进了秋蝉衰弱的鸣叫声。

"不经过我和耿华同意,你和她结婚,休想!"

反了还不成?谁是父亲?谁是女儿?她有什么资格说这种话?哼,说到底,现在结婚程序方便得很,两个人的身份证往婚姻登记所的桌子上一放,谁能阻拦?

那摔破的茶杯又被李桂芹捡起来,用强力透明胶粘好,放在桌子上,他看着就扎眼,耿娟啊耿娟,你设身处地为我孤老头子考虑了吗?人活着,总要活得舒心坦然啊!

李桂芹在被窝里动了动。她并没有睡着。可也不说话。耿土元手伸进来,窸窸窣窣,碰到了她的乳房。软软滑滑。他并不打算摸下去,给她掖好被角。

"我女儿是刀子嘴豆腐心,你别动气。"他犹豫了再三,还是说了这句话。

"嗯。"

"我俩自己的事,谁能阻止呢?真是笑话,要看她们脸色了!"耿土元愤愤地嘟囔了两句。

"嗯。"

她还是这么一个字。

耿土元发慌了,他不知道"嗯"是什么意思。他睡了她也有近两个月,穿过她沉默的后背,他仿佛看见了小肖、陈立、陈国强三双眼睛,它们虎虎地盯住他,分明在告诫他什么……

耿土元毛毛躁躁,一夜睡得很不是滋味。清早他睁开眼睛时,李桂芹已上早班去了,锅里留着热粥,咕噜咕噜还在泛泡泡。他吃了一碗,反背着两手踱到耿家村的拐弯口时,发现许多村民围聚在一起,谈得热火朝天、唾沫横飞。有人激动得手脚都挥舞起来,也有在树底下暗自发呆。

耿土元心一紧,不知道是祸还是福,伸长脖子去问个明白。

一打听,他的心也高涨起来——因修建高速公路,整个耿家村拆迁。拆迁的原则是按照面积多少提供相应的公寓房。高速公路在这一带呈弧形,穿越整个耿家村,其他相邻的村庄并不妨碍。也就是说,他三间二层旧楼房,可以换上大小两套公寓房。

拆迁工作半年以后要强制执行,红头文件已下到镇里,看来这件事不容更改。这样重要的事怎不让耿家村沸腾呢。

喜悦,像山涧流淌的春水,把他的心缓过来了。耿土元坐在墙根的板凳下,乐滋滋盘算起来。阳光洒着芝麻的香味,为他打开了幸福之门。

他想好了——大的一套,他和李桂芹、陈立住。一家人,热热闹闹,多好!陈立是个不错的小伙子,他打心眼里喜欢。陈立也该到谈婚论嫁的年龄了,将来结婚,就给他腾个新房出来,养个胖孙子,那就更有家的味道了!他耿土元再也不要忍受孤独的滋味,一个人只和自己的影子说话,活着也好像是多余的了。当然,小的那套房子给耿娟和耿华,怎么分配由她们姐妹俩自己说了算。

他给自己沏了壶茶,好像在招待客人。好,就当个客人,有客人来访:新的基点,新的起点。

他端起茶,慢悠悠地呷上一口。

十五

一只小黄狗,整天被耿娟拴在院子里的铁桩上,发出单调而枯燥的汪汪声,听得她心烦意乱。她嫌弃狗,想扔掉算了。可孙俊死活不同意,说狗能带来财运。这不,他屁颠屁颠从摩托车上翻身下来,告诉她耿家村即将拆迁的好消息。

好消息?耿娟倒吸了一口冷气。她对昨天碰到的那个女人佩服得五体投地,她可真有预见性啊!早就预料到江苏的农村会发生翻天覆地的变化,所以三五一伙,合计着找上她父亲的家门。

偏偏她父亲又是个头脑发热、喜欢心血来潮的人,中了邪还没有知觉,一定要见了黄河才算心死呢!

听完耿娟的抱怨,孙俊神情也阴郁起来,他并没有上前抱住疲惫不堪的耿娟,给她安慰,只是冷冷地讥诮:"哼,不赶走那女人,事情有的折腾了。"

他摇了摇身子,像钟摆一样来回挂了两下,又跨上摩托车,留下一股刺鼻的尾气。

耿娟空落落地跌坐在藤椅上。大脑转得很是晕沉,她坚强了几十年,忽然发现自己脆弱不堪,连一片树叶也不如。她顾虑太多,仿佛大都为别人活着——母亲、父亲、丈夫、小孩,一个一个,排着队,结果他们并不领情,走的走了,背叛的背叛,前方是渺茫的荒原。这一场辛苦到底为谁忙?她哀哀地苦笑,像衰败的喇叭花,收拢了曾有的颜色和形状。

不行,说到底她也得为自己争取一份利益!当年盖那三间楼房,她才十七岁,假小子一样,在烈日下,随着母亲搬砖头挑黄沙,眼看着汗珠一滴滴往下淌,湿透了她的内衣。现在,她怎么能随随便便把这份家业拱手送给那外地女人?听凭她坐享其成?她耿娟又怎对得起母亲在天之灵呢?

十六

耿土元动了动手臂,忽然醒了。醒来之后,才发现李桂芹并不在自己身边,今晚她上夜班,还没有回家。耿土元听见楼下有声音,有五六个人在粗声大气直嚷嚷,口音都很熟悉。他却并不感到亲切,整个身子如一张弓紧绷起来,借着黑暗中微弱的光线一步一步下了楼梯。

客厅里点着蜡烛,上着三支清香,兰娣照片下供奉着几盆水果。耿娟面色枯黄,两个多星期不见,她竟然瘦了很多!耿华什么时候也赶回来了?她一脸焦虑地盯着耿娟,问:"姐,你乳房上的肿块发现有多久了?"

还有四个人,一字排开,脸都绷得紧紧的,像四大金刚,个个怒气冲天。那是他女婿孙俊、大姨子和两舅子。耿土元下意识去掏烟,但棉毛衫上并无口袋,他的手落空了,就像他的意识,一片尴尬,一头雾水。

那天是兰娣的生日,他却忘得一干二净!他忙着和李桂芹在床上折腾,折腾够了,就憧憬眼前的幸福生活。

他很是羞愧,眼神怯怯地瞥过去,方寸也乱了,他搞不清出了什么问题,特别是看见耿娟的脸黑瘦得脱了个人形,他慌乱中隐藏着惊惧。

"那肿块是恶性还是良性,要到后天才能知道。"孙俊忧心忡忡回答。

耿娟的泪水哗啦留下来,终于忍不住,哭出声来,说:"妈!你在天之灵,一定要保佑我!"

耿土元脑袋嗡了一下,明白过来。他神色仓皇起来,好像耿娟的毛病与他有直接的关系。果然,大姨子开口了,摇头晃脑说:"妹夫,你做事不能太随心所欲,一定要为亲人考虑!你细想想,为啥耿娟这么快就得病?而且也是妇科病,你的罪孽不轻啊!"

耿华的声音还是那么尖厉、短促,说:"爸,没啥好犹豫!明天你就请她出门!"

她?——她特指谁?还用再指名道姓吗?很显然这一屋子人都是冲着"她"而来的啊!

大姨子说:"瞎眼巧婆已经说了,说她的身上有股邪气,邪里带着恶字,她走到哪里,就会把霉运、厄运带到谁家!你还吃得消吗?"

耿土元眼前有些发黑,他慢慢向门口摸去,看见几颗残星,快了,再过两小时,她就要下夜班回来,而晨曦也将从天边渐渐闪现。

天亮得太快、太猛,耿土元一时有点手足无措,同时一颗心也莫名其妙弹跳起来。昨晚,面对一屋子的人,他似是而非点着头,这头可不是好点的,它意味着承诺,要去兑现,要打开天窗说亮话,把李桂芹请走。他当然心疼女儿,他刚刚失去老婆,怎能眼睁睁看着女儿再染上什么恶疾?三炷清香,心诚则灵,他哆哆嗦嗦,给兰娣磕了三个响头。他再到厨房劈柴点火生炉子,准备烧热水,转身发现一屋子的人散了,都没留一句话,他的泪水涌上来,来回打转。

李桂芹回来,他没吭声,他是个嘴笨的人,三言两语,他说不清楚,只等隔个时辰再提起,于是慌慌忙忙拉上被角睡去了。一夜睡得很累,梦中乱七八糟的人向他发脾气,却看不清面孔。

醒来,发现李桂芹又不见了,可能又去忙田间农活了。

老习惯,他依靠着窗栏,不想起床,把被子掖好,点根烟,脑子还是昏沉的。把电视打开,早新闻,报道着一场诈骗案,主角是个女人,在监狱里蓬乱着头发,黑瘦的脸埋在手掌心,很不愿意被镜头拍摄。耿土元突然坐直了身子,思维中两个点很蹊跷地连在一起——他怀疑起来,昨晚的一幕,极有可能是经过精心设计的!目的是什么?跟这宗诈骗案一样,钱!——他的两套公寓房!

这样的分析似乎又太过武断,万一不是这样呢?他怎能去怀疑他嫡亲两个女儿呢?尤其是耿娟,她疾病缠身,万一查出来真是可怕的消息,她怎么面对生活呢?耿土元揎了把自己大腿,觉得这样的胡思乱想有点过分。

快过十一点了,李桂芹还没有回来。他忽然觉得胸口很闷,他体内一种器官像是毁了,他第一次有了老的感觉,没有一点力气,没有一丝希望,飘飘荡荡,恍恍惚惚。很多东西在毁灭,他又很不忍心,扑上去,心在痛。是的,很有可能,他的心脏出问题了。

他有气无力,揿遥控器。没有一个节目能中他的意,所有的人,都装模作样说着什么。他算是看透了。

再换一个频道,点歌台,有个披着长头发的歌手唱得声嘶力竭,似乎要把心都抠出来。那首歌名叫《私奔》,很暧昧的一个词语,字体大大的,跳跃在屏幕上。

他忽然来了兴致,带上老花眼镜,看屏幕上滚动而出的歌词。

> 把青春献给身后那座辉煌的都市,
> 为了这个美梦我们付出着代价,
> 把爱情留给我身边最真心的姑娘,
> 你陪我歌唱陪我流浪陪我两败俱伤。
> 一直到现在,才突然明白,
> 我梦寐以求是真爱和自由。

想带上你私奔,奔向最遥远城镇。

想带上你私奔,去做最幸福的人。

因为耳背,他不断将遥控器音量向上摁,音乐震耳欲聋,把进门的李桂芹吓了一跳,她叫了一声耿土元的名字,他没应。她再叫一声,他还是没听见,她忍不住冲到他耳根边,大声叫唤:"耿——土——元!"

耿土元回过头来,脸庞上亮晶晶的两行热泪,他唏嘘一声,动情地问:"桂芹,今晚我也带你私奔,走得远远的,到一个谁也找不到我们的地方,去做最幸福的人,你看怎样?"

李桂芹听得莫名其妙,扑哧笑出声来,不紧不慢说了三个字:"神经病!"